# El Juramento

# El Juramento

**Manuel Hurtado E.**

Número de Control de la Biblioteca del Congreso de EE. UU.:          201491288620
ISBN:                    Tapa Blanda                          978-1-4633-8897-3
                         Libro Electrónico                    978-1-4633-8901-7

Este libro fue impreso en los Estados Unidos de América.

Fecha de revisión: 22/07/2014

**Para realizar pedidos de este libro, contacte con:**
Palibrio LLC
1663 Liberty Drive
Suite 200
Bloomington, IN 47403
Gratis desde EE. UU. al 877.407.5847
Gratis desde México al 01.800.288.2243
Gratis desde España al 900.866.949
Desde otro país al +1.812.671.9757
Fax: 01.812.355.1576
ventas@palibrio.com
650080

# Indice

# Prólogo

En este libro he tratado de personificar muchos de los problemas que se viven, tanto en las familias como entre las empresas.

Personajes que en la vida real oímos que mientras unos se dedican a perseguir su felicidad y el bienestar de los suyos, otros se dedican a perseguir las riquezas por medio de su maldad sin importarles a quien perjudican o matan.

Esto también me ha dado la oportunidad de continuar ampliando mi conocimiento de nuestro idioma al tratar de escribir dentro de las reglas gramaticales que me doy cuenta lo difícil que es nuestro idioma,

Escribo sobre muchos de los problemas tanto negativos como positivos de las empresas por las que tienen que trabajar.

La maldad humana que en muchos casos se encuentra entre hermanos, gemelos o no pero que sin medir su maldad, destruyen a sus propios hermanos.

Escribo como una introducción los viajes a través del mundo,

El dichoso sueño Americano que en realidad para todos es una verdadera pesadilla.

También le dedico esta novela a mi madre la Sra. María de la Luz Escalante de Vargas, quien me dió la base para hacer esta novela, así como las gracias a mi esposa que me ayudó en la corrección de la misma.

# El Juramento

Nos encontramos en las inmediaciones del puerto de Barcelona en esos muelles donde nos impresionamos con lo enorme de los trasatlánticos que llegan y parten de ahí, y es precisamente que en uno de los trasatlánticos anclado a esas enormes instalaciones es donde comenzamos nuestra historia.

La gente se arremolina haciendo fila con sus equipajes y en medio del bullicio que produce la gente que pronto abordará el Barco que los llevará a México. Los gritos, las risas y las lágrimas las escuchamos por todos lados, la emoción de algunos por regresar y contar las experiencias que tuvieron en su recorrido por Europa quienes comentan entre ellos mismos, por lo que están ansiosos por regresar.

Para algunos que será su primer viaje a América los hace retraerse de la gente y en su temor a lo desconocido, no les deja entablar conversación con los demás. También vemos a dos bellas jovencitas que vienen corriendo después de bajarse del taxi, y las oímos gritarse, corre o nos va dejar el barco le dice una a la otra que desesperada trata de cargar su equipaje para poder correr.

Su Tía quien se encuentra en la orilla de la escalinata del barco les grita que se apuren y con los brazos les manotea a la vez, ya que se estaba poniendo muy nerviosa por la tardanza de las jóvenes, quienes por traer tantas cosas las estaba demorando, pero escuchémoslas:

¡Ves! te dije que la Tía iba a estar muy nerviosa porque no llegábamos, le dice una a la otra.

Por tantas cosas que traemos es casi imposible para mí coordinar todo, principalmente porque para mí este viaje ha sido tan encantador, no me cabe duda que la Tía tenía razón, sé que mi fiesta de quince años será inolvidable pero este viaje sí que de veras ha sido encantador y aparte me pude enterar de los movimientos de los negocios que mi Padre tenía aquí en Europa y que nos ha dejado para que nos hagamos cargo, por supuesto que también ha sido impresionante conocer los orígenes de nuestro Padre.

Vamos, apúrate, le dice Jimena a su hermana Mariana, dime que te pareció la Abuela, le pregunta en su caminar en la escalinata del barco, ay pues es encantadora y los Tíos también fueron tan amables e interesante conocerlos, corre, que está sonando la última llamada, le grita su hermana.

Ay niñas les grita la Tía al acercarse a ella, ya me tenían nerviosa, pensé que las iba a dejar el barco, pero bueno ya están aquí y déjenme ayudarles para acomodarnos en el barco.

Jimena la interrumpe diciéndole perdónanos Tía pero es que hay tantas cosas tan bellas e interesantes, que inclusive muchas, nunca las hubiera imaginado que existieran y claro nos faltó tiempo para conocer más de todo esto.

Ya después de instalarse en sus camerinos la Tía les indica que deben prepararse para la hora de la cena.

Pero Tía, le replica Jimena yo quiero ver como parte el barco de Barcelona quiero ver a la gente,

Está bien le responde la Tía pero apúrense porque ya empezaron a sonar las sirenas del barco anunciando su partida.

Salen las dos de su camerino y caminando por la cubierta se acercan a los pasillos de la cubierta desde donde pueden ver como se realizan las maniobras. En eso iban, cuando pasan junto a Juan José quien absorto en su tristeza observa a lo lejos, como queriendo ver a su Madre.

Por lo que cuando Jimena lo ve a él ve como se le derrama una lágrima, lo que la impresiona, sobre todo porque le parece muy atractivo.

De repente, Mariana le da un codazo y le dice:

te estoy viendo hermanita.

Ya no sigas porque se va a dar cuenta que lo estoy observando le dice Jimena.

Sin embargo Juan José estaba tan absorto en su tristeza, pues no dejaba de pensar en los momentos en que le había dicho a su Madre que se le había ocurrido irse a trabajar a América, ya que él sabía que aunque con lo que había estudiado como electricista en España, nunca iba poder sobresalir.

Por eso te digo Madre, déjame ir que así podremos salir adelante, me han dicho que las construcciones están en apogeo en México, aún en los EEUU también.

¿Pero hijo cuándo te volveré a ver?

Pronto Madre yo estoy seguro que si consigo trabajar en América te podré llevar a vivir conmigo.

¿Y tu hermana qué?

¿Quieres que la deje aquí sola?

Oh no por supuesto que no, en alguna forma, ella podría irse con nosotros.

¿Y quieres que deje todo lo que ella ha hecho aquí? Vamos hijo no puedes ser tan egoísta, en eso no te podría apoyar, comprende que tu hermana al haberse recibido de Doctora en Medicina, ella está comprometida con su trabajo y sus pacientes.

Bueno Madre, entonces compréndame, yo no puedo seguir dependiendo de ella para mis problemas, yo tengo que realizarme por mí mismo.

¿Y qué, no puedes contar con tu padre?

No, y menos con él,

¿Pero porqué? Sí es tu Padre.

Pues no, y no me haga más preguntas sobre mi Padre, prefiero irme a buscar fortuna como dice la gente.

En eso el silbato del barco, que anunciaba la partida lo hizo reaccionar y ver a los muelles.

Mientras Mariana le contesta a Jimena.

Lo sé que se que puede dar cuenta que lo estoy observando.

Y así se quedan en la cubierta y ven como se va alejando el barco de los muelles, por lo que Mariana le dice que tienen que regresar a su camarote para arreglarse y cuando llegan a él se apuran y bañándose las dos muy entusiasmadas se arreglaron para asistir al comedor del barco, por cierto le dice Jimena a su Tía ¿me prestas tu collar de perlas?

Sí, le contesta su Tía, tómalo.

Mariana las interrumpe diciendo ¿y a mí que me prestas

Tía?

Mira pequeña creo que a tí te va a quedar muy bien este pendiente, con esos vestidos se ven hermosas así que apúrense.

En el comedor vemos que toda la gente viste muy elegante como si estuvieran en una fiesta de gala, y claro nuestras jovencitas quienes no están acostumbradas, no dejan de ver a los pasajeros y casi en susurro se han puesto a criticar o halagar a los demás pasajeros.

Por cierto que nos hemos olvidado de Juan José quien viaja por primera vez a América quien algo nervioso se ha querido vestir lo mejor que ha podido ya que por su pobreza no porta ropa elegante y que ahorita lo vemos sentado en la mesa junto al Capitán del barco quien ha querido hacerle plática invitándole a su mesa ya que desde un principio lo vió que subió solo, por lo que le indicó a sus oficiales que lo invitaran a su mesa.

Por cierto se ve que a pesar de su pobreza Juan José parece ser de buena familia pues su porte lo hace distinguirse de los demás, claro que él tratando de medio esconder sus manos vemos que todo indica que su trabajo en el campo ha sido rudo.

Juan José, ¿Cuéntanos qué te motivó para tomar esta decisión por hacer este viaje? le pregunta el Capitán;

Pues a pesar de querer tanto a mi familia principalmente a mi Madre y aunque me duele mucho dejarla, creo que para mí, ya es tiempo de hacer mi vida, por lo que mientras me establezco en México mi hermana y se va hacer cargo de ella les dice.

Por cierto que mientras estaba platicando con el Capitán no dejaba de voltear hacia donde se encontraban nuestras jovencitas Jimena y Mariana.

Yo tengo un medio hermano, hijo de mi Padre, les comentó en su plática Juan José.

En eso lo interrumpe el Capitán, ¿Cómo te enteraste de que tenías un medio hermano?

Bueno es que mi padre me insistió que tenía que conocerlo y de eso ya han pasado más de cinco años claro que mi Mamá y mi hermana no saben de él.

Le pregunta el Capitán ¿y te llevas bien con él?

Pues muy bien no, no sé cómo explicarlo, pero sí nos estamos conociendo y he empezado a quererlo ya que es muy parecido a mí.

Por cierto perdone la pregunta Capitán ¿Quiénes son esas dos lindas chicas que están en aquella mesa?

Le apunta con los ojos para que no se den cuenta las chicas.

Oh sí, claro que las conozco, yo tuve la dicha de conocer a sus Padres quienes fallecieron en un accidente aquí en España y ocurrió hace casi dos años, y como viajaban muy seguido en estos barcos fue que los conocí. Por cierto que la Jovencita mayor pronto se hará cargo de los negocios de su Padre. La junta de accionistas de sus empresas solo están esperando que cumpla la mayoría de edad, para nombrarla la Presidenta de las compañías, que por cierto también casi son dueñas de uno de los bancos más importantes de México y España.

¿Y cómo se llaman?

Pregunta Juan José.

La mayor se llama Jimena y la hermana menor Mariana y por cierto qué bellas son, si te fijas que ojos tan hermosos tiene Jimena, su azul contrasta con la blancura de su cara y el color negro de su pelo, sus cejas hacen que resalten más sus ojos.

Oh sí, son muy bellas y distinguidas (le dice Juan José discretamente al Capitán)

Bueno porqué no las invitas a bailar le dice el Capitán, antes que otro lo haga.

¿Pero usted cree que acepten?

Inténtalo muchacho no pierdas la oportunidad.

Y ni tarde ni perezoso como dicen en México fue de inmediato a pedirle a Jimena que si aceptaba bailar con él,

Ella, temblándole la mano y sin poder decir una palabra se levantó aceptando salir a bailar, y mientras lo hacían solo el silencio de los dos prevalecía y aunque Juan José no le quitaba la vista de encima, Jimena trataba de distraerse, hasta que le empezó hacer plática Juan José, diciéndole cuánto lo había impresionado el conocerla, a lo que Jimena solo contestó ¿ah sí?

Y aunque bailaron tres piezas que entre ellas parecía que fueron escogidas especialmente para ellos. La primera fue la de amor inolvidable de Barry White la segunda, que en Inglés dice I want a make it with you, y la tercera no puedo quitar mis ojos de ti. Al término de la tercera pieza musical, Jimena le pidió que la llevara a sentar, a lo que Juan José aceptó, pero le pidió que si podría seguir platicando con ella ya que el viaje iba a ser un poco largo, y que así tendría oportunidad de conocerla más,

A lo que Jimena le respondió.

¿No le parece que va usted muy rápido?

Oh, no, le contestó, le juro que no es mi propósito molestarla, solo quiero conocerla más,

Pues ya veremos le contestó Jimena.

Juan José regresó a la mesa donde había estado, pero se percató que tanto a Jimena como a Mariana las empezaron a sacar a bailar otros jóvenes, pero se dio cuenta que de vez en vez Jimena lo volteaba a ver con cierto interés.

Terminándose la cena-baile todos se retiraron a sus camarotes no así Juan José que se fue a la cubierta para admirar el cielo que en la noche se podría ver la cantidad de estrellas que no se pueden ver en la ciudad.

En eso estaba cuando caminando casi se tropieza con una de las sillas en las que la gente se recostaba para descansar y admirar el mar, grande fue su sorpresa con quien casi cae encima era Jimena, quien le replica que si no se fija por donde camina.

Juan José le responde perdóneme, pero es que el cielo está tan hermoso que no me di cuenta que aquí estaban las sillas.

OK, le contestó Jimena.

Juan José le responde invitándola a caminar por la cubierta para admirar todo le que se ve, a lo que Jimena como queriendo dar a entender que va a ir a fuerza le acepta.

Y así caminando Juan José le pregunta.

¿Dígame es su primer viaje?

Jimena responde, sí, venimos a conocer a la familia de mi Padre y a recorrer un poco de Europa.

¿Y usted de dónde es?

¡OH! yo soy de Santander ahí viví mi infancia, pero ahora vivimos con mis Padres en Madrid.

¿Y ustedes son Europeas?

Oh no, somos Mexicanas, mi padre era de Andalucía y mi madre era de Oaxaca pero se crió en Morelia, Michoacán y allí nacimos nosotras dos, somos hijas únicas.

Y ¿usted? Le pregunta Jimena.

Yo tengo una hermana, y un medio hermano soltero, y así paseando por el barco y ya con los días a veces cenando o comiendo, los dos se fueron conociendo mejor y a la vez nació entre ellos un amor tan grande que empezaron a sentir la necesidad de no separarse jamás.

Por lo que la Tía de Jimena quien los estuvo observando siempre, le empezó a reclamar a Jimena que quién era ese Joven con quien pasaba tanto tiempo, a lo que le decía que no estaba bien lo que hacían y claro se le notó a la Tía que no le gustaba Juan José.

Por eso en una de las últimas noches que pasaron juntos le dijo Juan José que veía que su Tía no lo iba a aceptar, sé que se va oponer a nuestra relación ya que sabe que no tengo nada que ofrecerte.

Sí, ya lo sé le respondió Jimena por lo que creo que primero vas a tener que establecerte y luego le podremos decir nuestros planes,

Por supuesto yo no quiero que tengas dificultades por mi culpa le respondió Juan José.

Y aunque la Tía se hacía la desentendida al verlos sabia que podría confiar en Jimena ya que sabía de los planes que se tenían para Jimena, por lo que ella misma le había expresado a su Tía que no iba a traicionar los planes que su padre tenía para ella menos cuando sabía cuanto dinero había de por medio.

Cuando atracó el barco en Veracruz, ya estaban todos los Tíos y familiares de Jimena y Mariana y entre besos y abrazos Jimena no dejaba de buscar con la mirada a Juan José, diciéndole con los ojos solo pensaré en tí y en nadie más.

Que por cierto Juan José estaba recibiendo consejos del Capitán para que al trasladarse a la Ciudad de México fuera a ver a unos amigos que lo podrían ayudar a establecerse en México.

Ya en Veracruz y para suerte de Jimena y Juan José se embarcaron en el mismo tren que los transportaría a la ciudad de México.

Ya en el viaje Juan José se dio cuenta de los paisajes tan hermosos de México que en uno de los encuentros con Jimena le comentaba que habían llegado al paraíso por lo que había visto.

Jimena le dice y no has visto todo el país, ya te darás cuenta que Dios hizo a México como el verdadero paraíso con un clima perfecto, su flora y su fauna son de lo mejor ya lo verás.

Jimena le dió a Juan José su dirección y su teléfono cuando llegaron a la ciudad de México, de lo que la Tía no dejaba de darse cuenta.

Y por fin llegaron a su casa Jimena y todos sus familiares que les acompañaban.

Norma la sirvienta que las atendía las recibió diciéndoles el gusto que le daba de verlas.

¿Qué tal estuvo el viaje? Les preguntaba.

A lo que le respondieron maravilloso, no cabe duda que es otro mundo.

¿Por qué señorita? Preguntó Norma la sirvienta.

Mira, para mí es increíble que el campesino Europeo sepa leer música, sí ya sé que no vas a entender lo que te estoy diciendo, le decía Jimena.

Oh no, señorita la entiendo, pues yo apenas aprendí a leer y escribir.

Por eso lo digo respondió Jimena, si nuestra raza aprendió de los frailes españoles el idioma y la religión, no puedo explicarme porqué ahora no están mejor preparados si cuentan con el gobierno para estudiar.

Oh sí, pero usted quizás no nos comprenda, la pobreza nos obliga a trabajar desde pequeños por eso yo, como miles tenemos que salir a buscar trabajo desde pequeños sin que podamos ir a estudiar.

Mire, en mi casa somos 10, dos hombres y ocho mujeres y todos salíamos a sembrar junto a mi tata para poder comer.

Casi todos los del campo tenemos que vivir así y muchas veces las mujeres tenemos que salir a buscar trabajo de lo que sea, como éste de servir en las casas de ustedes, y si no se quedan a sembrar el campo.

¿Qué no van a la Escuela? Pregunta Jimena.

Ay seño, no cabe duda que ustedes no conocen bien el campo, si bien nos va, podemos ir a la Escuela hasta los diez años porque después tenemos que trabajar.

Pero cómo, ¡es muy poco lo que estudian!

Oh sí pero como le digo es la pobreza la que no nos permite ir a estudiar, y claro ya crecidos nos mandan a trabajar al campo.

Con razón, como es muy poco lo que estudian apenas aprenden lo elemental. Le contesta Jimena.

Y dime Norma ¿te gustaría aprender algo más? Existen Escuelas nocturnas para que puedas aprender algún oficio.

Pero seño no voy a tener tiempo.

Oh sí, de eso me encargo yo, no solo a ti Norma sino que a todo el personal que trabaje para mí, yo me voy a encargar de que se preparen más, por cierto Norma sírvenos de desayunar que me muero de hambre.

Ay Jimena le dice su Tía, te vas a meter en un gran lío, esta gente parece no captar nada.

Vamos Tía y como quieres tú que puedan aprender con el hambre que padecen en su miseria, por eso nuestro país está tan atrasado, comprende que si pudieran aprender otros oficios podrían trabajar en algo mejor que les reditúe más recursos para que puedan valorarse y vivir una vida mejor.

Ay Jimena quisiera entenderte, pero veo que tu inocencia no te deja ver mucha de la realidad de la que esta gente vive.

Sí, sí ya lo sé, pero entiéndeme si ellos tuvieran una mejor preparación podrían vivir mejor, ayudarían más a sus Padres y así ellos pueden ofrecerles a sus Padres mejores herramientas, que tipo de abono necesita la tierra, en fin son tantas las cosas que una persona preparada puede encontrar, acéptalo Tía entre mejor se prepare la gente pobre, más pronto se puede acabar con la miseria de nuestro pueblo, y por eso creo que si voy a manejar los negocios de mi padre me voy a asesorar para crear escuelas nocturnas donde nuestro personal puedan estudiar, claro está que habrá gente apática, pero la lucha la debemos hacer todos, así que busquen las mejores soluciones para esto Tía y tú también Mariana.

Ya veremos hermanita que tan difícil será lo que te propones, por lo pronto tú eres la que se debe preparar mucho más para que puedas hacerte cargo de los negocios de nuestro padre.

Sí ya lo sé, pero no voy a dejar nunca mi idea.

Por eso Mariana, tú te vas a encargar de preguntarle al maestro Espinosa para que nos oriente como podemos realizar mi idea de crear una escuela nocturna donde les podamos ofrecer a la gente carreras técnicas que a la vez sean cortas pero que los haga desempeñarse mejor en sus trabajos o sus vidas.

¿Oye, pero yo?

Sí, tú que no tienes nada que hacer y así me podrás ayudar con ello.

Al día siguiente Jimena se dirigió a las oficinas donde se encontró con el Gerente de las empresas de su Padre fallecido.

Buenos días don Adalberto,

¿Cómo le fue de viaje le respondió?

Muy bien don Adalberto, por cierto, yo sé que aun no tengo derecho de opinión en la empresa de mis padres y que solo hasta que llene los requisitos lo podré hacer, pero le quiero comentar algo que se me ha ocurrido.

Dígame niña.

Verá, he pensado en lo mucho que nuestros empleados necesitan para desarrollarse mejor en nuestra empresa, por lo que he pensado que sería bueno ayudarle a quien lo acepte el que se ponga a estudiar una carrera o ampliar más los conocimientos que ya tienen, claro sé que no todos lo van aceptar pero estoy segura que si los ayudamos podremos aumentar la eficiencia de los mismos, y para eso tendríamos que buscarles Escuelas nocturnas, para que puedan estudiar en sus horas libres.

Creo que hasta los que se dedican a la limpieza y otros trabajos les ayudarían a conseguir mejores trabajos.

Pero es que así los perderíamos como empleados le respondió don Adalberto.

No importa ya vendrán más y así nuestra gente podrá ser mejor y de esa manera podemos contribuir a la grandeza de nuestro país, aunque sea un pequeño grano de arena como dicen, le contesta Jimena.

Juan José ha estado buscando trabajo con los contactos que le dió el Capitán pero todos le prometen que lo van ayudar pero nadie le ha resuelto nada. Por lo que platicando con Jimena por teléfono le comenta:

"Sabes que además de quererme ir a Morelia para estar cerca de tí yo no tendría con que mantenerme sin un trabajo fijo, pero creo que aunque le haga la lucha pienso que de plano no la voy hacer ahí en Morelia, creo que es mejor que aproveche irme a los EEUU ya que tengo un amigo que me dice que con mi visa de turista a lo mejor no tengo problemas para pasar a los EEUU y él piensa que podría empezar a trabajar allá porque como sé hablar muy bien el Inglés y conozco algo de electricidad, me ha dicho que allá me puede ir mejor y que así podría juntar dinero para hacerme merecedor de tu amor".

Pero te dejaré de ver, pero bueno está bien porque a la vez yo tengo que prepararme mucho para cuando tenga que hacerme cargo de las empresas de mi finado padre.

Solo te pido que no te olvides de mi y que sigas en contacto conmigo.

Te prometo que así lo haré, no quiero desaprovechar esta oportunidad de irme con este amigo que también está desesperado por ir a buscar trabajo a los EEUU ya que tiene buenos contactos para que nos pasen de mojados ya que él no tiene papeles para pasar como yo y como el dinero que tengo apenas me alcanza para hacer el intento, lo voy a hacer, me voy de mojado pero aun tengo la visa de turista Español.

Pero, ¿qué va a pasar si no lo logras?

Vamos, confía en mí y en mi suerte porque a mí no me queda otro camino, ya que si no lo hago tendría que regresarme a España y eso no lo quiero hacer porque pienso que entonces sí que te podría perder.

Eso ni lo pienses yo estoy dispuesta a esperarte toda la vida si es necesario.

Está bien pero déjame hacer el intento.

Está bien pero mantente en contacto conmigo ya tienes mi teléfono para que me estés hablando.

Por Dios que me dan ganas de llorar pero tengo que buscarle como poder triunfar en la vida, si logro trabajo en los EEUU con mi Inglés pienso ponerme a estudiar.

Está bueno estaré esperando noticias de tí.

Quiero ir a verte antes de irme ¿podré hacerlo para despedirme de tí?

Sí claro, aquí te estaré esperando.

Esa misma noche Juan José salió para Morelia donde se hospedó en un Hotel barato, desde ahí le escribió a su hermano y a su Mamá a quien le relató sus planes de irse a los EEUU.

Al otro día empezó una semana de romance entre Juan José y Jimena mientras le llegaba el día en que se iría a los EEUU.

Anduvieron por todos lados prometiéndose amarse por toda la vida, cenaron y comían en la casa de Jimena a pesar de que la Tía estaba furiosa por la estancia de Juan José y ya quería que se largara porque sabía que si se iba no creía que él volviera, ya sabía lo que le podría pasar en los EEUU si se iba de mojado pensaba si lo agarra la migra derechito lo van a deportar a España y adiós dichoso romance que no le veo nada positivo.

Para mí este es un bueno para nada.

Pronto le llegó el día a Juan José de irse a los EEUU y tras de mucho llorar Jimena le dio el beso de despedida a las puertas del autobús que llevaría a Juan José a la frontera.

Por eso cuando llegó a Nogales, Sonora Juan José empezó a darse cuenta del martirio que representa pasar de mojado, toda la noche como víboras deslizándose por las montañas en medio del frío y aterrado por la presión de que en algunos momentos tenía que quedarse quieto sin moverse, así se pasó toda la noche y en el día caminando por los cerros. Después de cuatros días con sus noches por fin pudieron llegar a Los Angeles por el barrio o ciudad que le llaman East Los Angeles ahí estuvo esperando a que lo mandaran con un contratista para que empezara a trabajar y al darle el trabajo le prometieron pagarle el salario mínimo, a lo que él dijo.

Pero es que yo soy Oficial electricista tengo mi certificado.

Sí, sí pero aquí le vas hacer de ayudante si quieres, si no te parece pues búscate a ver quien te contrata.

No, no está bien me quedo.

Pasaron los meses y trabajando y escribiéndole a Jimena quiso empezar a estudiar pero tampoco lo pudo hacer porque le pedían su número de seguro social el cual no tenía.

Por cierto que recibió carta de su medio hermano José Juan, que Jimena le había mandado ya que a sus familiares en España les dio la dirección de Jimena para que le escribieran.

(Parecerá raro pero el Papá decidió por su gran parecido bautizarlos así, y si estaba en la casa de cualquiera de las dos madres, así no tendría que disculparse por equivocarse al nombrarlos ya que sus nombres eran iguales pero al revés.)

En la carta le pregunta ¿Cómo te esta yendo en México? pues creo que para mí también sería bueno trasladarme a México, ya que he tenido muchos problemas.

Por cierto que José Juan es toda una personalidad como es muy atractivo, una vez que venía por una de las calles de Madrid cuando se bajaba del carro una señora muy hermosa y sensual que sin ningún recato se bajó del carro impresionando a José Juan ya que se quedó helado cuando enseñó toda su intimidad sin preocuparse y sonriéndole a José Juan se encaminó a una Tienda de ropa muy grande.

Este no se quedó con las ganas de investigar quién era la señora, por lo que la siguió de lejos, y preguntándole a una empleada ¿que si sabía quién era la señora que acababa de entrar a las oficinas de la tienda?

La empleada le respondió, y ¿Usted quién es?

Oh, no nadie, es que sabe la señora dejó la puerta del carro semiabierta, pero si a usted no le molesta pues nada más avísele.

¡Pues como es la esposa del dueño me pueden regañar por dar información de ellos!

No se preocupe nada más avísele, caray ya no puede uno ser amable.

Está bien yo le digo a la señora.

Esto hizo que pronto pensara que sería una buena oportunidad para tratar de conocerla, ya que la tienda era una gran cadena de tiendas de ropa por toda Europa, y se dijo aquí debe haber mucho dinero.

Esperó varios días hasta que en una ocasión la vió caminar hacia un restaurante que estaba cerca, por lo que la siguió, ya dentro la señora dándose cuenta de que José Juan la había seguido al sentarse en una mesa lo invitó de inmediato a sentarse con ella, muy extrañado aceptó y de inmediato lo empezó a cuestionar sobre su vida, diciéndole que la llamara Irma.

¿Cómo te llamas?

José Juan y ¿Tú?

Ya te dije que me llames Irma ¿trabajas o estudias?

Ni una ni la otra.

¿Pues de qué vives?

Oh, vivo con mi Madre y como no me gustaba estudiar, mi Padre me ordenó ponerme a trabajar, y yo le contesté, pues para eso estas tú, yo ni creas que voy a trabajar ahorita, estoy para disfrutar mi juventud y no la voy a arruinar trabajando como tú.

Y me contestó, pues ni creas que yo te vaya a mantener como vago.

Y que ¿quieres que se entere tu esposa de mi existencia?

Con eso tuvo para no exigirme más.

¿Qué tu padre no es el esposo de tu Mamá?

No, y eso es lo que me hace odiarle, soy un bastardo como dicen, ya que mi Mamá es su amante.

¿Y qué piensas hacer de tu vida?

Por ahorita no me interesa nada más que divertirme.

¿Tienes novia?

Eso es para los tontos, no, no tengo, solo amigas ocasionales.

¿Tú eres feliz con tu marido?

Pues como tú dices con ese idiota no, a mí me casaron de acuerdo a la tradición de nuestra gente, mis Padres y nuestra gente "nos casaron" y claro amor nunca ha habido, tenemos tres hijos por que vivimos juntos, no porque los hubiéramos planeado.

¿Te arrepientes de haberlos tenido?

Oh no, lo que pasa que cuando tú realmente amas pues buscas tenerlos, pero así, no.

¿Y qué haces para divertirte?

Pues salgo a las tiendas, viajo con mis hijos, que como están todavía chicos pues tengo que cargar hasta con la nana de los tres.

¿Y no viajas con tu marido?

Nunca tiene tiempo. ¿Y bueno a qué tanta pregunta?

Solamente por conocerte Irma ¿te puedo llamar así?

Como tú quieras,

¿Qué te parece si vamos a algún club donde podamos bailar?

Para que mi marido me encuentra, no gracias.

Bueno es que quisiera que pudiésemos platicar sin tanta gente como hay aquí.

Mira niño mejor dame tu teléfono y ya te hablaré,

Pero eso lo malo, que no tengo teléfono,

Bueno yo frecuento este lugar porque es mi preferido y vengo a veces a comer aquí, búscame y ya platicaremos,

Por cierto, investiga cuánto te cuesta un teléfono celular yo te lo pago,

Oh, no Irma, yo lo voy a contratar para que me puedas hablar.

Ok, búscame y ya nos veremos.

Te acompaño a la puerta.

No aquí quédate, yo me encargo de pagar la cuenta, y no me digas nada, ya te veré, adiós.

José Juan salió del restaurante dirigiéndose a su casa para pedirle a su Mamá dinero prestado, diciéndole.

Madre ¿Podría prestarme unos duros?

¿Y para qué quieres dinero?

Oh, es que quiero comprar algo, luego se lo pago.

Está bien ¿Cuánto necesitas?

Unos 100.00 ¿Puede?

Con el dinero se dirigió a comprar un teléfono celular, y viendo que solo podía comprar un teléfono prepagado salió enojado por no tener ni el crédito que le pedían ni el dinero suficiente.

Así se pasó varios días dando vueltas por el restaurante hasta que después de casi 10 días por fin la vió venir y entrando al restaurante se sentó en una mesa donde ella lo pudiera ver.

Y así fue, en cuanto Irma lo vió se dirigió hacia él, solo para darle una nota sin que nadie se diera cuenta y se fue a sentar a otra mesa ignorando por completo a José Juan,

El mesero se acerca, ¿Qué va a ordenar el señor?

Como José Juan no traía mucho dinero solo le pidió un vaso de vino tinto.

Abriendo la nota de Irma leyó "háblame al teléfono 555-555-0001 después de las 6.00pm.

José Juan se levantó y pagando su nota que apenas le alcanzó para pagarla se fue a caminar por un jardín esperando a que dieran las seis de la tarde, y cuando por fin pudo hablar le contestó Irma diciéndole te espero pasado mañana en la dirección que te voy a dar.

Después de apuntarla se dijo así mismo 'Esta mujer me trae loco"

José Juan que en realidad encerraba una gran frialdad y malicia vio la oportunidad tan esperada por lo que le contestó ahí estaré sin falta ¿Pero a qué hora?

El día llegó y José Juan bien arreglado y sabiendo que era un gran amante se presentó con todas las intenciones de seducir a Irma, pero gran sorpresa ella lo recibió casi desnuda en un camisón transparente, por lo que de inmediato se originó un gran romance entre los dos.

Así duraron varios meses, a José Juan le estaba yendo muy bien pues ella lo llenaba de lujos y dinero, pero claro las malas acciones no duran mucho y pronto se vio perseguida por su esposo e Irma sabía que éste había contratado detectives para investigarla.

Una tarde en que se habían reunido en el apartamento que tenía Irma para esos encuentros con José Juan, le comenta después de hacer el amor con él.

Estoy aterrada de que mi esposo me vaya a descubrir contigo mi amor.

¿Pero, qué pasa? (le pregunta José Juan)

Mi amor tienes que desaparecer porque si no mi marido te va a mandar matar o no sé que, pero tú tienes que desaparecer.

¿Y cómo quieres que le haga? Apenas tengo dinero, (mintiendo le dice) cómo te he estado diciendo el dinero que me das lo he utilizado en remodelar la casa de mi Madre.

¿Pues qué le pusiste de oro las cosas? Porque yo te he pagado muy bien tus servicios como mi amante.

Sí, pero ¿Cómo quieres que le haga si no tengo dinero?

Te voy a dar lo necesario para que te vayas a otro país donde mi marido no te encuentre,

Como quieras, pero tendrás que darme bastante porque ¿Con qué dinero va a vivir mi madre?

Pues ¿no decías que tu padre los mantiene?

Si, pero como mi madre me ha visto con dinero pues ahora mi madre quiere más.

¿Qué me vas a chantajear?

O no, no lo tomes de esa manera.

Está bien te voy a dar 20,000.00 Euros pero que nadie se entere ¿estás de acuerdo?

José Juan ya mero brinca del susto no esperaba tanto dinero.

¿Pero qué, tienes tanto dinero?

Yo no, pero el idiota de mi marido sí, así que ni te preocupes y haz lo que te pido.

Como tú ordenes, y ¿Qué nunca más te voy a ver? Yo te amo y va a ser muy difícil para mí no volverte a ver.

No te preocupes háblale a mi amiga, te voy a dar su teléfono y por medio de ella estaremos en contacto.

Me parece maravilloso ¿Y quién es?

Se llama Margarita y apunta su teléfono que yo me voy a encargar de platicarle de nosotros.

Y apúrate, aquí está el cheque para que lo cobres mañana.

¿Pero no rebotara?

No me creas tan estúpida, si te rebota, mi marido se va a enterar y así comprobará lo que sospecha.

José Juan se despide con una última sesión de amor a la que Irma apasionadamente correspondió.

Ya en su casa José Juan mintiéndole a su Madre, le dijo que había decidido irse a México a invertir su dinero.

A lo que su Madre le reprochó que, ¿de dónde hubiera hecho él tanto dinero?

Vamos Madre, tú sabes como soy, así me creaste tú, tú le has sacado todo el dinero que has querido a mi estúpido Padre, que ya sé que está casado con otra señora.

Y que ahora quien me va a ayudar económicamente.

Vamos Madre tú no necesitas de mí, con mi Padre te basta.

En fin yo me tengo que ir y no quiero ya discutir más contigo así que me voy a dormir porque mañana salgo en avión a México, ya giré todo mi dinero al Banco que me recomendaron aquí en España ya que ellos tienen sucursales en México,

Y así tomando el avión que lo trasportaría a México se fue, sin mostrar ningún temor ya que era su costumbre demostrarles a todos que él no le temía a nada, que primero era él, siempre él y nadie más.

Ya que así podría huir de la tormentosa vida que había llevado desde niño siempre dañando a los demás y no se diga las amantes que deja atrás, a quienes nunca le importó hacerlas sufrir, siempre les sacó dinero para divertirse sin importarle con quien lo hiciera,

Ya en México se puso a buscar en qué invertir su dinero ya que le había sacado bastante a su amante Irma por todos los meses que le estuvo sacando dinero.

No tardó en comprar un restaurante de comida Española en el norte de la ciudad, y se lo dieron en buen precio pues lo que los dueños querían era regresar a España ya que estaban cansados de toda una vida trabajando en el restaurante,

Así mismo se trasladó a Morelia lugar desde donde le había escrito su hermano la última vez, ya ahí se encontró que su hermano se había ido a los EEUU a buscar trabajo.

En su recorrer los negocios en Morelia le ofrecieron unos almacenes de distribución de alimentos, cosa que le entusiasmó mucho, y así empezó a establecerse en Morelia, en donde vivían Jimena y sus familiares, ya que desde ahí controlaban los negocios que el Padre les había dejado.

José Juan no perdía tiempo y empezó a buscar tener sus aventuras amorosas, y claro con el dinero donde quiera era invitado.

En una cena que le invitaron se encontró con una chica muy hermosa quien desde que entró no le quitaba la vista de encima y luego, luego José Juan le empezó a hacer platica y ella le notó el acento Español.

¿Perdón es usted de España?

¿Tiene algo en contra de los Españoles?

A lo que ella contestó.

Oh no, lo que pasa es que estuve de vacaciones en Sevilla en mi recorrido por Europa.

¿O sea que tienes mucho dinero? le preguntó José Juan,

No, lo que pasó es que me gané una beca para especializarme en mi carrera.

¿Pues en qué te especializaste?

En Turismo y Administración de Empresas, y ando buscando inclusive trabajo, pero aquí en Morelia es difícil que alguien me contrate con mis pretensiones, ya que yo busco una gran Empresa que quiera crecer mucho, y aquí nadie parece tener esa visión,

Pues mira, que casualidad, yo ando buscando un administrador por que me estoy estableciendo en México, si te interesa te espero mañana en mi hotel, para platicar.

De inmediato le contestó Teresa pero es que....

A lo que la interrumpió José Juan no me mal interpretes es que yo todavía no tengo un domicilio donde vivir.

Ok, le contestó Teresa, dime ¿a qué horas quieres que te vea?

¿Te parece a las 9.00am?

¿Perdón cómo se llama usted?

Pedro Ignacio a tus órdenes.

Y ¿Tú cómo te llamas?

Teresa a tus órdenes.

Bueno entonces como quedamos, mañana nos vemos en mi Hotel.

Oh sí, le contestó Teresa ahí te veré, y perdóname pero mi hermano me está esperando en aquella mesa, te veo mañana.

Teresa regresó con su hermano a su casa y feliz le dijo a su Madre, fíjate que parece que ya tengo el trabajo que siempre soñé, pero no te voy a confirmar nada hasta mañana en que platique mejor con un muchacho Español que hoy conocí en la cena que nos invitaron.

Bueno, yo me voy a acostar para poder asistir a la cita que tengo para mañana.

Al retirarse a su cuarto como ya era su costumbre empezó a cantar, con esa voz maravillosa de soprano que tenía y que todos le decían que porque no se dedicaba a ello a lo que siempre respondía, ¡Porque no me quiero morir de hambre intentándolo!

En fin, como su canto se oía bastante lejos siempre la admiraban sus vecinos, y esta vez se puso a cantar una canción de J.Straus ya que se sentía deslumbrada por José Juan.

Por la mañana muy puntual se presentó en el Hotel donde estaba hospedado José Juan, preguntando en la administración le dijeron que la estaba esperando en el Restaurante del Hotel,

Ya ahí la recibió José Juan y comenzaron a platicar, entre la plática Teresa se dio cuenta que no iba a ser fácil confiar en José Juan se le notaba que era un Don Juan empedernido pero se decía así misma que ella lo que le debería interesar era su trabajo, por lo que en un momento dado José Juan le inquirió,

¿Me está escuchando Teresa?

Oh sí, perdón, pero es que me parece tan interesante su deseo por crear un emporio industrial como usted lo propone, y en eso estaba pensando, en todas esas ideas que uno en la Escuela de Administración sueña en crear.

¿Cómo cuáles le pregunta José Juan?

Bueno es difícil de explicar pero se imagina poder comprar y vender cereales por mayoreo.

¿Cómo explíquese?

Sí, en algunos países producen demasiado y muchas veces no lo logran colocar en el mercado a tiempo, y con las especulaciones muchos pierden sus cosechas.

Se da el caso como por ejemplo en una zona cítrica que teniendo ya la cosecha lista para recogerse no lo hacen a tiempo porque esperan que la especulación les permita vender más caro, lo que por un lado, a la gente, el consumidor final, muchas veces no compran el producto por su miseria misma, y en otras muchas veces las cosechas se llegan a perder por heladas o grandes sequías. Yo pienso que si hubiera empresas que se dedicaran a comprar a buen precio esas cosechas, se podrían poner en el mercado a precios competitivos lo que permitiría a la gente comprar la mercancía al alcance de sus posibilidades.

Lo que muchas veces no vemos es que aunque la utilidad sea pequeña, cuando se trata de grandes volúmenes esas pequeñas ganancias se vuelven grandes capitales por el volumen y no por el precio.

Vaya que me tiene sorprendido señorita Teresa, creo firmemente que usted es la persona que me va ayudar a formar una gran empresa, por lo pronto su sueldo y prestaciones quedan arreglados le pagaré de acuerdo a su posición.

¿Quiere empezar conmigo?

Claro que sí.

¿Pedro Ignacio le puedo llamar así?

Por supuesto, por cierto necesito que me acompañe al banco para regularizar mis operaciones bancarias.

Haciéndolo así los dos se pusieron de acuerdo para ir al banco.

Pero veamos que está pasando con Juan José, que sin dejar de escribirse con Jimena ha podido medio establecerse en Los Angeles y trabajando hasta 10 horas diarias ya ha podido juntar un poco de dinero, el cual lo quiere mandar a depositar en el banco de Jimena.

Y es así como Jimena se ha dado cuenta del pequeño capital que poco a poco ha ido aumentando con los meses, por lo que sus esperanzas de que su relación con Juan José se pueda realizar sin oposiciones.

Pero claro no todo le ha salido bien a Juan José, ya que al no tener papeles legales con qué trabajar en el que está, la está pasando muy difícil.

"Juan José", le llama el jefe.

Ya voy.

Entrando a la sala donde se encontraba el jefe éste le pide.

Necesito que ponga este interruptor que es el general pero lo tiene que colocar en vivo o sea con la corriente en vivo.

¿Y usted cree que yo me quiero morir? Sabe yo no me la juego, después de que aquí nadie sabe realmente de electricidad pues de todos sus trabajadores yo soy el único que sabe lo que está haciendo.

Pues por eso le pago.

Oh si, con el sueldo que me paga apenas es el de un ayudante.

Tráigame su seguro social y le puedo pagar lo que se debe y si no le gusta pues búsquese otro trabajo.

Creo que es lo que voy a hacer, así que le pido me pague los días que trabajé, pues ni crea que yo vaya a arriesgar mi vida por una miseria,

Vaya con el Español, encima de que no tiene papeles para trabajar se me pone arrogante, aquí está su dinero y lárguese.

Oiga pero esto son solo $ 100.00 Dlls. y usted me debe casi toda la semana.

Pues si le parece, si no quiere que lo reporte a migración.

No, déme el dinero.

Juan José salió a recoger sus cosas y mientras estaba platicando con uno de los trabajadores que le preguntaba que, qué iban hacer sin él.

Ese no es mi problema, pregúntaselo al gran jefe blanco.

En esa discusión estaban cuando se escuchó una fuerte explosión.

¿Qué pasó preguntó Juan José?

Nada, que al jefe por querer poner el interruptor general en vivo le pasó un accidente.

¿Qué clase de accidente?

Yo creo que se le cruzaron las terminales y le explotó cuando hizo el corto circuito.

Vaya, a ver si así aprende a ser más humano con nosotros.

Juan José sin saber qué hacer salió caminando y por la calle en donde iba había una "Licorería" como le dicen la gente que son tiendas de abarrotes y ahí venden la Lotería.

Juan José se le ocurrió comprar una soda, y al entrar vio el stand de la lotería y preguntando que si podía jugarla, y el dependiente le dijo cómo hacerlo por lo que llenando con los números que se relacionaban con Jimena, compró su boleto de la lotería.

Con el poco dinero que le había quedado se dedicó a buscar trabajo, a los dos días de no encontrar nada se acordó del boleto de la lotería y preguntando por los resultados, cuando los checó, vio que coincidían todos los números con el suyo, preguntando como si no se la hubiera sacado.

¿Oiga, cuando uno se saca un premio de la lotería qué es lo que debe uno hacer?

Pues al reverso de los boletos dice como reclamar.

¿Pero no dice dónde?

Es muy simple lo llena uno, le saca copia y en cualquier establecimiento donde vendan lotería lo presenta y ahí le checan cuánto se ha sacado y le dan una forma para que la llene y la mande por correo a las oficinas generales de la lotería, o bien usted puede ir a las oficinas regionales y ahí hace su reclamación.

¿Y dónde hay una?

Bueno qué ¿Se la sacó o no?

No, solo es curiosidad por si algún día me la saco.

Pues ojalá porque es tan difícil.

¿Qué usted no ha visto a alguien que se la saque?

No, bueno mire aquí hay un directorio donde están las direcciones.

Juan José viendo que podía ir a una de las direcciones se encaminó a ella.

Después de casi dos horas de viajar, llegó a la oficina preguntando qué podía hacer para reclamar un premio.

Le pregunta la recepcionista ¿Tiene usted algún boleto ganador?

Sí, mire aquí está, ya lo firmé y le puse mi dirección en donde estoy de vacaciones.

Ah entonces ¿usted es turista?

Sí, ¿hay algún problema?

No, pero ¿por cuántos meses va a estar aquí en los EEUU?

Tengo permiso por otros cinco meses.

¿Existe algún problema?

No, pero su dinero se le va a depositar en el término de casi un mes.

¿Tiene usted cuenta de cheques?

No, por supuesto que no, ¿Debo tener una?

Es que así sería más fácil, si no va tener que venir usted cuando se le avise que ya está listo su primer cheque.

¿Qué no lo entregan todo?

Oh no, esto se le va a entregar en el término de 20 años.

Pero entonces ¿tendría que vivir por el resto de mi vida aquí?

Porqué no lo consulta con alguien.

No, ya sé lo que voy hacer.

Bueno nosotros le vamos a tramitar su premio.

Está bien, espero que me avisen cuando esté listo.

Así lo haremos.

Se acordó Juan José de los contactos que le había dado el Capitán del barco cuando venia de España.

Al día siguiente después de haber regresado a la vivienda donde dormía, se fue directamente a las oficinas del abogado amigo del Capitán

Ya en la oficina, la recepcionista le pregunta: ¿Qué se le ofrece?

Quisiera ver al Lic. A. Peña

¿De parte de quién?

El no me conoce pero dígale que vengo de parte del Capitán del barco "El Andaluz"

Déjeme ver.

A los pocos minutos sale el Lic Peña y haciéndole pasar a su oficina.

Le pregunta ¿Cómo esta mi amigo el Capitán?

Me imagino que muy bien ahorita, le dice Juan José.

¿En qué te puedo ayudar muchacho?

Mire, se me ocurrió que usted me podría asesorar o aconsejar,

¿Sobre qué?

Verá usted, me acabo de sacar la lotería aquí en California y como yo solo tengo papeles de turista no sé que es lo que puedo hacer para retener mi dinero, que no lo quiero perder.

Te entiendo, va a ser algo difícil, pero sabes se me está ocurriendo algo que te va a facilitar todo tu problema.

¿Qué es?

Mira, yo y otros amigos hemos pensado en crear un negocio y tú podrías invertir tu dinero en la sociedad y así tú puedes invertir tu dinero en España que es donde radicas

¿No?

Bueno, no, precisamente yo quiero regresar a México, en especial a Morelia donde vive la mujer de quien estoy enamorado.

Bueno creo que sería más fácil.

No le entiendo explíquese.

Mira, en México la mano de obra es más barata y con el tratado de libre comercio podemos establecer el negocio que tenemos en mente.

¿De qué se trata?

Como tú habrás escuchado, el principal problema para generar electricidad es el combustible para las plantas generadoras, y como se esta empezando a utilizar la energía del aire pues nosotros pensamos en fabricar los generadores de viento y si lo hacemos en

México en donde sabemos que la mano de obra es más barata.

Pero, y ¿Yo cómo quedaría?

Pues como el principal socio inversionista.

Me está gustando la idea.

Sí, porque cada vez que quieras mover tu dinero será por medio de la empresa, como inversión, y si te interesa será la mejor forma de que manejes tu dinero y yo me encargo de los procedimientos legales, claro que te voy a cobrar por ello.

¿Me va a cobrar mucho?

No, solo los gastos necesarios para los trámites y mis honorarios y luego estableceríamos el porcentaje de acciones que le correspondería a cada socio.

¿Te interesa?

Por cierto ¿A cuánto asciende lo que te sacaste en la lotería?

Casi son como 20, 000,000.00 de Dlls.

Pues sí que tienes un grave problema que para mi es fácil de solucionar, todo depende de ti.

¿Qué me contestas?

Juan José que sin saber que contestar se queda pensando, y dice.

No tengo otra alternativa por lo que veo, pues mi novia no va a quererse venir a vivir aquí y para conservar el dinero tendríamos que estar renovando nuestra visa cada seis meses.

Veo que ya lo estás entendiendo ¿Entonces aceptas?

Como le digo no tengo otra opción.

Bueno, como comprenderás hay un gran equipo de personal que es necesario para la realización de esta empresa, tenemos ya los Ingenieros necesarios para el diseño de los generadores, así mismo el diseño para la fábrica, lo único que nos estaba demorando era saber si nos iban a prestar el dinero para ello, claro tu participación es una parte, el resto lo comprende el grupo de socios, y con esta alternativa todos van a estar contentos por que se va a poder conseguir mano de obra más barata, y así nos va hacer más fácil el control de la empresa y su desarrollo.

¿Por cierto, crees que puedas conseguir terreno para la fábrica en esa ciudad que dices?

Pues por lo que yo vi es grande y tiene su sector industrial donde se puede construir la fábrica de acuerdo a lo que yo vi.

¿Pero estás seguro?

Si, eran terrenos en venta, le digo por que tuve que estar buscando trabajo en las pocas empresas que ahí había y como no logré nada fue por lo que me vine a trabajar a los EEUU.

Pues que bueno, porque la idea era establecer esta fábrica en China.

Pues ojalá se animen, por que a mi me seria muy grato regresar a buscar a mi novia con esas ideas, por cierto ¿Cuánto seria mi parte en la empresa?

Eso ya te lo haremos saber, ya que vamos a firmar un contrato en que ni tú ni nosotros perdamos ni abusemos unos de los otros, de eso me encargo yo, ¿Cómo ves?

Me parece bien, pues como le dije no veo otra opción.

Entonces debo asumir que aceptas.

Así es, y si vamos hacer esta empresa dígame que es lo que tengo que hacer, para ponerme a trabajar.

Vente mañana lo más temprano que puedas, para prepararte como te vas a presentar con los demás socios.

Por la mañana cuando llegó Juan José, lo pasaron a la sala de juntas donde ya había varias personas que casi sin saber hablar español lo saludaron.

El Lic. Peña lo presenta y les empieza a explicar sobre el monto de dinero que Juan José va a aportar a la sociedad, y les explica que él se va hacer cargo en Morelia de todo lo necesario para establecer la fábrica en México.

Unos socios empezaron a cuestionar ¿Qué cómo se le iba a depositar tanta confianza en alguien para todos desconocido?

A lo que el Lic. Peña les respondió: por eso estamos reunidos todos aquí para firmar todos los papeles necesarios para establecer el protocolo de esta sociedad.

Pues si es así procedamos a hacerlo.

Después de establecer un contrato en el que quedó comprometido el dinero que se había ganado en la lotería Juan José, claro que sin imponer que se le iba a quitar su dinero sino que solamente se establecía un compromiso sobre las acciones que adquiría sobre la sociedad, y los compromisos de trabajar para ella.

Y así después de tener todo arreglado, regresando a Morelia y con todo planeado empezó su negocio en Morelia.

De inmediato se comunicó con Jimena para comunicarle todo lo que estaba haciendo y que ya estaba regresando a Morelia pues se había asociado con unos americanos para poner una fábrica en Morelia.

¿Pero tú con qué dinero te vas a asociar?

Eso ya te lo explicaré cuando nos veamos de nuevo.

¿Y eso cuándo va a ser?

En estos días, ya lo verás.

Bueno háblame cuando estés listo.

Eso haré, yo me comunico contigo cuando te pueda ver.

Por cierto que ya se enteró José Juan en donde está Juan José por lo que intrigado estuvo preguntando del porqué Juan José se fue para los EEUU, y claro lo ha ayudado bastante ya que él pudo viajar con los papeles de su hermano por que él no tenia visa, ni la podía llegar a tener, por los problemas que de adolescente tuvo con la policía ya que estuvo preso por peleonero y robarle sus pertenencias a una señora, por lo que se ha hecho pasar por Juan José y aunque en el banco donde depositó su dinero, Jimena no lo ha notado, si no ya se hubiera dado cuenta que algo andaba mal con Juan José, y principalmente como José Juan no se ha encontrado con Jimena no le preocupa todavía, pero claro que ya lo enteraron las amistades de la relación entre Jimena y su hermano.

Por cierto Jimena ya está a punto de recibir la presidencia de las empresas de su padre pues el entrenamiento que ha tenido en los dos años desde que regresaron de Europa ha tenido buenos resultados y en estos días será nombrada por la junta de accionistas en una gran cena.

Llegado el día, la ceremonia y cena se van a llevar a cabo en los salones del banco y en un gran restaurante. Para este evento a José Juan le mandaron la invitación para asistir ya que las operaciones de sus negocios con la ayuda de Teresa están creciendo y sin que José Juan supiera de la invitación, Teresa la guardó en su escritorio.

Claro que éste ya empezó a hacer sus negocios chuecos, tales como comprar grandes lotes de mercancía extranjera a precios ridículos y consiguiendo permisos aduanales con mordidas, pues su capital sigue creciendo ya que ha conseguido buenos contactos para distribuir esas mercancías y por supuesto a Teresa no le comunica nada de eso, y sobre todo desde el principio le pidió que no le dijera a nadie de su verdadero nombre ya que él está en México con el nombre de su hermano.

Quien por cierto, gracias a esa buena suerte o quien sabe qué al haberse sacado la lotería en Los Angeles a Juan José se le resolvieron muchos de sus sueños, lo malo es que su dinero no lo puede trasladar a México ya que teme por los grandes impuestos que le cobrarían por mandar su dinero a México, y como él ha visto, el haberse asociado con el Lic. Peña todo se le ha facilitado.

Juan José no deja de recordar el día que jugó a la lotería, puso el día que conoció a Jimena, su edad, los meses que llevaban separados y que se la saca, y ahora no quiere decirle a nadie que es millonario y en dólares.

También en la mente de José Juan prevalece el odio que le tiene a su hermano Juan José pues para él Juan José le robó el lugar que le correspondía como familia, principalmente que el papá de los dos los había ocultado, primero porque la mamá de José Juan era la amante y no la esposa como la madre de Juan José y por eso se le ha metido en la cabeza vengarse de su hermano.

Para que no se pueda confundir a él con su hermano Juan José, le ha pedido a Teresa que lo represente en la ceremonia a la que fueron invitados por el banco, ya que Teresa le entregó la invitación que le habían mandado, en donde Jimena será la presidenta, se ha enterado que Juan José está por regresar.

Mientras que Jimena que ya casi a unos días de su nombramiento ha llamado a su oficina a su contador por medio de su gerente que fue muy amigo y brazo derecho del Papá de Jimena indicándoles a los dos que se sienten para escucharla.

Como ustedes saben, estoy a punto de ser nombrada Presidenta de la compañía por lo que quiero exponerles parte de mis ideas.

Díganos niña ¿De qué se trata?

Yo siempre he visto que los trabajadores necesitan prepararse mejor por lo que me interesa que me presenten la lista de todos nuestros empleados, sus posiciones la preparación para desarrollar su puesto, su salario y cuando lo terminen me lo presentan para decirles mi idea.

Don Daniel el Gerente le insiste en saber qué se propone.

Pero Jimena solo se encarga de comunicarle que está muy enamorada de Juan José y que espera poder casarse con él si logran que nadie se oponga a su boda.

¿Y de quien se trata niña?

Es alguien que conocí en el barco cuando venimos de España.

Pero si yo no la he visto con nadie.

Bueno, es que en primera él no se pudo establecer como había pensado y como a mi tía no le gustó por que para ella era un pobre diablo, que a lo mejor lo único que le interesa es el dinero, pues prefirió irse a trabajar a los EEUU y me ha estado mandando su dinero para que lo deposite en el banco a mi nombre por lo que me hace confiar más en él.

En eso entra un empleado le dice que por cierto tiene una llamada.

Cuando contesta es Juan José que le dice después de muchas palabras de amor y saludos que ahora sí está a punto de darle una gran sorpresa y que una será el pedirle que se case con él,

Jimena lo interrumpe ¿bueno que te sacaste la lotería o qué?

Ya lo verás, por lo pronto quiero decirte que ya me siento merecedor de tu amor y muy pronto te lo voy a demostrar.

¿Pero dime cuando? Le incrimina Jimena.

No te desesperes ya pronto, solo quiero arreglar algunas cosas para estar libre, solo te pido me esperes.

Está bien, te estaré esperando con ansias.

En eso Jimena voltea y ve que el empleado sigue ahí esperando instrucciones, por lo que Jimena le pregunta que si los pedidos de las mercancías que encargó a España llegaron

Oh no, todavía no.

¿Y las de la India?

Esas sí ya están en las bodegas esperando que usted las supervise.

Bueno, prepárame mi automóvil para ir a checarlas como todos los días.

Y así saliendo se retira no sin que Don Daniel el contador exprese un suspiro cuando la ve salir.

Más tarde ya en los almacenes, pregunta si todo está en orden.

Lo que le responde el encargado del almacén que si,

Por cierto quisiera que me hagas la lista de los empleados que manejas y se la mandas a don Daniel.

Enterado señorita.

Jimena ordenó que los supervisores y el Gerente se reunieran en su oficina a las 8.00pm.

Ya en su oficina empezó diciéndoles tengo aquí las listas de todo el personal que trabaja para nosotros y mi idea es que se les proponga a todos los empleados que no tengan una carrera o profesión, que los vamos ayudar a estudiar en Escuelas nocturnas para que así puedan progresar.

En eso la interrumpen dos de los supervisores preguntándole ¿Qué nos piensan correr, porque su papá nunca nos preguntó por nuestros estudios escolares?

Oh no, se trata de eso lo que yo quiero proponerles a todos que si se interesan en continuar sus estudios o empezarlos nos llenen una solicitud, para nosotros conseguirles la escuela en la que quieran estudiar, mi idea es que entre mejor estén preparados mejores sueldos lograran,

¿Y qué va a pasar con los que busquen trabajo en otro lado cuando logren sus estudios?

Pues los felicitaremos y buscaremos nuevos empleados y continuaremos ofreciendo a todos los que quieran nuestra ayuda.

Ya en su casa Mariana a quien le había encargado que buscara escuelas nocturnas le informó que las escuelas nocturnas solo dan clases para enseñar a escribir y leer.

Bueno, pues encárgate de conseguir alguna instalación que pueda servir de Escuela, que ya veremos que cursos podremos dar ahí.

Pero Jimena, eso te va a salir carísimo.

No importa, ya es tiempo de que empresas como la nuestras se preocupen por el porvenir de sus empleados para que puedan ser mejores y así tendremos menos conflictos y podemos abatir en algo los índices de pobreza.

Ay si tú, te quieres convertir en la redentora de México.

No te burles que no es motivo para ello.

Está bien voy a buscar.

Jimena se quedó muy pensativa recordando los días que pasaron antes de que se fuera Juan José a los EEUU cuando caminando por el bosque hacían tantos planes, pensando en la idea de Jimena a la que Juan José le decía que contara con su apoyo por que en lo poco que su Padre les enseñaba era de lo que se quejaba, decía que uno debía estudiar y no terminar como él de campesino, por lo que él había estudiado el oficio de electricista, y era precisamente lo que le interesaba para trabajar en los EEUU cosa que con el tiempo le había ido muy bien allá.

Su Tía quien viendo cuánto trabajaba Jimena la invitaba todas las noches a salir a los portales para pasear y ella con la hermosura de sus ojos buscaba entre la gente a su amado Juan José pero sabia que ahí no estaba, pero divertirse no lo conseguía, pero si el relajamiento y así se pasaban las noches.

Por otro lado Juan José que no dejaba de escribirle a su hermano a quien él si le había tomado cariño, le había estado escribiendo a nombre de su Padre las cartas para que la mamá de José Juan no se diera cuenta de que existía él, pero se empezó a extrañar de no recibir contestación por lo que le escribió a su padre preguntándole por su hermano.

Su Padre le contestó que no sabia de su hermano por que lo único que sabía era que se había ido y no sabía a dónde exactamente.

Juan José empezó a preocuparse por su hermano ya que algo le sabia de su manera de ser pero se decía así mismo que ya sabría con el tiempo sobre su hermano, para qué preocuparse ahora que estaban tan lejos uno del otro.

Y es eso lo que José Juan esta aprovechando hacer, pues sin que nadie se dé cuenta de que él esta suplantando a su hermano legalmente, se ha dedicado a buscar como hacer una gran fortuna porque entre sus metas es llegar a comprar la cadena de tiendas de ropa del esposo de Irma su amante en España. Sabe que va a necesitar mucho dinero y por eso está dejando por un lado que Teresa se desenvuelva con sus proyectos con los cuales puede tapar los malos negocios que él realiza, como es la compra también de vinos adulterados los cuales los exportan a países con pocas reglas de gobierno, y así ya se hizo de otro negocio. Más que con su astucia ha buscado gente para que los maneje, él solo pone el dinero, y claro que ya tuvo que mandar deshacerse de unos vivos como él les llamó que quisieron robarle el dinero que habían cobrado por un contrabando que envió a un país en Africa.

José Juan le pregunta a sus contactos;

¿Cómo fue que se dejaron ustedes robar mi dinero?

Oh, es que estos amigos pensaron que no nos daríamos cuenta de cuánto habían entregado de mercancía y cuánto habían cobrado por lo que tuvimos que entregar el reporte a las autoridades, para que los encarcelaran por vender licores piratas, tal como usted nos indicó. Le informo que todo lo estamos haciendo como usted nos ha dicho de entregar la mercancía por medio de intermediarios y si nos traicionan los denunciemos, pero por supuesto que a usted patrón no lo involucraremos, tal como nos dijo, usted nos consigue la mercancía y nosotros la comercializamos y no se preocupe, sus negocios los estaremos cuidando para que no se le culpe a usted de nada.

Teresa organizó una pasarela con modelos muy bonitas para atraer más clientela para la venta de la ropa que ha logrado comprar a las pequeñas fábricas. Otra de las cosas que está haciendo es organizar conciertos de música tanto de rock como de música clásica.

Esto le ha hecho crecer en poco tiempo y ya José Juan está viviendo en una gran residencia en las afueras de Morelia, y hay que ver el carro que compró un Jaguar que impacta a toda la gente que lo ve y por supuesto siempre trae música a volumen alto, el color del carro una especie de color café pero que brilla, por lo que cuando pasea por el centro en los portales todas las muchachas se mueren por saber quien es, pero para que no lo reconozcan se ha dejado el bigote y algo de barba y con lentes menos se puede parecer a su hermano Juan José que siempre andaba impecable y de traje y nunca trajo ni lentes ni bigote y menos barba, y cuando paseaba con Jimena en las pocas veces que lo hicieron antes de partir a los EEUU los dos eran motivo de envidia, por lo que cuando oye pláticas sobre su hermano, José Juan procura enterarse de todo para no cometer errores pues no le conviene que Juan José sepa que está en Morelia viviendo y sobre todo que está haciendo mucho dinero.

En una mañana Teresa le entregaba los depósitos de dinero de la empresa y siempre pedía José Juan que le diera cheques de viajero o que le girara dinero a su cuenta en Madrid, y es que Teresa ha podido hacer buenos negocios con la compra de cereales colocándolos en países que no tienen los recursos para producirlos. Es tanto los negocios que están haciendo por todo el mundo que ya abrieron una cuenta en Suiza para poder mover fácilmente los pagos y los cobros.

Este crecimiento le ha traído tan buenas comisiones que Teresa ya compró una gran residencia en Morelia y a su hermano lo mandó a Alemania para que se especialice en cardiología, pues se ha recibido de Médico y quiere llegar a ser uno de los mejores Cardiólogos del mundo. Su Mamá está feliz, por fin tiene las comodidades que siempre había soñado tener.

Regresando a Jimena, la junta de accionistas está planeada para el próximo lunes y se ha programado una cena en el casino de Morelia que es uno de los mejores centros donde se reúnen las mejores familias de Morelia para sus fiestas.

Jimena que sabe que está por regresar Juan José ha estado escogiendo un vestido para la cena y ha escogido un vestido largo ceñido en la cintura y el busto dejando un hombro descubierto y de la cintura para los pies es largo y algo suelto y casi de color morado, lo que la hace verse muy bonita.

Mariana que ha estado en la preparación de todo le ha comprado el vestido y todo lo necesario de acuerdo a lo que Jimena le ordenó, y claro nada le entusiasma a Jimena.

Oigamos lo que pasa.

Por qué te tardas tanto en encontrarme las cosas que te pido.

Vamos, que soy tu hermana, no tu sirvienta para que me reclames de esa manera.

Oh no, perdóname es que me siento muy nerviosa y es que el hecho de que Juan José no se ha reportado de cuándo va a llegar, me tiene muy nerviosa pues lo que más deseo es que Juan José pueda estar en todo en estas ceremonias. En fin que después de todo lo que he pasado para convencer a la junta de accionistas de que me he preparado lo suficiente, y luego de esas tormentosas pruebas a las que me sometieron me tienen agotada y realmente no sé si los convencí, el estudio ha sido muy intenso y junto con el trabajo me tiene super agotada.

Ya, ya te entendí, pero tú también comprende todo lo que me has encargado y nada te gusta, también me pones nerviosa.

Está bien Mariana, vamos a prepararnos.

Pero precisamente Juan José que se ha estado comunicando con los amigos que tiene en Morelia está enterado de todo y ya tiene preparado todo para regresar el domingo antes de la junta porque su intención es pedirla en matrimonio en la cena, y ha comprado un anillo de diamantes para pedirle a Jimena que se case con él.

Por eso cuando llegó a Morelia le preguntó a su amigo a quien le ha encargado la compra de una casa para establecerse y que como viene con la idea de establecer el negocio de fabricación de generadores eléctricos de viento, de la cual ya en los EEUU había hecho la sociedad con el lic. Peña y con los socios que le presentó el Lic. Y como ya podían iniciar el negocio, le preguntaba si le encontró el terreno y la casa que le había encargado encontrar.

Pedro ¿hiciste todo lo que te pedí?

Señor usted sabe que sí, ya tengo localizado el terreno con las dimensiones que me dio y están por darnos el presupuesto para la construcción de la nave principal, así como las grúas viajeras que va a llevar la nave, para las diferentes operaciones como usted las diseñó, se va a tardar la construcción tres meses, pero se va a trabajar hasta en tres turnos.

Bien, yo ya tengo todo el capital que se necesita porque ya tengo tramitado las cartas de crédito con los diferentes bancos así que tenemos que darnos prisa en cerrar la operación de los terrenos,

Pues lo están esperando en el banco para que se realice todo lo que necesite.

Está bien, me voy a dar prisa por terminar mis asuntos personales, por cierto quisiera hablar con las personas elegidas para dirigir la empresa para que contraten el personal técnico necesario para la producción de los generadores de viento.

Oh, por cierto, las oficinas generales para su negocio ya están listas para que las ocupe en cuanto usted lo requiera.

Pues vamos ahora mismo que quiero verlas.

Después de dirigirse a las nuevas instalaciones de las oficinas que compró especialmente al llegar le indica a Pedro quien ya lo ha nombrado su Gerente,

Bien Pedro me parecen magníficas mis oficinas no cabe duda que seguiste al pie de la letra mis instrucciones, vamos a empezar a trabajar.

Ya instalado en sus oficinas empezó a seleccionar el personal que iban a necesitar para la empresa.

Por la tarde ya cansado, le habló a Jimena para ver si aceptaba salir a cenar con el.

Lo que a Jimena la hizo brincar de gusto, por fin se vería con Juan José.

Sí, sí, dime dónde nos vemos y ahí estaré.

Te espero en el restaurante que está junto al Palacio de Gobierno a las 8.00pm.

Ahí estaré, le contestó Jimena.

Eran las 8.12pm cuando Juan José se percataba de la hora y Jimena no aparecía lo que le empezó a preocupar, pero al voltear ahí estaba Jimena observándolo desde la puerta por lo que se paró en seguida y casi corriendo llegó a ella para abrazarla y dándose un beso la encaminó a su mesa.

Dime Juan José, ¿Por qué no me avisaste que ya habías llegado? Le pregunta Jimena

Oh, es que todo se me ha vuelto tan complicado, tú sabes como son los negocios, juntas aquí y allá consiguiendo que los socios acepten los planes para mi proyecto, el cual ha tenido tal aceptación que de inmediato al proponer mi idea todos querían empezar a trabajar conmigo, pero tú sabes tenía que seleccionar muy bien a quien aceptaba. Ya una vez establecidos los contratos nos pusimos a contratar las cartas de crédito para invertir en el negocio. Vamos a empezar a trabajar dentro de cuatro meses, para empezar a tener nuestros primeros generadores eléctricos de viento y en general es en lo que me he ocupado en los últimos meses ¿Y tú?

Como te expliqué tenía que tomar cursos de Administración de Negocios, para poderme hacer cargo de los negocios de mi Padre y como te dije el próximo lunes me van a dar la Presidencia de la compañía, y por la noche me van a ser una fiesta para presentarme ante los socios y sus familias, por lo que tú estás plenamente invitado.

No te preocupes, yo ya tenia pensado ir a esa cena me invitaran o no porque tengo algo muy especial para ese día.

¿Y qué es? Le pregunta Jimena.

Ah pues es una sorpresa y por más que me insistas no te lo voy a decir ahora.

Por cierto que he querido contarte que mi estancia en los EEUU se volvió tan complicada que, si yo hubiera seguido tratando de trabajar como electricista allá, no sé si hubiera podido regresar como estoy, pues estoy seguro que nunca la hubiera hecho en los EEUU.

¿Por qué? le pregunta Jimena`

Porque todo mundo piensa que en los EEUU tú vas a encontrar las mil oportunidades que supuestamente aquí o en otros países no encuentras pero la realidad es otra.

Explícate.

En primer lugar, si tú tienes visa para pasar de turista supuestamente ya la hiciste, pero no, para conseguir un buen trabajo, necesitas la residencia legal, por otro lado como yo hay muchos que han pasado de indocumentados, y es peor porque para todo tienes que esconderte, y claro puedes conseguir trabajo pero siempre será como dicen por abajo del agua.

¿Qué quieres decir?

Que sí te contratan, pero nunca te van a pagar ni siquiera el salario mínimo, y para vivir allá necesitas pagar una habitación, que en muchos casos la compartes con otros indocumentados, y claro las rentas son muy caras, lo mínimo son desde $800.00 en adelante,

Luego para ir a trabajar muchas de las veces, aunque seas legal tú vas a necesitar carro y para eso lo necesitas comprar con un mínimo de enganche de $ 500.00 Dlls y si tienes buen crédito una financiera te da el crédito pero como la ley exige que para manejar un automóvil tienes que tener licencia y aseguranza y eso es siempre que tú seas legal, ya que para obtener tu licencia te exigen el comprobante de tu residencia legal o de tu ciudadanía, luego las financieras te exigen que el seguro del carro cubra todo o sea que por un lado si eres primerizo con la licencia te van a cobrar hasta $ 300.00 Dlls mensuales aparte del pago del carro que son muchas veces por el orden de $ 200.00 Dlls mensuales luego la gasolina es cara y de acuerdo a la distancia en que trabajas te gastas un promedio de $ 5.00 Dlls diarios.

Súmale la comida que también es cara y luego allá no te dan aseguranza médica, si bien te va, solo te la dan a ti y muchas veces el pago adicional, que tú tienes que pagar, te llega del orden de $ 100.00 mensuales y no se diga si tienes familia, por que ya te amolaste los gastos te suben, que lo mínimo que tienes que ganar es del orden de los $ 2,000.00 Dlls.

Y eso debe ser sin impuestos, por lo que en la mayoría de las veces tienen que trabajar toda la familia y muchas veces ni así les alcanza.

Por lo que yo me convencí de que cual sueño americano, para mí pensar eso es muy difícil de vivir, pues todo es carísimo y la mayoría de los trabajos por otro lado no te dan tiempo completo, ya que si te contratan te dan un máximo de 20 horas a la semana y la mayoría con salario mínimo sin prestaciones, créeme aquí en México están en la gloria comparado con el dizque sueño americano, son tantas las diferencias, pues aparte te exigen el idioma, que no es nada fácil de aprender, es una aventura muy difícil realmente.

Otra cosa que me estaba olvidando, para trabajar allá necesitas una Licencia para trabajar no importando si vas a trabajar de albañil, y para sacarla tienes que asistir a una escuela donde te acrediten haber cursado el mínimo de 2,000 horas de clases, para que en cualquier ciudad donde vayas a trabajar, hagas un examen para que ahí te den la Licencia, y claro te van exigir de acuerdo con el oficio que vayas a desarrollar como electricista, albañil o plomero, que presentes una fianza o aseguranza para que puedas trabajar con tu licencia.

Como ves, creo que nunca hubiera podido regresar a conquistarte si no ha sido por que me saqué la lotería y hasta eso no puedo como te dije sacar el dinero de los EEUU, solo puedo invertir, que creo que es donde no te ponen tantas trabas claro que tienes que pagar impuestos.

Pues que bueno que así pudiste regresar, y ya veremos cómo nos va aquí.

Yo espero que la pueda hacer aquí, si no, no sé lo que voy hacer, pues no me gustaría que tu familia piense que lo único que a mi me interesa de tí, es tu dinero, yo te amo y te lo quiero demostrar.

Así se pasaron la noche cenando y oyendo música recordando las noches en el barco cuando se conocieron y se enamoraron.

José Juan (Pedro Ignacio) le dice Teresa ¿Dónde ha estado?

Trabajando, usted sabe que yo no tengo horario fijo.

Sí, pero es que hay muchas cosas que firmar y necesito su aprobación para ellas.

Ya le he dicho que mientras usted actúe de acuerdo a mis intereses, usted tiene toda la libertad para cerrar cuanto negocio nos favorezca.

Sí, pero hay proyectos que quiero consultar con usted.

No se preocupe, usted hágalos, nada más, no me lleve a la ruina.

Está bien, como usted diga.

José Juan está muy alterado, se ha enterado de los negocios de su hermano y con su egoísmo no le ha agradado nada el ver como se ha podido destacar en los negocios que ha comenzado Juan José, por lo que ya está planeando como darle problemas.

Ya se entrevistó con algunas personas del gobierno por medio de una gente especial que encontró en la obtención de permisos para traer mercancía pirata sin que le pongan trabas, pero también para que le pongan todas las trabas posibles a Juan José para que no puedan comenzar a construir.

Y claro, como el dinero todo lo puede, a Juan José ya le notificó Pedro que le están exigiendo del municipio los estudios de suelo, y como no ha encontrado quien se los haga rápido, le está diciendo, cuánto más se van a demorar las obras de construcción.

Vamos Pedro, contrate a quien sea, pero apúrese.

Sí señor, pero esto va a demorarnos otros dos meses más de lo previsto.

Maldición, no puede ser, que no puede arreglar con los inspectores del municipio, ¿que nos dejen contratar alguien del extranjero?

No, ya me advirtieron que solo compañías del país lo van a permitir.

José Juan está feliz ya ha empezado a vengarse del hermano perfecto.

Teresa, le habla el patrón le dice su secretaria.

Ya en las oficinas de José Juan.

Teresa, hágame un favor trate de conseguir que nos inviten a la cena de recepción para la nueva gerente o presidenta del banco.

Ah, ¿De la señorita Jimena?

Sí, de ella,

No se preocupe, ya tengo la invitación.

¿Cómo le hizo?

Es que como somos clientes del banco me mandaron la invitación.

¡Magnífico! No cabe duda que usted es la mejor empleada que pude conseguir.

Favor que usted me hace (le contesta Teresa).

José Juan le marca a uno de sus contactos diciéndole que se presente en su oficina.

Cuando llega, lo hacen pasar a sus oficinas y José Juan le dice:

Espero que usted me responda de acuerdo a las recomendaciones que me dieron de usted.

Vamos señor, usted dígame qué hay que hacer que mientras haya dinero de por medio yo soy muy exacto para realizar mi trabajo.

Bien, necesito que me consiga unos tres empleados que sepan de embobinado de motores eléctricos, y que se puedan utilizar para sabotear algo, claro que sepan cómo hacerlo para que no los involucren.

Le entiendo jefe, yo me encargo de conseguírselos ¿para cuándo los necesita?

Bueno se va a tardar un poco, pero yo le aviso, por lo pronto, téngalos listos para cuando yo se lo indique, y tenga este dinero para que cumpla con el trabajo que por ahora le estoy pidiendo

Por cierto, ¿cómo le trabajaron los inspectores que le conseguí?

Magnífico ¿ya les pagó no?

Por supuesto, pero usted sabe que hay que mantenerlos callados y eso solo es con dinero.

No se preocupe, que el dinero lo hay.

Bien señor, si nada más se le ofrece, recuerde que estoy a sus órdenes.

Bien, pero no se pierda porque lo voy a necesitar muy seguido.

A sus órdenes quedo señor.

José Juan sigue en sus planes, por un lado fastidiarle la vida a Juan José y por el otro conseguir las empresas del esposo de Irma su ex amante.

Irma se ha sentido mal, por lo que le pidió a su esposo que quería ver un Doctor.

Ya sabes que no tienes que preguntarme, vé a donde quieras.

En la búsqueda de un Doctor, se dirige a una clínica particular pidiendo ver a un Doctor.

¿Qué es lo que le duele? Le pregunta la enfermera recepcionista.

Es lo que yo quisiera saber, no lo sé, por eso quiero consultar un Doctor.

Sí, muy bien señora, pero yo necesito saber que le pasa para saber a que Doctor la voy a pasar.

Si yo supiera se lo diría, pero no sé explicarme.

Está bien la voy a pasar con uno de los Doctores para que la consulten.

Ya en la oficina del Doctor, la empieza a cuestionar.

Dígame señora, ¿Qué es lo que le pasa?

Doctor, es que me siento rara, como débil, y últimamente me dan resfriados muy seguidos, no puedo aliviarme.

¿Y cómo es su vida sexual?

Como la de cualquier esposa, pero mi marido tiene tiempo de no estar conmigo.

Después de checarla, el Doctor empieza a sospechar que algo anda realmente mal, por lo que le incrimina.

¿Ha tenido alguna relación extramarital señora?

Si me va hacer esas preguntas olvídelo.

Saliéndose muy enojada de la clínica Irma se retira y sin saber qué hacer va con una de sus amigas que le ha presentado algunas amistades con las que ha tenido "esas relaciones extramaritales"

Ya en la casa de Dulce que así se llama la amiga.

Dulce, estoy muy preocupada, me he sentido mal estas últimas semanas, y ahorita vengo de ver a un Doctor pero me hizo preguntas sobre mi vida extra marital y tú sabes que eso nadie lo debe saber.

Oh sí, ya lo sé, ¿Pero qué no te cuidabas?

Pues sí pero no con todos.

Pues sabes, hay unos rumores de que uno de tus amantes está muy enfermo de sida.

¿Quién?

Samuel el pintor, ¿te acuerdas de él?

Sí, no me digas y yo que no me cuide con él.

Pues mi amiga es mejor que les confieses a los Doctores lo que probablemente tienes.

Y ¿Qué voy a hacer si lo tengo?

Ese es tu problema, ya no eres una jovencita para no saber lo que hacías.

¿Qué ahora tú me vas a regañar?

No, ¿pero qué quieres que te diga?

Esto es muy serio y tú debiste cuidarte.

Llorando Irma se retira pensando y ahora ¿Qué voy hacer?

Al otro día se dirige a otra clínica y ya en ella pide ver a un Ginecólogo.

Al pasarla con el Doctor le pregunta que cual es su problema.

Irma responde, me da mucha vergüenza pero creo que tengo sida, y quiero estar segura de qué es lo que tengo.

¿Señora, me quiere decir que ha tenido relaciones con su esposo y que él pudo haberla contagiado?

No, la culpable creo ser yo.

¿Por qué señora?, explíquese.

Es que a mí siempre me gusto divertirme y como a mi esposo nunca lo he querido, pues fui casada de acuerdo a las costumbres familiares.

¿Y qué eso le daba a usted la libertad de tener relaciones con cualquier persona?

No, no lo podría afirmar.

Señora, si de verdad usted tiene sida usted va a tener que identificar a todos sus amantes para saber quién la contagió, y cuántos de ellos están contagiados.

Pero me va a matar mi marido.

Pues si no la mata su marido, júrelo que el sida sí la puede matar a usted si no se atiende.

Y si lo tengo ¿cree que se pueda curar?

No señora, se puede controlar de acuerdo a la gravedad con que usted lo tenga y la resistencia de su organismo.

¿Y cómo voy a saber que lo tengo?

Es muy fácil, para nosotros solo le vamos a extraer sangre para mandarla analizar, y por favor señora usted no puede volver a tener relaciones sexuales con nadie, ¿me entiende?

¿Pero qué le voy a decir mi marido?

Señora, usted o yo tendrá que decírselo porque si él ha estado con usted después de contagiarse usted, entonces él también podría estar contagiado, así que pase con la enfermera para que le saquen sangre.

En seguida le llamó a su enfermera, ordenándole le hiciera los exámenes de sangre correspondientes para saber qué es lo que tiene la señora.

Así pasan los días, Irma que no sabe que hacer ni cómo decirle a su marido las sospechas del Doctor, ha estado tratando de buscar a José Juan pero como ya tiene meses de que no sabe nada de él se siente desesperada y aterrorizada sin saber qué hacer.

El lunes ha llegado Jimena toda nerviosa que casi no pudo dormir por la noche. Se prepara para asistir a la junta de accionistas que se llevará a cabo en las oficinas centrales de las empresas de su padre.

Tía, ya estoy lista le dice Jimena, que vestida con un conjunto sastre de color café semioscuro se está acabando de maquillar.

Sí, ya te oí, ya voy le dice su Tía.

Mariana ¿Estás lista?

Sí ya voy.

Diez minutos más tarde abordan la limosina que las llevará a las oficinas.

Al entrar Jimena todos guardan silencio.

En la oficina están los socios del negocio con sus carpetas donde se detallan las empresas que comprende el grupo, así como los adelantos en preparación que Jimena obtuvo para poder hacerse cargo de la empresa.

Después de pasar lista de accionistas le empezaron a hacer las correspondientes preguntas sobre sus ideas de cómo iba a manejar los negocios de su Padre, a lo que contestó:

Como ustedes saben los cursos que estuve tomando me han enseñado muchas cosas que puestas en práctica en las empresas podrán hacer que crezcan más.

¿Cómo cuales? explíquese le requirió el Presidente de la Junta.

Como ustedes saben cuando se estudia los procesos de productividad y manejo de la elaboración de los productos se puede corregir muchas de las causas que provocan lentitud en la producción, por lo que estoy estudiando cada empresa para hacer los cambios que se necesiten.

La interrumpieron los socios diciéndole:

No creemos que usted sola, pueda manejar las empresas y dedicarse a hacer esos cambios que dice.

Por supuesto que no, yo lo que pienso hacer es rodearme de colaboradores que se pongan a estudiar los procesos para que juntos hagamos los cambios necesarios.

Pero eso le va a costar más a la producción y va a haber mayores gastos.

Señores, si así fuera no se hubieran hecho tantas reglas de producción de tantas grandes empresas que ahora han sido la llave para que las grandes corporaciones que manejan tantas industrias ganen tanto mercado con los precios de sus productos.

También espero buscar nuevas inversiones en nuestra institución bancaria buscando nuevos flujo de capital que nos permitan realizar mejores préstamos que nos reditúen buenas ganancias con los intereses sobre esos préstamos que deben ser seguros al realizarse.

Mis principales enseñanzas se basan en algo tan simple como es el llamado Valor Agregado, que en su explicación dice que la principal labor de un gerente o supervisor es darle el valor agregado al producto que se está elaborando, dándole siempre mejores herramientas y facilidades para que se pueda incrementar su productividad que es la base de obtención de mejores utilidades.

Otro de los cambios que quiero establecer es la implementación de preparación escolar para todos nuestros empleados en escuelas nocturnas en las que les podamos ayudar a superarse.

Oh sí, precisamente es una de las cosas que a mí me parece que no he entendido (le dice uno de los socios). De acuerdo a lo que entiendo cada trabajador que logre una mejor preparación escolar tratará de buscar otro trabajo mejor.

Por supuesto que lo he contemplado, pero ¿sabe usted cuál es el índice de desempleo de nuestro país? si lo sabe me podrá entender, ya que cada trabajador que se nos vaya a otro lado vendrán cientos a tratar de suplirlo, pero especialmente lo que busco es que nuestros empleados tengan una mejor preparación.

Sí, pero así van a exigir más dinero.

De acuerdo, pero todo eso lo podemos compensar con una mejor producción y un aumento de las utilidades al mejorar nuestros sistemas.

¿Pero cuánto tiempo se va a llevar la preparación de nuestros empleados?

Espero que no se equivoque y nos cueste mucho dinero.

Ya verán que poco a poco que instauremos mis ideas nuestras empresas crecerán.

Esperamos realmente que no se equivoque y como ya tenemos decidido darle a usted nuestro apoyo y dado que ustedes tienen el 55% de las acciones de la empresa no nos queda más que esperar que todo salga bien.

Así también lo espero yo, y espero no defraudarlos.

Bien señorita Jimena, como director de esta junta me es muy honroso darle a usted su nombramiento como Presidenta de las Empresas Cassani, quien desde hoy usted será la que las maneje.

Se escucha un fuerte aplauso y a la salida de la sala de juntas la Tía y Mariana la abrazan dándole sus más intensas felicitaciones.

Jimena les agradece a todos, en eso la interrumpen diciéndole: a la noche la esperamos en la cena que le tenemos organizado.

Ahí estaremos, les contesta.

Jimena se retira a sus oficinas para hacerse cargo de todo lo que le espera de hoy en adelante, y así convoca a junta a todos los gerentes de las empresas en la sala de juntas.

Ya ahí después de pasar lista y entregándoles una carpeta, a cada uno les indica, como ustedes verán se encuentra vacía la carpeta, por lo que su tarea va a ser que me la llenen cada uno de ustedes con los datos necesarios para saber cómo opera cada una de sus plantas, y también las necesidades que cada una requiere, por lo que para mañana a las 10.00am los espero a todos con sus reportes.

Pero señorita, es muy poco tiempo, ¿no le parece?

Lo único que me indicará es que ustedes no saben lo que pasa en sus plantas como gerentes. Por lo tanto el que no me presente su respectivo reporte lo consideraré como un inepto que debe ser remplazado de inmediato, pues yo quiero que nuestro personal sepa lo que está haciendo y qué es lo que tienen bajo su responsabilidad.

¿Enterados?

Sin nada que decir, salieron todos muy callados y sin comentar se dirigieron a sus respectivas plantas.

Veamos cuales son las empresas que comprenden el grupo de negocios que el padre de Jimena tenía:

Una fábrica de ropa para fabricar uniformes y ropa de trabajo para obreros.

Una fábrica de botas industriales,

Una planta procesadora de leche y sus derivados.

El banco que es parte de un conglomerado de bancos en México y España

Y por último las pequeñas plantas procesadoras de dulces y carnes típicas de Michoacán que envasadas son vendidas por toda la República y el Extranjero.

En total estas empresas son manejadas con un total de personal que varía entre los dos mil y dos mil quinientos de acuerdo a la temporada en que se requiere aumentar el personal.

Jimena que sabiendo todo lo que le espera, casi temblando le indica a Mariana.

Tú vas a ser mi ayudante y tendrás que buscar la forma en que me vas ayudar.

Sí ya lo sé, que me vas a tener como tu esclava.

No, tú sabes que no, que tú también eres parte de esta familia y sabes lo que te corresponde en los negocios que nos dejó papá.

Bueno, yo voy a ver qué es lo que tengo que hacer por ahora, voy a llamar a don Adalberto para ver cómo vamos a trabajar en conjunto.

En la oficina: hola Don Adalberto, ya sabe que ya se procedió al nombramiento de mi puesto ¿Verdad?

Oh si, ¿Qué se le ofrece?

Sabe, he estado pensando en todo lo que nuestras compañías producen y quisiera me ayudara con las ideas que tengo.

¿Cómo cuáles?

Mire, con referencia a la producción de dulces, yo quisiera ver si es posible producir dulces no con azúcar, sino con productos que sustituyan el azúcar, ya ve que hay una gran cantidad de personas enfermas de diabetes en todo el mundo, y por supuesto que ellos quisieran encontrar esos dulces que no pueden comer por el azúcar, ¿se imagina cómo se incrementarían las ventas si lo hacemos?

Me parece buena idea niña, déjeme ver con qué productos los podemos fabricar, y principalmente los costos, que me imagino que por supuesto incrementaría el precio de venta.

Sí, ya lo sé, pero pienso que hay muchos productos que podemos fabricarlos sin azúcar.

Está bien, me voy a poner a trabajar en ese proyecto suyo. ¿Algo más?

Por supuesto Don Adalberto, hay muchas cosas que quisiera cambiar en beneficio de todos, pero ya le haré saber qué otras cosas podemos cambiar.

Por cierto quería preguntarle niña ¿No será posible buscar máquinas de coser para la ropa industrial que nos permita producir más y a menor costo?

Por supuesto, le voy a pedir al departamento de ingeniería que se pongan a trabajar en eso, y por cierto le encargo los reportes de producción y ventas del último trimestre para ver cómo vamos ¿Será posible, para esta semana?

Por supuesto, yo me encargo.

Me voy a las oficinas generales, ya vendré otro día, quisiera seguir viniendo a checar los embarques.

¿No le parece que es muy cansado para usted y recuerde que hay mucha delincuencia en las calles?

Oh sí, pero también le encargo que se revise la vigilancia para que tengamos un sistema de seguridad que nos permita trabajar sin sobresaltos.

Referente a las clases nocturnas, creo que vamos a tener problemas.

¿A qué se refiere?

Es que a la gente como que no le gusta que los obliguen a estudiar.

Pero si no estoy forzando a nadie ¿Por qué protestan?

Es que dicen que ellos después de trabajar quieren irse a sus casas a descansar y disfrutar con sus familias el resto del día, y no tener que ocuparse en ir a estudiar.

Le entiendo, pero no se trata de forzar a nadie, sino que entiendan que les queremos dar la oportunidad de superarse.

Yo lo sé, pero no todos lo entienden así, ellos creen que usted los va a forzar.

Oh no, no yo los voy a reunir a todos en cada compañía para hacérselos saber.

De regreso a su casa, se empezó a preparar para ir a la cena ceremonia que le tenían preparada para esa noche.

Juan José ¿Ya estás listo? (le pregunta su ayudante)

¿A qué te refieres?

Pues a qué a de ser, a tu cena de esta noche, a la preparación de tu empresa y a tantos proyectos que quieres hacer.

Por eso estoy tan distraído, pero sí, ya estoy listo para hoy en la noche.

Mariana se hace tarde ¿ya estás lista?

Sí, Tía

Pues apúrate que ya se fue Jimena y nos va a estar esperando para entrar las tres al salón, tenemos que apurarnos.

Jimena no se ha bajado de su automóvil pues está esperando que llegue su Tía, cuando a lo lejos ve que desciende una pareja, él con un traje oscuro y la chica con un vestido largo blanco, se dice así misma, pero no puede ser, se parece tanto a Juan José, solo que esa barba y el bigote y los lentes oscuros, se me hace tan raro.

José Juan que estaba descendiendo de su automóvil le dice a Teresa.

No se le vaya a ocurrir decir mi nombre ¿Enterada?

Sí, en eso habíamos quedado ya sé que solo debo llamarlo por Pedro I.

Bueno ya le diré más adelante porqué.

Lo entiendo, pero ¿porqué esa barba y bigote?

Ya le había dicho que no me haga preguntas sobre eso ¿Ok?

Sí, señor como usted diga, pero vamos que ya la gente está entrando al salón.

Tía cómo se han tardado, apúrense.

Y tú Jimena, que bien te ves.

Entran las tres y toda la gente guarda silencio, no sin mencionar en secreto lo hermosas que son las dos, Jimena y Mariana.

Es el momento en que José Juan se fija en Mariana y se queda impactado pensando en que es la mujer más hermosa que ha visto en su vida.

Sentándose en su mesa Jimena es recibida con un aplauso de toda la gente.

Gracias a todos por este recibimiento que no me esperaba que fuera tan caluroso espero corresponder a sus atenciones en el futuro.

Y sentándose comienza la fiesta, cuando en eso Jimena ve entrar a Juan José quien se dirige a ella.

Espero que tu enamorado no vaya a venir le dice su Tía.

Cuando en eso ve entrar también a Juan José quien con un elegante traje negro se dirige a la mesa de ellas.

¿Y esto que significa? le incrimina a Mariana su Tía.

Yo que sé Tía.

Pero es que este no es el Juan José que conocimos en el barco.

Pues si Tía pero deberías de preguntarle eso a Jimena.

Pero ya no tuvo tiempo Juan José ya los estaba saludando a todos en la mesa por lo que Jimena lo hizo sentarse a su lado.

Poco tiempo después de la cena, que estuvo compuesta de exquisitos platillos Michoacanos donde no faltaron las corundas y el pollo guisado, así como las quesadillas, en fin, que había dulces y rompope y tantas cosas que la gente no reparaba más que en comer, por lo que el primero en pararse a sacar a bailar a Jimena fue Juan José.

Bailando, Jimena le pregunta que cómo le van sus cosas a Juan José.

Tú sabes que nada es fácil, pues no me explico porque me han puesto tantas trabas para empezar la construcción de mi fábrica.

Pues ¿Qué ha pasado?

Que me exigieron los estudios de suelo y me dicen que se van a tardar alrededor de tres meses en darme los permisos y eso me va retrasar y aunque los socios están de acuerdo yo ya quería empezar, pues esta noche tengo algo muy importante que pedirte.

Y parándose en medio del salón hace que la gente se haga a un lado y arrodillándose saca un estuche con un hermoso anillo de compromiso diciéndole.

Quiero pedirle a la mujer más hermosa de este mundo que si acepta casarse conmigo.

A lo que Jimena le contesta.

Con toda mi alma.

José Juan quien desde su mesa contemplaba a su hermano, con coraje se levantó diciéndole a Teresa que ahí la dejaba, que después le platicara que era lo que había pasado en el resto de la fiesta y se retiró casi empujando a los que les estorbaban.

En eso, ya bailando, Jimena le pregunta que si hay alguien que él conociera que se pareciera mucho a él.

¿A quién te refieres?

Y cuando iba a señalar a la mesa donde estaba José Juan ve que solo están las demás personas pero no a quien ella se refería.

Ahí estaba sentado y se parecía mucho a ti, pero con barba y bigote y lentes oscuros.

Sabes yo no conozco a nadie aquí con esa descripción, sí te puedo decir que tengo un medio hermano que se parece mucho a mi pero él vive en

España con su madre y no creo que quiera venir a México, pues no creo que le darían visa para salir de España por sus antecedentes.

¿Cuáles? Le pregunta Jimena.

Para qué te los digo ya lo sabrás más adelante, bueno, la pregunta ahora es ¿cuándo nos podemos casar?

Se me hace que por el momento no te voy a responder pues tú sabes muy bien que apenas estoy empezando en mi nuevo puesto al frente de las empresas de mi Padre.

Oh sí, ya me imagino lo que ha de estar diciendo tu Tía, pero tú sabes que aunque tengo mucha prisa, nuestra boda la podemos concertar para dentro de seis meses ¿te parece?

Sí, me parece buena idea, así no tendrán que criticarnos.

Bueno, vayamos a la mesa a ver qué nos dice mi Tía.

Su Tía Emma que así se llama, le pregunta a Jimena.

¿Qué significa esa petición?

Interrumpiéndola Juan José le dice.

Mil disculpas señora yo sé que primero debería de comunicarle nuestras intenciones de tener un noviazgo, pero creí que Jimena ya se lo había dicho.

Pues no jovencito ¿Pero no cree que antes de darle el anillo de compromiso a mi sobrina debería darse a conocer con nosotras?

Oh sí, que yo voy a tratar también de traer a mi Madre para que le pida a usted la mano de Jimena, pero espero que me comprenda, mi Madre vive en España y ahorita quiero comenzar mis negocios aquí en Morelia.

¿Cuáles negocios?

Como ustedes saben soy tan agraciado por la suerte que así como tuve la maravillosa suerte de cruzarme en el camino de Jimena también tuve mucha suerte en los EEEUU y que si no ha sido por mi suerte, nunca hubiera podido regresar a buscar a Jimena, ya que tratando de trabajar en los EEUU como no podía trabajar legalmente tenía que trabajar como dicen aquí por debajo de la mesa y como le pagan a uno lo que quieren pues nunca le alcanza a uno el dinero, pero uno de esos días en que sintiéndome derrotado y rezando por no perder a Jimena se me ocurrió comprar un boleto de la Lotería y pues me la saqué.

¡Ah!, entonces ¿eso quiere decir que usted es millonario?

Bueno, no del todo lo que pasa es que se me ha ocurrido empezar una fábrica de generadores eléctricos de viento y como es la nueva forma de generar electricidad sin necesidad de gastar en combustibles, pues me asocié con unos Mexicanos que tienen dinero allá en los EEUU y como son nacidos en los EEUU pues están muy interesados en invertir en México.

Pues qué bien ¿Y qué ya comenzó aquí en Morelia sus negocios? Le pregunta Mariana.

Sí, y es precisamente lo que estoy haciendo ahora, pero como todo en esta vida siempre se ha de encontrar uno con problemas.

Jimena lo interrumpe y le dice que porqué no siguen bailando lo que le parece maravillosa idea a Juan José.

En una de las mesas está Don Adalberto que sin dejar de contemplar a la Tía Emma se dice así mismo:

Tanto tiempo adorándote Emma y tú ni siquiera te has dado cuenta, no cabe duda, desde que me quedé viudo no he hecho otra cosa más que soñar con tu amor, y por eso no he dejado de contemplarte desde lejos y de trabajar para tu familia.

Pensando dice. Sí, Emma creo que ya es tiempo de empezar a conquistarte y así se queda en sus sueños, soñando con la Tía.

Teresa, que desde su mesa ha estado viendo a la pareja y no deja de sorprenderse del gran parecido que tiene Juan José con su jefe José Juan que no deja de seguirlo con la vista todo el tiempo, cosa que ya Jimena ha notado como se le queda viendo a Juan José por lo que le pregunta a Juan José.

Amor ¿de verdad no conoces a nadie aquí? Por qué no te quita la vista de encima una chica que está en una de las mesas.

Vamos, olvídala y sigamos bailando que a mi lo único que me interesa eres tú y nadie más.

Y así se pasaron la noche bailando y platicando.

A la mañana siguiente, Teresa quiso preguntarle a José Juan sobre Juan José pero esté de inmediato le prohibió hablar de él.

Teresa, quien estaba preparando un concierto con unos conjuntos famosos así como cantantes también famosos y como le estaba requiriendo mucha atención pues se olvidó del problema, no sin quedarse con la duda de qué es lo que estaba pasando.

Y claro, a José Juan no le convenía que nadie se enterara que eran hermanos Juan José y él ya que al haber utilizado la identidad de Juan José para conseguir los papeles para viajar no quería que sospecharan, ni el mismo Juan José se enterara de que ahí estaba viviendo en Morelia.

Daniel, uno de los gerentes de las empresas de Jimena intrigado por que el superintendente general Don Adalberto tenía tanta confianza con Jimena se acercó a Don

Adalberto y bromeando le preguntó que si se había divertido en la cena.

Claro que si ¿Por qué es la pregunta?

Nada más por saber.

Oiga, por cierto, ya tiene las listas de los empleados que la señorita Jimena quiere para ver los estudios que tienen cada uno.

Sí, ya las tengo y se las voy a llevar.

Avíseme cuando lo vaya a hacer para estar presente.

De acuerdo Don Adalberto.

Una tarde, Jimena se dirigió a la fabrica de ropa, cuando al entrar a la fabrica que ya estaba casi sin los empleados que trabajaban ahí, en uno de los pasillos le salió un hombre, que con una máscara negra que solo le permitía vérsele los ojos la aventó contra la pared diciéndole:

Con que usted piensa correr a los obreros de sus empresas por que no tienen los estudios requeridos, según sus ambiciones de riqueza.

Perdóneme, ¿Pero quién le dijo semejante tontería? le respondió Jimena.

Eso es precisamente lo que todos los trabajadores saben, que usted los quiere correr con sus ideas, pero yo le voy a advertir que si sigue con esas ideas yo la voy a destruir, no sé cómo pero se va a arrepentir si corre alguno de sus trabajadores.

No, usted está confundido no es lo que yo me propongo.

No me interesa, pero júrelo que se va arrepentir si lo hace, y dándole un empujón que la hizo darse un golpe en la cabeza salió corriendo por los pasillos.

Jimena llorando empezó a gritar por ayuda, y pronto vinieron los empleados del almacén del turno de la noche y preguntándole qué es lo que había pasado, llamaron a la policía y a una ambulancia.

Ya en el Hospital, Jimena después de rendir su declaración ante el Agente del Ministerio Público y esperando que la acabaran de curar del golpe que se dió contra la pared, llegaron todos a preguntar por su salud y entre ellos estaba Juan José.

Juan José le preguntó que qué era lo que había pasado.

Después de relatarle todo, se preguntaba Jimena porque le habrían mal entendido sus propósitos por lo que pensó en reunirse con el departamento legal para tomar las medidas necesarias para que no malinterpreten sus deseos de tratar de que sus empleados se perfeccionen.

Por eso, en cuanto estuvo lista se reunió con sus abogados a quienes les explicó su idea.

Uno de ellos le dijo también lo que todos pensaban.

Sí, ya lo sé, pero mi idea es ayudar a la gente, no perjudicarlos, y para eso ya hasta hemos visto la creación de una Escuela por parte de nosotros.

Pero usted sabe o debería de saber que la Secretaria de Educación es la encargada de promover esas escuelas como las que usted trata de crear.

Sí lo sé, por eso quiero que ustedes se encarguen de todos los trámites necesarios para legalizar el centro de estudios que quiero crear, y les hagan saber por medio de avisos legales a los trabajadores, que lo que tratamos es algo meramente voluntario, que solamente los trabajadores que se interesen en tratar de estudiar en las noches se les facilitará todo lo necesario para ello.

Muy bien, señorita así se los haremos saber a todo el personal.

Y por favor insístales que entre más se eduquen mejor nivel de vida tendrán y nuestro país podrá ser mejor.

No quisiéramos involucrarnos en términos políticos señorita.

No, no se trata de eso, simplemente es hacerles ver lo que se puede lograr si ellos se superan.

Juan José interesado en lo que le había pasado a Jimena la invitó a salir como antes lo hacían, y se fueron a las montañas donde Jimena había pensado crear un hotel y restaurante para pasar los fines de semana, como dicen en las montañas.

Cuando llegaron grande fue su sorpresa ya estaban iniciados los trabajos de cimentación para el edificio donde estaría el hotel.

Juan José mira, ya nos ganaron la idea.

¿De veras?

¿Qué quieres decir?

Que esta es mi sorpresa, muy pronto tú y nuestros hijos podremos venir a pasarnos los fines de semana aquí.

¡Hey! no tan aprisa ¿Cómo con nuestros hijos? si todavía no nos casamos.

Bueno, yo ya me doy por casado contigo.

Pero yo no, ya te dije que tenemos que esperar a que se consolide mi puesto en las empresas de mi Papá, además que tendremos que esperar si nos casamos a ver si podemos tener hijos con tanto trabajo en nuestros empleos.

Bueno, bueno, dejemos eso para el futuro que yo ahorita quiero disfrutar de este maravilloso paisaje a tu lado Jimena de mi alma.

Sí, pero no me has dicho ¿Quién está construyendo esto y para quien?

Pues yo amor y para tí, ¿Para quién más? Si tú eres todo el amor de mi vida.

¿De veras va a ser nuestro?

Pues sí, si es que lo podemos acabar de financiar y nos casamos.

Bajaron al centro de Morelia y sentándose en una de las cafeterías de los portales se pusieron a contemplar a la gente, y así terminar el día.

José Juan quien estuvo involucrado en levantar en contra de la empresa a los empleados de las empresas de Jimena y que al ver que un idiota había atacado a Jimena, lo puso feliz.

Le dijo a su empleado:

Nos salió perfectamente, y sin que metiéramos las manos en el idiota ese.

¿Y ya saben quién fue?

No, pero parece que la policía tiene huellas y pistas del que atacó a Jimena y creo que pronto lo van a atrapar.

Encárguese de ver quien fue si lo atrapan, que quizás nos pueda servir a nosotros.

Como usted diga señor.

Y no se le olvide vigilar a mi hermanito qué es lo que está haciendo, tenemos que boicotear todo lo que podamos.

Señor ¿También el Hotel que está construyendo?

¿En dónde? ¿Y porqué no me había avisado?

Es que no pensé que le interesaría.

Pues no piense y tráigame toda la información que se refiera a el estupido de mi hermano, que ahora me tiene mucho más furioso al saber que por un lado se sacó la lotería y por el otro su relación con esa tal Jimana.

Jimena señor.

Como se llame. Pero por eso le pago, así que a su trabajo vamos, vamos.

Como usted diga señor.

La policía encontró al muchacho que atacó a Jimena y ya lo presentaron ante el Ministerio Público por lo que le avisaron a Jimena.

Jimena se presentó con su abogado a la delegación de policía donde tenían arrestado a este muchacho, y preguntándole el agente del Ministerio Publico que si lo reconocía.

Jimena contestó que no podía estar segura pues iba enmascarado.

En eso uno de los policías que había arrestado al muchacho sacó la máscara y se la enseñó a Jimena.

Quien contestó sí, esa parece ser la máscara.

En eso, entró una pareja a las oficinas, y llorando le dicen a Jimena él no es culpable él solo quería protegerme de que usted no me fuera a correr.

¿Ustedes quiénes son? Les pregunta el Agente del Ministerio.

Somos los abuelos del muchacho que ustedes detuvieron.

Vamos Abuelo, le grita el muchacho, yo soy el único culpable.

Esperen dice Jimena, ¿primero quién le dijo a usted que yo les iba a correr si no iban a la escuela nocturna?

Pues ese fue el rumor, y mi esposa empezó a llorar y fue que mi nieto nos dijo que él iba a hacer algo para que no me corrieran, pero nunca pensé que fuera hacer lo que hizo.

Señor Agente del Ministerio ¿Puedo hablar con usted a solas? Le pide Jimena.

Ya en una de las oficinas.

Jimena le dice al Agente:

¿Si yo retiro los cargos lo dejan libre?

¿Pero porqué iba a hacer eso si el muchacho la atacó?

Es que todo ha sido una confusión y yo voy a retirar los cargos.

Como usted diga, pero después no se arrepienta.

No se preocupe, ¿Qué tengo que hacer para retirar los cargos?

No se preocupe yo me encargo.

Regresando a donde estaban todos, le dice Jimena a don Salvador que así se llama el abuelo del muchacho, discúlpeme por este mal entendido y le prometo que a usted nadie lo va a correr de la empresa, y a su nieto lo van a dejar ir libre.

No sé cómo agradecérselo señorita, es que después de tantos años de trabajar para su Papá me entró pánico, y a mi edad donde voy a conseguir otro trabajo.

No se preocupe, ya se lo dije y mañana me voy a encargar de que usted lo compruebe, y aquí está el Agente del Ministerio Publico como testigo de que no se le va a considerar ninguna falta a su trabajo.

Jimena, volteando a ver a su abogado le dice:

Encárguese de que a Don Salvador se le aumente su salario y se le considere una revisión de sus años de trabajo para que se vea cuándo se le puede jubilar y sin que se afecte sus ingresos.

Créame Don Salvador, a mi no me gusta explotar a mis trabajadores, para mí todos ustedes son como mi familia.

Y así se retiraron todos, por un lado Jimena se sintió más relajada.

Don Salvador con su esposa y su nieto se retiraron a su casa y en el camino se fueron regañando a su nieto, y a la vez dándole las gracias pero insistiendo que ése no era el camino para protestar por algo. Que esperaba que le sirviera de escarmiento, por que de lo contrario lo hubieran encarcelado y quien sabe cuántos problemas más le hubieran costado.

Sí, ya lo sé pero a mí no me convence esa señorita, yo hasta no ver que cumpla sus promesas no voy a estar a gusto.

Pues yo te prohibo te sigas metiendo en mis asuntos, le dice el Abuelo.

Ustedes me han criado y yo no quiero desampararlos.

Pues bonita manera la que escogiste, mira que por poco te la pasas en la cárcel por un buen tiempo.

Sí, Abuelo ya déjeme de regañar.

Te es muy fácil para tí el que me calle, pero piensa en todo lo que hemos luchado por tí y sobre todo lo principal.

Queremos que estudies una carrera, tu Abuela y yo nos hemos fijado esa meta desde que tus Padres murieron.

Pues yo ni me acuerdo de ellos, para mi ustedes son mis Padres.

Favor que nos haces, pero sabes muy bien cuánto te queremos y cuánto nos importas, así que por favor no nos des problemas, ya vas a entrar a la universidad, ya es tiempo de que tomes en serio lo que vas a hacer de tu vida, piensa que nosotros ya estamos viejos y que no vamos a durar mucho tiempo.

Vamos Abuelo, ustedes tienen que verme cuando me reciba y sea ya un Ingeniero en Sistemas como es mi sueño.

Pues apúrate y vamonos ya a cenar.

Sí ya, ya, como ustedes nada más piden.

Oh si, perdóname viejita, mejor vamos a cenar a los pollos.

Tendrás mucho dinero.

No, pero la ocasión lo vale, andeles vamos, que es ahí atrás de Catedral,

Sí, ya sabemos "viejo".

¿Ya vas empezar a pelear amorcito?

No, pero ya sabes que a mi no me gusta que me digas viejita.

Perdón y olvido ¿Sí?

Ok, apúrense pues, que ya es tarde.

Jimena ¿Qué te dije sobre tu idea de crear una escuela para tus empleados?

Vamos Tía Emma ¿ya me va usted a regañar también?

No, pero aquí cabe el dicho de "ya ves te lo dije"

Sí Tía, pero no es para tanto.

No claro, para ti no, pero ya viste ¿Qué tal si cuando te aventó este muchacho te hubieras pegado en la cabeza y te hubieras matado?

No exageres Tía, además ya di las instrucciones para que tengamos seguridad constantemente todas, pues creo que la situación lo amerita ¿espero que no les disguste?

Vaya, hasta que haces algo necesario, hermanita, y no, a mí no, pero si va a ser molesto porque vamos a estar vigiladas todo el tiempo.

Pues ni modo, es mucha la delincuencia para no tomar medidas de seguridad, les dice su Tía.

Everardo llama por teléfono a José Juan para reportarle lo que pasó con Jimena.

¿Qué pasó?

Nada, que el muchachito se puso muy bravo pero como es un idiota pues, luego, luego lo agarraron, por lo que creo que no nos conviene como elemento para sus planes jefe.

Está bien, ya veremos qué más podemos hacer para fastidiar a mi hermanito.

Por cierto patrón, allá donde se va a construir el dizque hotel, mandé a mis muchachos a que se robaran todo lo que pudiesen por la noche.

Me parece muy bien ¿Pero qué, no tienen vigilancia?

Sí, pero no es problema, el velador se va a quedar dormido se lo aseguró ni cuenta se va a dar cuando hagamos nuestro trabajo, no se preocupe, nosotros sabemos hacer estos trabajitos sin que nadie se entere.

Eso espero, y no deje de informarme.

Enterado jefe.

Juan José desesperado fue a las oficinas del Municipio, para ver de qué forma podría adelantar los permisos que necesitaba para poder empezar la construcción de su fábrica.

Señorita, ¿Quien puede informarme sobre los permisos que necesito para construir un edificio?

¿Pues qué no los ha tramitado?

Sí, ya pero me dijeron que los estudios de impacto del suelo se van a tardar de 1 a 3 meses.

¿Quién le dijo eso?

El Ingeniero de la constructora que me va a construir.

Déjeme su teléfono yo voy a investigar su asunto, déme sus datos de la construcción y yo me comunico con usted.

¿Qué, existe algún problema?

Ya le dije que me deje sus datos yo voy a investigar y le llamo ¿Entendió?

Está bien, espero que no se tarde en hablarme.

No se preocupe yo le llamo.

Por la tarde, recibió la llamada de la chica del municipio diciéndole.

Sr. Juan José ¿Dónde nos podemos reunir? ¿Le parece que nos veamos en la rotonda de las Tarascas donde empiezan los arcos?

¡Ok! ¿Pero cómo la voy a ver?

Voy a ir en mi carro, es un Honda negro y le voy a prender las luces dos veces para que me siga.

Está bien.

Intrigado se dijo así mismo, ojalá no me traiga problemas esta mujer.

Por la tarde estaba esperándola cuando vio el carro que le prendía las luces dos veces por lo que subiéndose de inmediato a su carro comenzó a seguirla.

Ya en las afueras de Morelia se detuvo y se bajó del carro la muchacha con unos papeles en la mano.

Juan José se bajó de su carro caminando hacia donde estaba ella.

¿Por qué tanto misterio? Perdone pero me tiene intrigado.

Muy sencillo, porque le están boicoteando sus permisos.

¿Pero cómo sabe usted eso?

Pues donde trabajo señor ¿Qué no lo entiende?

Está bien y ¿Qué puedo hacer?

Le voy a dar el nombre del jefe de los inspectores pero no me vaya a denunciar, porque yo voy a negar que le conozco, lo único que va hacer es preguntarle el porqué se están tardando tanto para darle los permisos que necesita, eso le va a extrañar a él y créame no le va a decir nada en concreto, solo que él va a investigar el porqué, y es casi seguro que alguien pagó por demorar sus permisos, pero nunca se lo van a decir ¿Está claro?

Le entiendo ¿Pero en qué me va ayudar eso a mí?

Ya verá que antes de una semana usted tiene sus permisos ¿Está bien?

Bueno yo me voy, nadie debe vernos si no me corren del trabajo.

¿Y cómo le voy a agradecer lo que está haciendo por mí?

¿Con que se calle es más que suficiente? ¿Entendió? Yo jamás lo he visto. ¿De acuerdo?

Como usted diga y gracias infinitas.

Pero sinceramente ¿Por qué hace esto?

Bueno, le soy sincera, yo soy muy franca y cuando me gusta algún hombre se lo digo de frente.

¿No me diga que yo le parezco atractivo?

Pues sí y no, lo que pasa es que le oigo su acento Español y a mí no me parece que nosotros tratemos mal a los extranjeros que quieren invertir en México.

¡Ah vaya! pues le repito se lo agradezco.

Bueno yo me voy, búsqueme si sigue teniendo problemas pero le voy dar mi teléfono celular para ello.

Y así dándole su teléfono la vió irse en su automóvil, no dejando de pensar Juan José si no fuera porque estoy enamorado de Jimena, le pediría salir con ella.

Al otro día se dirigió a las oficinas del Municipio y pidió hablar con el jefe de los inspectores a lo que esta chica como si nunca lo hubiera visto le respondió tiene que hacer cita con él déjeme su nombre y teléfono y yo le hablo para cuando lo puedan recibir.

¡Ok!, le dió su nombre y teléfono.

En cuanto Juan José llegó a su oficina, su secretaria le dijo que lo esperaban en las oficinas del Municipio hoy a las 5.00pm.

No cabe duda que hay eficiencia, en fin, ahí voy a estar gracias.

Por la tarde se dirigió a las oficinas que le indicaron y presentándose con la secretaria le dió su nombre y de inmediato ella lo hizo pasar a la oficina del Jefe de inspectores.

¿En qué le puedo servir? Le pregunta.

Verá usted yo estoy tratando de construir una fábrica de generadores eléctricos de viento,

Ah sí, estoy enterado pero ¿Cuál es su problema?

Es que me dijeron que se iban a tardar tres meses en darme los permisos de construcción.

En eso lo interrumpe el Ingeniero en jefe de la oficina, diciéndole.

Ok deje sacar copia de su solicitud y yo me comunico con usted a la brevedad posible,

¿Está bien?

Como usted diga.

Sin más Juan José salió de la oficina no sin antes tratar de ver sí le hacia caso la chica de la oficina, pero no, ella ni lo volteó a ver.

Juan José marcando en su celular le habló a Jimena.

Después de que se tardaron en comunicarle le pregunta ¿Qué pasa Juan José?

Es que ¿Quería ver si te puedo invitar a cenar esta noche?

Sí, pero espérame en el restaurante de siempre, y si me tardo no te desesperes tengo mucho trabajo ahorita y luego tengo una junta con los Gerentes de las diferentes empresas que manejo, ¿No hay problema?

No, yo te estaré esperando.

Eran ya casi las diez de la noche cuando Juan José la vió venir.

Por fin amor.

¿Qué, estás enojado?

Oh no, no, pero pensé que ya no vendrías.

Bueno aquí estoy, déjame ordenar de cenar para los dos ¿Está bien?

Lo que tú ordenes.

¿Bueno y que has estado haciendo?

Casi nada, pues como te dije estoy esperando por los permisos para empezar a construir la fábrica.

¿Y?

Nada, que gracias a una chica.

¿Qué ya me vas a engañar?

Oh no, a tí no te dejo por nadie.

Pues más te vale, bueno ¿Y qué pasó?

Que gracias a su ayuda parece que se van a acelerar mis trámites.

¿Y a cambio de qué?

No, de nada te lo juro, que ella no me pidió nada.

No confió, pero en fin ¿Cuándo te van a resolver?

No me dijeron cuando, pero por lo que me dijo esta muchacha pienso que en menos de dos días.

¿Pues qué le diste? Me estás haciendo desconfiar.

Nada, te lo vuelvo a jurar nada, solo me dijo que porque como me veía que yo era Español, quiso ayudarme.

¿Me vas hacer creer que todo te lo dijo ahí en la oficina?

No y ese es mi problema, que tú no me vas a creer.

¿Qué pasó Juan José?

Te lo juro que nada pero tuve que verla a las afueras de la ciudad.

Ah sí, ¿En qué Motel?

Te juro que en ninguno.

No te creo, ¿Me vas hacer creer que se vieron en las afueras de la ciudad y solamente

platicaron? No Juan José no te creo.

Pero ¿qué puedo hacer para que me creas?

No lo sé, pero sabes que yo ya me voy a mi casa.

¿Pero qué, no vas a cenar?

No, y déjame ir no quiero que la gente se de cuente de que estamos peleando.

Pero si yo no estoy peleando, solo estoy tratando de explicarte lo que pasó.

No quiero saber nada más, adiós.

Jimena, espera.

Saliendo muy enojada Jimena no le hizo caso y como Juan José tenia que pagar lo que habían ordenado no le quedó más remedio que dejarla ir diciéndose así mismo que ya se arreglarán las cosas.

Al día siguiente le llamaron de la oficina del Municipio para que se presentara lo antes posible con los Ingenieros de la constructora.

Así lo hizo y ya en las oficinas del jefe de los permisos de construcción lo empezó a cuestionar sobre todo lo que se iba a construir, y después de varias horas de estar revisando todos los planos, como preguntas sobre qué tipo de control de la contaminación.

Sobre el horno donde se secaría el barniz de los embobinados, los sistemas pluviales, drenajes sanitarios, le pregunto el Jefe de la oficina a Juan José que si él sabía cómo se iban a instalar.

Por supuesto que sí ya yo me voy a entender con los Ingenieros de la constructora para darles a ellos las indicaciones finales.

Juan José se retiró, y cuando salió de la oficina, la chica que le había ayudado le preguntó con la mirada qué había pasado, pero cuando él iba a dirigirse a hablarle, ella de inmediato se levantó y se metió a otra oficina.

Ya en la calle y sin saber qué hacer con Jimena se le ocurrió pasar a una florería y comprando un gran ramo de rosas roja se las mandó con una nota pidiéndole verla que le hablara por teléfono.

Al poco rato le hablaron pero de la florería para decirle que Jimena no había querido recibir las flores, que había ordenado las tiraran a la basura.

Así pasaron varios días y aunque a Juan José se le había resuelto empezar a construir su fábrica, sus problemas con Jimena no se resolvían.

Por alguna razón sin que le dieran a conocer a José Juan los problemas de Jimena con Juan José, José Juan se presentó en las oficinas del Banco donde tenía su dinero, pidiendo hablar con la presidente del Banco.

La recepcionista le pregunta ¿Qué se le ofrece?

Quiero hablar con la Presidenta del Banco yo aquí tengo mi dinero y necesito hablar con ella.

Está bien deje anunciarlo, ¿Cómo dice que se llama?

Pedro I. y soy el dueño de los almacenes de distribución de ropa y materiales de construcción.

Ok, déjeme pasar sus datos para ver si lo pueden recibir.

Cuando Jimena lee los datos de Pedro I. extrañada, porque al verlo por la vidriera se da cuenta que parece ser Juan José y que no se ha presentado como Juan José ella sabe que él no maneja ningunos almacenes.

Y con todo el temor le dice a la recepcionista que lo haga pasar.

José Juan, que sí sabe que Jimena anda de novia con su hermano quiere ver cómo lo recibe, pues sabe de qué son casi iguales y quiere ver si ella lo confunde con su hermano.

Pero lo que no sabe José Juan es que ellos están peleados ahorita.

Jimena le manda hablar a Mariana para que esté presente.

Cuando entra José Juan Mariana se queda impactada pero callada.

¿Dígame, en qué le podemos servir?

José Juan extrañado pero sin denunciarse le indica los problemas que tiene para depositar su dinero de las operaciones que hace su compañía en el extranjero.

Es por eso que la vengo a consultar.

¿Pero en qué le podemos nosotros ayudar?

Es que quiero ver si en lugar de depositar nuestro dinero en Suiza lo puedo hacer en su sucursal en Madrid.

Claro que sí, aquí la señorita lo va a llevar con el Gerente del Banco para que se hagan los arreglos necesarios para lo que usted necesita.

Y así después de que se retira sin decir nada más, se pregunta Jimena ¿A qué estará jugando Juan José? ¿Por qué no me había dicho nada de este hombre? yo sé que no es Juan José estoy segura, pero es igual a Juan José, ¿Será realmente el hermano de Juan José el que vive en España?

No lo entiendo y ya no sé que hacer, pero que ni crean que yo les vaya a seguir su juego.

En eso entra Mariana y le pregunta ¿Qué fue eso? Ese no era Juan José. Y sin embargo se presentó ante todos como Pedro I, y oye que me ha impactado.

Cuidado hermanita aquí hay gato encerrado no te confundas.

Pregúntale a Juan José el verdadero, por supuesto, ¿Qué está pasando?

No, y no le voy a preguntar nada.

¿Qué pasa? ¿Por qué no?

Porque no quiero y basta, no te voy a dar explicaciones.

Jimena pidió que nadie la molestara porque iba a preparar unos informes, pero en realidad estaba tan confundida, que no sabía qué hacer.

Que haré, lo amo tanto pero eso y viendo que hay demasiadas cosas que no tienen explicación, y me da tanto coraje, por que estoy segura que esa mujer se ha convertido en su amante, si no cómo lo iba a ayudar nada más por su linda cara, no y no lo voy a creer.

Así pasaron los días Juan José no dejaba de tratar de que Jimena lo recibiera, pero los negocios de ambos los absorbían por completo, y aunque por las noches él trataba de localizarla por teléfono, ella al ver quien le hablaba no respondía.

El que no perdió tiempo fue José Juan quien realmente se quedó impactado con Mariana.

Pues desde que la vió en la cena a la que asistió con Teresa le gustó mucho.

Este empezó a tratar de invitarla a salir pero Mariana no quiso, por que ella también empezó a sospechar que algo andaba mal.

Sin embargo, se había sentido tan impresionada por José Juan que no dejaba de pensar en él, por lo que noche y día no hacia otra cosa que pensar en él.

Mientras en España, Irma se había enterado que realmente tenia sida, y como el Doctor le exigió que tendría que comunicárselo a su Esposo y a los amantes que hubiera tenido, por eso cuando se lo enteró a su esposo, éste con ganas de matarla, la insultó, la llamó toda clase de insultos y por último le dijo que si a lo mejor él también podría estar contagiado.

Ella le contestó.

Eso solo te lo podrán decir los médicos después de que te hagas un análisis de sangre, para ver si lo tienes.

Pues ahorita mismo voy a hacérmelo.

Ah por cierto, voy a ordenar que te cierren todas tus cuentas de crédito y del banco, maldita, ya veré cómo me voy a vengar de tí esto no se va a quedar así.

Eso ya lo sé, pues mi estupidez me puede llevar a la tumba y a tí también.

Maldita, que no podías pensar en tus hijos primero antes que tu diversión, maldita golfa.

Ya deja de insultarme y vete a hacer ese análisis.

El esposo de Irma salió enojadísimo, y efectivamente se fue a hacer el análisis, que para suerte de él había salido negativo, no sin antes decirle al Doctor que le gustaría hacerse otro examen para estar seguros.

Todos los que sean necesarios.

Y haciéndose otros dos, los dos salieron negativos por lo que cuando regresó a su casa, le dijo a su esposa que tenía que dejar la casa.

¿Pero y mis hijos?

¿Acaso pensaste en ellos cuando te revolcaste con tus amantes?

¿Pero qué quieres que te diga?

Ya estoy contagiada y ahora no sé que es lo que voy a hacer.

Pues por mi parte te puedes morir, pero por tus hijos voy hacer que los Doctores te atiendan.

Pero de veras, aléjate de nosotros ya que yo voy a tramitar nuestro divorcio,

¿Pero qué tu gente lo va a permitir?

Ya verás que sí, así que empieza a empacar tus cosas porque no quiero que con tus besos los vayas a contagiar.

¿Pero cómo crees que los voy a contagiar besándolos?

Pues no lo sé, pero seria mejor asegurarnos con los Doctores de cualquier riesgo, y de eso me encargo yo.

Don Luís que así se llama el esposo de Irma se dirigió a las oficinas de su doctor, para consultarle todo lo que tendrían que hacer con la enfermedad de su esposa.

Ya en el consultorio del Doctor él mismo le explica de todos los riesgos y del tipo de tratamiento que hay que proporcionarle a su esposa, ya que la enfermedad a pesar de que no se cura sí puede ser tratada para prolongarle su vida si responde a los tratamientos.

Ya en sus oficinas manda reunir a sus más cercanos colaboradores quienes además son parte del grupo de gente a la que pertenecen.

Cómo ustedes sabrán me he enterado por mi esposa que ella se ha contagiado de sida.

¿Pero cómo que tú no estás bien con ella? ¿Cómo se contagió? ¿Pues que clase de vida llevaban ustedes?

La de cualquier pareja por eso tenemos tres hijos.

Sí, ¿Pero cómo se contagió ella?

Pues porque andaba divirtiéndose dizque porque yo no la amo.

¿Y es eso verdad?

Bueno que quieren que les conteste, nos casamos de acuerdo a nuestras costumbres, y un gran amor no creo que haya existido entre los dos.

¿Bueno y qué es lo que quieres hacer?

Divorciarme de ella.

Eso tú sabes que no está entre nuestras costumbres.

¿Y que quieren que haga?

¿Qué sigas viviendo con ella?

¿A pesar del grave riesgo que va a ser ahora?

Por ahora así tiene que ser, ya te haremos saber nuestra resolución.

Don Luís se queda bien molesto y le llama a uno de sus ayudantes.

Dígame ¿En que puedo servirle?

Tráigame los datos de los detectives que estuvieron trabajando para mi.

Está bien señor.

Al rato le presenta una hoja con los nombres de los detectives diciéndole.

Estos son señor.

Ok déjelos ahí en mi escritorio y retírese,

Más tarde hablando con uno de los detectives le dice, necesito que se presente en mi oficina cuanto antes.

Si señor ahí estaremos.

Por la tarde se presenta uno de los detectives y pide hablar con Don Luís.

Pase usted le indica la secretaria, lo están esperando.

Adelante siéntese.

¿En qué le puedo servir?

Necesito que me investiguen quienes son o fueron los amantes de mi mujer.

Señor es que últimamente no hemos visto a su mujer con nadie.

Por eso es que necesito que me investiguen, quiero saber quienes fueron.

De acuerdo señor pero nos va costar mucho trabajo.

Sí ya lo sé, pero no se preocupe presénteme usted su cuenta que ya se le hará llegar el pago para sus servicios, pero quiero resultados y cuanto antes.

Despreocúpese los tendrá.

Pase con mi secretaria que ya le firmé un cheque con un adelanto para su trabajo.

Muchas gracias y pronto tendrá noticias de nosotros.

Irma se comunica con su amiga Margarita para preguntarle si José Juan le ha hablado por teléfono.

No, para nada me ha hablado.

¿Y bueno que pasó contigo? Cuéntame.

Hay si te dijera, quisiera morirme, mi esposo ya sabe que estoy enferma de sida y afortunadamente él está limpio, pero ya me pidió el divorcio pues no quiere que yo esté cerca de los niños.

¿Pues no que ustedes no se divorcian?

Sí, eso es lo que se acostumbra entre mi gente, pero con este problema estoy segura que si no me divorcian me van a aislar metiéndome en algún sitio donde no me vuelvan a permitir salir de ese sitio, por eso necesito saber de José Juan, yo le di bastante dinero para que se fuera, me debe ayudar.

Se me hace que nunca va a volver.

Yo espero que cuando menos me hable.

En cuanto lo haga, te busco.

Nada más te encargo que mi marido no lo sepa.

No te preocupes.

Pero sabes que se me está ocurriendo algo.

¿Qué cosa?

Algo, ya te lo haré saber.

Como quieras.

Irma va en busca de su esposo y cuando lo encuentra, le pide hablar a solas con él.

¿Para qué quieres que hablemos? ¿Ya todo esta dicho o no?

Sí, para tí, pero si no me escuchas, te vas a arrepentir.

Está bien.

Salgamos de aquí, y vamos a un restaurante donde podamos hablar.

Ya en el restaurante, que por cierto fue donde iba a verse con José Juan, Irma le dice.

Te propongo un trato.

Tú no estás para tratos.

Bueno si no me quieres escuchar entonces voy hacer que nuestros hijos se enteren que tú me contagiaste una enfermedad mortal, y que tú quieres que me muera.

No te atreverás,

¿Por qué? ¿a quién crees que tus hijos le van a creer? si tú nunca convives con ellos, siempre estás trabajando y nunca tienes tiempo para ellos?

Pero tú sabes que todo lo que hago es para ellos.

Pues ese es tu problema.

¿Bueno, qué es lo que quieres?

Que me dejes seguir viviendo a lado de mis hijos.

Pero ¿Qué tú no entiendes la gravedad de tu enfermedad?

Por eso te lo estoy pidiendo, no soy tan bruta de poner en riesgo a mis hijos, pero así podré estar junto a ellos y tratarme a la vez de esta maldita enfermedad.

Pero es que yo ya pedí a nuestra gente que quiero divorciarme.

Pues que bueno, diles que ya te arrepentiste, que te importan más tus hijos.

Pues déjame pensarlo, ya te avisaré, por lo pronto debes empezar tu tratamiento, y que vaya que nos va a costar una fortuna.

No seas egoísta, bastante dinero ganas diariamente como para que te afecte.

Está bien, por favor déjame en paz y lárgate.

Como quieras.

Irma se regresa a su casa y pensando en todas sus aventuras, va pensando en hablarles para decirle que se tienen que checar, haber si no alguno quiera vengarse de mí, por lo que debo de ser muy cuidadosa y no decirles claramente de mi enfermedad.

Así entre estudios y tomando las medicinas, y ahora sí muy dedicada a la educación y cuidado de sus hijos, Irma ha estado esperando la resolución de su marido, quien a su vez ya les comunicó de la decisión que habían tomado su esposa y él de no separarse, y aunque quisieron interrogarle a que se debía esa conclusión, él solo se concretó a decir.

Bueno, ya lo saben, esa es mi decisión y espero que me apoyen.

Allá tú, solo esperamos que no nos afecte en nuestras empresas dijo el portavoz del

grupo.

No se preocupen en nada les afectará, de eso me encargo yo.

José Juan intrigado e impactado con la belleza de Mariana ha estado buscando la ocasión de encontrarse con ella pero ella al verlo, de inmediato lo evita, por lo que se ha decidido en empezar a enviarle flores e invitación a tomar un café con él.

Pero Mariana siempre le regresa las flores mandándole decir que la deje en paz.

José Juan se ha entercado y no deja su lucha por verla.

Pero Juan José que no ha podido encontrarse con Jimena, también está desesperado, y sin saber qué hacer se ha dedicado de lleno a sus problemas.

Entre ellos ha sido comunicarse con su Madre ya que le quiere mandar dinero, por lo que cuando por fin logra comunicarse con su Mamá, ésta lo regaña diciéndole.

Yo creí que algo te había pasado, tantos meses sin saber de tí no es justo de tu parte.

Ya lo sé Madre, pero es que las cosas me han salido primero mal y ahora muy bien, y no había querido hablarle para no darle problemas.

Explícate, porque ya me tenías el alma en un hilo.

Bueno, en un principio aquí en México no me estaba yendo muy bien por lo que con la recomendación del Capitán del barco en que vine a América me había recomendado que si no me iba bien aquí en México pues él me recomendaba me fuera a intentarlo en los EEUU. Pero ahí también me estaba yendo mal, hasta que la suerte me favoreció y hoy somos millonarios Madre.

¿Cómo qué somos millonarios? ¿Te sacaste la lotería?

Sí, Madre así fue.

¿Y entonces qué haces allá por qué no te regresas?

Porque no es tan fácil, mira Mamá, el dinero no es tan fácil de mover de un lado para el otro y yo me he encontrado un amigo del Capitán que me recomendó una forma de poder mover el dinero y es lo que estoy haciendo y si me resulta bien pues creo que en poco tiempo también estaré invirtiendo dinero en España.

¿Pues qué estás haciendo?

Pusimos una empresa de generadores eléctricos de viento, y claro primero tenemos que construir las instalaciones donde se van a fabricar y en eso estoy, ya empezamos la construcción y espero en dos meses empezar a producir.

Ay hijo, te desconozco.

Sí, ya lo sé, pero usted sabe que nunca he querido defraudarla.

Así lo espero.

Bueno, por otro lado le voy a estar enviando algo de dinero en dólares.

¿Pero no dices que no se puede?

Bueno no los millones pero si pequeñas cantidades, por eso le estoy hablando, así que vaya a las oficinas del banco en Madrid y con el número que le estoy dando pregunte por dos mil dólares que le he enviado.

Hijo es mucho dinero.

Usted se lo merece, eso y más y háblame a este teléfono para saber que lo ha cobrado.

Ok, hijo no dejes de hablar.

Usted tampoco Madre que la amo mucho.

Por otro lado Ernesto, el nieto de Don Salvador lo encontramos platicando en una banca en la plaza de armas con su novia.

¿Sabes? El otro día estaba oyendo en la televisión la historia del movimiento obrero que dio origen al movimiento sindical en México.

¿A cuál te refieres?

Al que se originó en la Industria Textil de Río Blanco.

¿Y qué tiene de particular?

Que mientras en los años en que se originaron esas industrias por extranjeros, la gente trabajaba hasta 16 horas diarias y con un salario que casi no les permitía vivir con ese dinero y luego las tiendas de raya acababan con lo poco que les quedaba, sin embargo, yo veo que aun ahora esos movimientos han sido muy lentos para mejorar las condiciones de trabajo de los obreros, por que como la gente prefiere emigrar a los EEUU, que porque allá les pagan mejor, pero según he oído allá es muy diferente a lo que la mayoría conoce.

¿Cómo qué?

Pues que allá también los trabajadores sufren, porque en muchos lugares no tienen prestaciones, y en la mayoría les dan solo trabajos de tiempo parcial, lo que así menos les ayuda a vivir bien, total que no hallo como entender esos movimientos sindicales, pues por un lado todo el movimiento obrero que se originó en Río Blanco acabó con las empresas y hoy ya no existen y todos los obreros se quedaron sin trabajo, por lo que para mí el que esa señorita Jimena les quiera exigir que estudien a sus trabajadores no me gusta.

¿Pues que no te dijeron que ella no les está exigiendo, solo les está ofreciendo facilidades para que estudien y se superen?

Eso es lo que no me logra convencer y yo no sé, pero siento que en nada les va ayudar, a los trabajadores.

Pues tú deja que ellos lo intenten, total tú ni siquiera trabajas ahí, mejor dime ¿Qué es lo que tú piensas hacer para tí mismo, porque yo no quiero casarme con un pobretón?

¿Qué tú también tienes ínfulas de riquezas?

No te confundas y bájate del cielo en que vives, pues tú mismo dices que no logras entender los movimientos obreros, y lo que tú debes entender es que el que no tiene dinero o una profesión, de obrero no saldrá ¿Eso es lo que tú pretendes?

Claro que no.

Pues entonces apúrate a estudiar.

Sí, por eso ya estoy en el segundo semestre de Ingeniería de Sistemas pero solo te estaba comentando sobre ese programa que vi en la televisión, y tú ya te descosiste en nuestro futuro tomado las cosa personales.

Pues es así como yo pienso, el mundo es de los vivos así que si no te gusta me dices y terminamos.

Ah, ¿entonces no me quieres?

Ves todo lo agarras personal, no te confundas, si salgo contigo es por que te quiero y no me creas tan estúpida de desperdiciar mi vida solo por amor.

Huy qué sofisticada eres.

Pues si te gusta y si sigues pensando así ni me busques, así que adiós.

Espera, espera, tú sabes cuánto te quiero no me dejes.

Pues entonces no me fastidies con tus inquietudes que si no sabes lo que quieres en la vida, yo si sé lo que quiero.

Está bien, ya no discutamos y vamos a tomar un café ¿te parece?

Una nieve, tú sabes que el café me hace daño.

Juan José apurado con todos los problemas que tiene y con el tiempo que se le está empezando a venir encima, ha empezado a pedir que se trabajen hasta en tres turnos para terminar la fábrica pues inclusive las grúas viajeras están por entregárselas y necesitan que todo este terminado para instalarlas.

Le han dado dos semanas para terminar las estructuras y para que puedan instalar las grúas, lo necesita hacer en cinco días, por lo que el Ingeniero de la obra le dice, no se preocupe, le vamos a terminar parte de las estructuras para que puedan montar las grúas.

Me parece magnífico, entonces voy a comunicárselo a la fábrica de las grúas para que las traigan en cuanto estén listas.

También se ha dedicado a revisar las solicitudes de trabajo de los diferentes electricistas que fueron a solicitar el trabajo de embobinadores, y la de los mecánicos así como las de los empleados de confianza, que por cierto cuando contrató a los vendedores les dijo que tenían que traerle contratos firmes, por lo que ahora le están exigiendo que tienen que cumplir a la brevedad posible, ya que aportaron anticipos y quieren que si no les entregan a tiempo nos van a multar de acuerdo con los contratos.

Por eso y muchas cosas Juan José está que no puede ni darse tiempo para buscar a Jimena en persona por lo que le ha estado hablando todos los días pero ella no le contesta.

Teresa ha logrado la compra de una gran cantidad de trigo en Asia y quiere ver si la puede vender en algún país de América, cuando se entera que la ONU está buscando comprar trigo para la República de Haití, por lo que va y le consulta a José Juan.

Después de explicarle los riesgos y todo lo que tiene qué hacer pues la carga ya la tiene en un barco que viene con destino a Veracruz, pero saben que tienen que esperar mis órdenes por alguna desviación, ¿señor cree usted conveniente que hagamos esa operación a través de la ONU?

No veo porque me lo pregunta, ya le había dicho que usted tiene toda la libertad de acción, a mí solo repórteme las ganancias.

Sí señor, lo que pasa es que como estoy arriesgando mucho dinero y como las autoridades de Haití están interesadas también en este embarque, solo que la operación con ellos es más riesgosa, por eso decidí consultárselo a usted.

Por lo que veo eso no tiene otra solución, hágalo por medio de la ONU.

Enterada. El dinero se le va a depositar en la misma cuenta de Suiza.

Sí, por lo pronto hágalo así, estoy tratando de transferir dinero a un banco en España.

¿Qué piensa regresarse a España?

Por lo pronto no, y además no sé que vaya a hacer en el futuro, yo soy de los que actúan ahora y no pienso en el futuro, solo quiero asegurarlo.

Está bien, señor avíseme cualquier cambio.

Así lo haré, usted siga buscando buenos negocios para nuestra firma.

Por cierto señor ¿Dónde va a comprar su casa?

Por lo pronto ni pensarlo, ahorita lo que necesito realmente es estar confortable en la casa que rento y que me amueblaron muy típico de aquí.

¿Pues a ver cuando hace una fiesta para que nos la enseñe?

Yo le aviso.

Jimena y Mariana quisieran platicar con ustedes.

¿De qué se trata Tía?

Saben, he estado pensando en que debemos cambiarnos de esta casa que ya es muy vieja y yo ya me cansé de estar cuidándola.

¿Qué tienes en mente Tía?

Mira, te acuerdas de las lomas de Santa Maria, ahí cerca del mirador quisiera construir una casa.

¿No me diga que usted me está ganando mi idea? Pues ese lugar siempre he querido para construir mi casa.

¿Y cómo la tienes pensado?

Tú sabes Tía, siempre he sido muy ambiciosa, y he pensado en una casa tipo inglesa colonial, de aquellas de piedra, que aquí podemos utilizar la cantera, mi idea es una casa de dos pisos con jardín muy amplio y donde se pueda ver Morelia desde arriba de la loma, como se ve desde el mirador.

Pero te va a costar mucho dinero,

Ya lo sé, pero si me caso podré compartir el gasto, ya que yo pienso en algo grande.

Y no te da miedo sobre los fantasmas de las mujeres que murieron por ahí durante la Revolución.

¿Cuáles Tía? No inventes.

No, te lo aseguro, aquí en Morelia se lamentó mucho la tragedia que le pasó a muchas mujeres jóvenes que habían asistido a las celebraciones que se llevaban a cabo en la Iglesia de Santa María, y alguien gritó que ahí venían las fuerzas revolucionarias y el pánico que les produjo las hizo correr por las escaleras, pero como en aquel entonces se usaba la falda hasta los tobillos y algo estrechas pues a muchas se les enredaron las faldas cayendo por las escaleras y muchas se mataron en la caída, por eso dicen que ahí siguen sus espíritus vagando por las escaleras.

¿Y por supuesto tú lo crees todo Tía?

Pues yo no las habré visto, pero no dejo de pensar en ellas cuando me acuerdo de esa tragedia.

Pero eso fue hace tantos años que estoy segura que ya nadie lo recuerda, o lo sabe.

Pues yo no se Mariana pero mucha gente como les digo siguen hablando de eso.

Ay sí y por supuesto que se sigue apareciendo el demonio como decían en aquella casa a la entrada del Bosque de Morelia ¿No?

Está bien búrlense pero cuando les toque oír algo no lloren.

Ya te avisaremos Tía.

Bueno por cierto Tía y Mariana, no les he acabado de describir mi casa, tengo tantas ganas de tener un estudio hecho de cristal o plástico transparente desde el cual pueda contemplar el paisaje tocando el piano, por qué también quiero disfrutar de la música que aprendí a tocar y que tan poco tiempo tengo para disfrutarla.

¿Y para cuándo esperas construir tu casa?

No lo sé, ahorita no tengo tiempo de pensar en eso, y ¿Tú Tía quieres que te ayudemos a construir tu casa?

Pues por eso las reuní pero como empezaron con sus ideas ya hasta se me estaba olvidando, lo que quiero saber es ¿Si me van a ayudar?

Por supuesto Tía, dínos que necesitas y te daremos toda la ayuda que necesites.

Ok, por lo pronto lo que quiero es contratar un arquitecto que me ayude a dibujar mi idea.

Cuenta con el arquitecto, yo te lo voy a conseguir Tía.

Gracias Jimena, mándalo a la casa cuando lo encuentres.

Y por cierto qué bueno que no estamos construyendo ahorita, si no con estas lluvias nos costaría más caro.

Pero ¿Cómo le estará yendo a Juan José con estas lluvias Jimena?

Pues me imagino que muy mal y ya parece que lo veo en las oficinas del banco pidiendo extensiones para sus préstamos por la lluvia.

¿Y qué, se los piensas negar?

No, pero así tendré que verlo, y no quiero.

¿Pues qué pasa Jimena?

Nada Tía, qué estoy muy enojada con él.

¿Pues qué te hizo?

En concreto nada, pero lo que me contó no me gustó nada.

Te insisto ¿Qué pasó?

Pues como tú sabes él está construyendo su fábrica, y como le estaban retrasando los permisos fue al Municipio y supuestamente ahí una secretaria lo ayudó, pero lo que me dijo, me molestó mucho.

¿Pues qué fue Jimena?

Nada, nada, olvídenlo es asunto mío.

Como quieras pero deberías darle oportunidad de que te explique lo qué pasó.

No sé, ya veré qué hago.

¿Y no le has dicho a mi Tía del otro Juan José, Jimena?

Para qué hablabas Mariana.

De que se trata ahora Jimena, ¿Acaso este hombre es un fraude?

Eso es lo que no he podido comprobar y es que es muy difícil de saber qué es lo que pasa, yo sabía porque así me lo dijo Juan José que él tiene un hermano muy parecido a él en España, pero este individuo está viviendo aquí en Morelia y tiene unos negocios, y eso es lo que voy a investigar.

¿Y cómo piensas hacerlo?

Por lo pronto, no sé.

Bueno, yo tengo muchas cosas que hacer, Mariana avísame si te vuelve a contactar ese tal

"Pedro" por favor.

Sí, no te preocupes, te lo haré saber.

Y tu Tía, en cuanto tenga o sepa de un arquitecto te lo haré saber.

Está bien ¿A dónde vas?

Pues adonde más, a trabajar.

Maria, quiere venir por favor, (le habla ya en su oficina Jimena a su secretaria).

Ordene usted señorita.

Búsqueme a Don Adalberto, por favor.

El está en las oficinas, ahorita se lo busco.

¿Qué se le ofrece niña Jimena?

Don Adalberto, ¿Se acuerda de los dulces que le propuse viera la forma de fabricarlos con substitutos de azúcar?

Ah sí, en eso estamos trabajando, y pronto le voy a presentar la lista de los productos que se pueden fabricar sin azúcar utilizando los substitutos del azúcar.

Don Adalberto, yo ya quisiera estarlos vendiendo.

Sí lo sé, pero comprenda que todo lleva un proceso y que a veces es difícil hacer que la gente se apure en terminar las cosas que uno les ordena.

Bueno se lo encargo, yo estoy segura que si los distribuimos por los mercados, se van a vender como pan caliente.

¿De veras lo cree?

¿Usted no?

Yo si tengo mucha confianza, nada más piense en los millones de personas diabéticas que se mueren por comer esos dulces prohibidos para ellos, además imagínese para toda esa gente que está buscando rebajar de peso y que por lo mismo tienen que abstenerse de comer dulces con azúcar.

Pues ojalá y nos produzca lo que usted espera.

Ya vera que sí, que en cuanto empecemos a fabricar esos dulces tan codiciados ya verá cómo se venden.

Bueno, yo me regreso a trabajar, ya le traeré esas listas con sus costos y precios de venta.

Lo espero Don Adalberto, pero de veras apúrese con eso.

Enterado, con permiso.

Ah, por cierto ya casi están terminando su Escuela nocturna, como usted lo pedía, y créame que me da miedo con lo último que le pasó, señorita Jimena.

¡Oh! no se preocupe ya lo entendí, la Escuela va a funcionar solamente para la gente que quiera ir, a nadie se le va obligar, inclusive se les va a poner en los tableros de avisos la invitación a quien quiera asistir a las clases nocturnas, y solo se les invitará a aplicar sí es que quieren hacerlo voluntariamente, a nadie se le va a obligar.

Me parece buena idea.

¿Me imagino que va a contratar profesores?

Por supuesto, y también voy a tratar de contratar a los que quieran trabajar voluntariamente con los sueldos que les corresponda.

¿Algo más señorita Jimena?

No, es todo, muchas gracias.

José Juan quien en una de las fiestas que organiza en su casa lo encontramos con dos chicas muy guapas a la orilla de la alberca, quienes le preguntan.

¿Cómo describirías la vida nocturna en Barcelona?

Como en cualquier otra parte no tiene gran diferencia lo que puede pasar es que te puedes encontrar turistas de otros países dispuestas a todo en la diversión.

¿Y para tí, aquí crees que encuentras diferencias?

Por supuesto, no todas las mujeres en un antro te aceptan ir a tu departamento a divertirte.

Ah ¿Entonces qué hacemos nosotras aquí?

Bueno ustedes vienen porque ya nos conocimos en el antro camino a Santa Maria, además ustedes por curiosas, para ver si yo como Español soy diferente a los de aquí, me escogieron ¿Oh no?

Pues si, lo que más nos gustó de tí fue el derroche de dinero que haces pidiendo los vinos más caros.

Así soy yo, me gustan las diversiones fuertes, y ya vieron qué noches nos hemos pasado.

Sí, ya sabemos y por eso nos tienes a tus pies, eres el amante perfecto.

Créanme que si no lo fuera no estaría aquí.

¿Por qué lo dices?

Por algo que a ustedes no les importa.

Vamos dinos ¿Qué es?

Nada, ya se los dije, bailamos o nos tiramos a nadar.

Pero es que no traemos trajes de baño.

¿Y a poco a ustedes les importa mucho meterse a nadar desnudas?

¿A poco tú lo haces?

¿Qué no me conocen?

Ok, pero todos van a querer hacerlo, pues ese es su problema así que vénganse vamos a nadar.

Y quitándose la ropa los tres se metieron a nadar y a jugar en la alberca ante el asombro de todos los que estaban ahí por lo que los empezaron a seguir en el juego.

José Juan terminó haciendo el amor con las dos, sin ningún problema, por lo que todos los demás invitados algunos aprovecharon la confianza y usaron algunos de los cuartos de la casa y otras parejas sin recato lo hacían entre las plantas.

En fin, que ese era el tipo de fiestas que a José Juan le empezaron a hacer fama en Morelia,

Y aunque había llegado a oídos de Mariana la conducta de José Juan a ella le seguía interesando conocerlo, aun a pesar de que sabía que ni Jimena ni su Tía lo iban a aceptar, menos si llegaran a saber si realmente era el medio hermano de Juan José, y que por cierto ya las dudas sobre Juan José crecían ¿Cómo era que los dos utilizaban el mismo nombre? Tantas preguntas que se hacían las tres, pero Jimena no aceptaba regresar a continuar su relación con Juan José.

José Juan le pide a su secretaria que le lleve los reportes de los embarques que han hacho últimamente.

Pero todo ha sido con el propósito de ver los embarques de mercancías piratas que han introducido últimamente, y claro como todo es a nombre de Juan José a él no le importa pues él mismo sabe que a cualquier demanda él se retira a España y todos los problemas los tendrá que enfrentar Juan José y no él.

Al hablarle a Everardo para preguntarle cómo le fue con la construcción del Hotel de su hermanito, éste le contesta:

De qué se preocupa, ya le robamos todos los materiales que pudimos y los repartimos entre los "pobres," así que despreocúpese jefe, todo está en orden.

Ok, pero no dejes de informarme de todo lo que están haciendo, y cuando quieras ven por tu dinero.

Está bien jefe por ahí mando uno de mis muchachos.

Lo espero.

Juan José por otro lado ya está a punto de empezar a terminar de tener listas las estructuras para las grúas viajeras cuando le informan que una parte de una grúa le cayó a un trabajador quien se encuentra en el hospital y que posiblemente pierda la pierna.

¿Pero cómo pasó eso?

No lo entendemos, pero ahorita esto es un caos, y necesitamos que usted venga a ayudarnos.

Está bien, ahí estaré.

Cuando llega, se encuentra que a uno de los trailers que transportaba la grúa se le rompió uno de los ejes de la plataforma, lo que originó la caída de una parte de la grúa, al desprenderse las llantas de la plataforma le cayeron en la pierna al trabajador que estaba en las maniobras de desembarque de las grúas.

Otro problema más se dice así mismo, y ahora qué pasará.

Cansado y ya en el Hospital viendo que se le salve la pierna al trabajador, les pregunta a los Doctores que si no creen necesario transportarlo a otro Hospital.

A lo que le contestan que sí que sería mejor enviarlo a Houston en los EEUU.

Pues tratemos de enviarlo, yo veré que podamos pagar nosotros los gastos por ahorita, porque esto lo tendrá que pagar la aseguradora del trailer.

Mire, nosotros no sabemos quien vaya a pagar, lo único que como médicos sabemos es que si se le quiere salvar la pierna tendrá que ser transportado a Houston.

Pues adelante.

Sí, ya se está contratando una ambulancia aérea por parte del IMSS, y tan pronto se tengan las autorizaciones necesarias será transportado a los EEUU. Ya se le está tramitando también las visas al personal que lo acompañará.

Lo que Juan José no sabe es que ésta fue otra de las maniobras que el grupo de su hermano tiene como misión el de boicotear todo lo que Juan

José esté haciendo y esta vez les salió perfectamente de nuevo, nadie se dio cuenta de lo que hicieron.

Por lo que ya se lo comunicó Everardo a José Juan quien solo le dijo.

Te felicito.

Pero quien no cabe de angustia es Juan José, que no deja de preguntarse qué es lo que estará pasando pues también ya le comunicaron del robo de los materiales en la construcción del Hotel.

Sin saber qué hacer, le habló a Jimena pero como no le quiso contestar, solo se concretó a dejarle el recado por lo que estaba pasando.

Pero cuando Jimena leyó el recado lo único que pensó fue.

Lo siento por tí, tú no te lo habrás buscado pero no me vas conmover para que vuelva a tí.

Solo le dijo a su secretaria que si volvía a hablar Juan José le dijera que no quise leer sus recados y que le ordené que no le pasara más mensajes de él.

Juan José pensó.

Pues ni creas que me vas a dejar Jimena, tengo que encontrar la forma de que vuelvas a mí.

Mientras se tuvo que encargar de todos lo trámites para enviar al trabajador herido y consolar a su familia que afligida llore y llore le reclamaban que qué era lo que iban hacer ahora, pues su padre era el único sostén de la familia, que con tres hijos que es lo que iban hacer sin él.

Juan José les prometió que no los iba a dejar desamparados, pero no bastó su palabra por lo que le dijeron que iban a contratar a un Abogado para demandarlo.

Pero es que no tienen necesidad de hacerlo, les dice Juan José.

Yo me voy a encargar de ayudarles en todo.

Ah sí, ¿Y quien va a ver por nosotros si usted decide irse a España?

¿Pero cómo creen que yo voy a abandonar esto?

Eso solamente usted lo sabe, le respondía la esposa del trabajador, yo voy a ir a ver a un

Abogado ya se lo dije.

Como usted guste señora, yo no la voy a forzar a nada.

Pues más le vale, porque si mi marido queda cojo con solo una pierna usted no se la va a acabar.

¿Qué quiere decir con eso?

Un Doctor le dice a Juan José.

Es una forma de decir que tenemos, no discuta más y es preferible que le diga ahorita que sí a todo, le dice el Doctor casi en silencio en el oído de Juan José.

¿Qué está tramando Doctor? Le pregunta la señora.

Nada, nada, solo le estoy diciendo que lo que ahorita importa es atender a su esposo quien ya está en tratamiento médico en Houston.

Y ¿A qué horas vamos a saber si tuvieron que cortarle la pierna?

Señora, eso estamos esperando pero ahorita están en los preparativos, comprenda que todo se ha hecho con la mayor rapidez posible y ahorita solo nos queda esperar.

Está bien Doctor ¿Pero quién me va a avisar? Porque yo de aquí no me muevo hasta no saber de mi marido.

Como usted guste señora, de todas maneras le haremos saber cuando tengamos noticias.

Y pasaron las horas hasta que por la mañana del día siguiente salieron los doctores para decirle a Juan José que se presentara en la oficina del Director del hospital.

El comunicado que tenemos de Houston es el siguiente;

Después de ver los daños en la pierna se le hicieron injertos en el hueso de la pierna para no tener que amputársela, pero que las secuelas de eso iban a tardar en saberse, pero que ahorita lo único que les informaron es que no tuvieron que amputarle la pierna.

La esposa desesperada pedía querer ir a ver a su esposo para estar con él.

Señora, eso ahorita es muy difícil, pero vamos a ver qué se puede hacer.

Sin más, Juan José le ofreció que él iba estar al tanto de la evolución del trabajador herido y de su familia.

Juan José regresó para terminar de ver las maniobras del montaje de las grúas, pero principalmente para supervisar que no volviese a pasar otro accidente.

Juan José tuvo que comunicarle todos los contratiempos que había tenido a su socio el Lic. Peña quien le dijo, que es lo que estaba pasando porque los demás socios ya estaban alterados por la tardanza de las obras.

Dígales que no se preocupen que yo estoy al tanto de todo y que pronto vamos a terminar.

Bueno, te comunico que ellos quieren mandar a un representante de ellos para supervisar como se están realizando las cosas, te comunico esto para que estés pendiente y no te extrañes de ello.

Como usted diga, voy a estar al pendiente.

Cansado y con la preocupación de no saber qué hacer se fue a tomar un café a los portales del centro de Morelia, y cuando estaba ahí vió a la secretaria del municipio pasar con su esposo, los dos caminando como que iban discutiendo, pero le dio la idea de pedirle a esa muchacha ayuda para convencer a Jimena de que ella no tuvo nada con él como Jimena le culpa.

Que por cierto alcanzó a escuchar que el esposo le gritó Estela espérame, porque ella se adelantó a cruzar la calle.

Juan José se dijo ok por lo menos ya sé como se llama.

El lunes de inmediato se trató de comunicarse con Estela, pero cometió el error de decir de parte de quien.

Ella simplemente le dijo a la otra secretaria, sabes atiéndele tú yo ahorita estoy ocupada.

Y aunque Juan José trató de desviar la conversación casi se echa de cabeza y solo le dijo que quería saber como tramitar los permisos para el Hotel que estaba construyendo en las montañas.

Ella le contestó ¿pues qué no tiene los permisos ya?

Oh sí, pero lo que pasa es que quiero anexarle una alberca cubierta, lo que quería saber qué necesito hacer para lograr el permiso.

¿Pues que no están en los planos que presentó?

No, y es por eso que quiero saber qué es lo que necesito.

Pues traiga los planos correspondientes para que se le tramiten los permisos.

¿Está bien señorita? ¿Con quién tengo el gusto?

Mi nombre no lo necesita, venga con los planos y ya le haremos saber cuales son los trámites que tiene que seguir.

Ok. Cómo usted diga señorita.

Señora si me hace el favor, que soy casada.

Perdón.

Juan José de nuevo con la incertidumbre se decía que Estela ahora no iba a querer hablar con él.

Por la tarde se le ocurrió ir a la Catedral a escuchar misa, y grande fue su sorpresa, ahí estaba Jimena, pero estaba con su Tía por lo que no quiso arriesgarse a otro desprecio delante de la Tía y lo único que hizo fue escuchar la misa y cuando cantaban el Ave Maria se sintió tan conmovido que casi empezó a llorar con la música.

Lo que no se había dado cuenta es que sí, Jimena ya lo había visto entrar y lo observaba discretamente, viendo como enjugó las lágrimas cuando tocaban el Ave Maria, que también a ella la hizo llorar de emoción.

En eso una señora ya grande le dice a Juan José, si viera usted cuando yo era niña me traían a la Catedral a misa y entonces aquí tocaba un maestro de la música ese órgano, que es una maravilla.

¿Y quién era señora?

Yo no creo que a usted le sea conocido ya que veo que usted es Español, pero aquí en México fue muy conocido el maestro Manuel Bernal quien tocaba de maravilla el ave Maria, también tocaba la música clásica de los grandes compositores.

Juan José se dedicó a escuchar la misa sin dejar de admirar toda la iglesia, cada rincón que tenía se dijo que tenía que recorrerlo despacio y así lo empezó a hacer.

Lo que le intrigó a Jimena que le decía a su Tía quien no había visto a Juan José que ahorita la alcanzaba, pero sin que Juan José lo notara lo estuvo observando como se detenía en cada parte de la Catedral admirando y rezando a la vez cuando lo podía hacer.

En eso la Tía alcanzó a Jimena y viendo entonces a Juan José le dijo ¿Por qué no vas a alcanzarlo?

Ya te dije Tía que es asunto mío y vámonos.

Como quieras.

Salieron de la Catedral y se subieron a su automóvil seguidas por los escoltas, que por cierto a la gente le pareció mal que fueran escoltadas a la Iglesia.

Cuando se dio cuenta de que Jimena ya no estaba, Juan José salió apurado a buscarla pero ya se habían ido, y triste se regresó al interior de la Catedral a seguir admirando la Iglesia así como los hermosos candiles que cuelgan del techo de la Iglesia y lo espectacular que se ven los rayos de luz que producen un espectacular iluminación como si fuera artificial, pero es por la luz solar que filtrándose por los vitrales dan una imagen espectacular, y sobre todo ver esos espectaculares vitrales tan coloridos con esas imágenes de los santos, ese estilo Barroco de la construcción y los largos y altos pilares que sostienen el techo de la Catedral que ha soportado tantos temblores durante siglos y por eso lo vemos por más de una hora, hasta que vio que comenzaba la siguiente misa.

Pero sin dejar de contemplar los sitios como los de la Virgen de la Soledad, y parecía que la señora lo seguía atrás de él pues empezó a narrarle una leyenda ¿sabe? En la época de la Colonia hace más de trescientos cincuenta años existía un señor muy necesitado que le pedía a la Virgen de la Soledad que le prestara su rosario que ella tenia en su cuello, que por cierto dicen que estaba hecho de perlas y oro, que se lo prestara para poder empeñarlo, para poder salir de sus deudas, que una vez que tuviera el dinero se lo rescataría y se lo devolvería. A la mañana siguiente que regresó para rezarle otra vez y pedirle el rosario, éste estaba en los pies de la Virgen dándole a entender que lo tomara, y así salió, lo empeñó y cuando salió de sus deudas se lo regresó nuevamente, así lo hizo otra vez que se volvió a encontrar en problemas y todo se volvió a repetir, esa es una de las muchas leyendas que la gente de Morelia contaba de generación en generación, le termina de contar la señora.

De verdad que está interesante señora.

Juan José había estado rezando por su madre y sus hermanos, incluido José Juan sin saber exactamente que era él quien le estaba produciendo tantos problemas.

Cuando salió de la Catedral se fue a los portales a cenar, ya ahí vió de nuevo a Estela pero ahora venia sola, y apenas se acercó a él para darle una nota donde le decía que esperara a que ella le hablara pero que dejara de buscarla.

Como no le dió tiempo de decir nada, Juan José solo se limitó a agarrar la nota que casi se le vuela con el aire por lo que cuando buscó a Estela ésta ya había desaparecido.

Diciéndose así mismo, ojalá no tarde en llamarme.

Jimena, quien ya le había conseguido el Arquitecto a su Tía le llama a su despacho para presentárselo.

Tía pásale, mira él es el Arquitecto Ernesto Bautista, él te va a ayudar a construir tu idea.

Muy bien ¿Y cuándo quiere empezar señora? le dice Ernesto.

Pues ahora mismo, si, no le importa, ¿Podemos Jimena?

Sí Tía, pero pasen a la sala de juntas para que ahí platiquen.

Ya ahí le dice la Tía.

Mire Arquitecto, mi idea es construir una casa en las laderas donde se localiza el mirador de Santa María.

¿Pero tiene algún terreno ya localizado?

De momento no, pero es cosa de buscarlo y si no pues ya veremos dónde, lo que quiero es una casa tipo Inglesa con signos Españoles.

¿Cómo? Porque no logro entenderle.

Sí hombre, el tipo de fachadas Inglesas pero con las costumbres Españolas.

Ahora sí le entiendo, ¿Y cuántas recámaras quiere tener?

Lo necesario, por decir tres, una sala pero grande donde pueda tener libremente un piano de cola, una televisión también grande, en fin algo bonito y si es posible con vidrieras hacia un jardín.

Ok, yo voy a trabajar en algo y ya se lo haré saber.

Espero que no se tarde mucho.

No, ya verá que lo tendrá pronto.

Cuando salía de la sala de juntas la Tía de Jimena se encontró con Don Adalberto, quien le dice.

Qué gusto de verla Emma, tanto tiempo sin poder hablar con usted.

Pues no lo ha hecho porque no quiere, por que aquí he estado siempre.

Bueno no precisamente hablar con usted de los negocios.

¿De qué otra cosa podríamos hablar usted y yo?

Pues de muchas cosas que le pasan a uno en la vida.

Sigo sin entenderle.

Sí, por ejemplo de su viaje por Europa, si conoció alguien allá que la haya entretenido.

Pues no precisamente que haya conocido a alguien, porque siempre me estuvieron acompañando mis hermanos, que por cierto a pesar de mis años siguen igual de celosos.

Pues yo les doy la razón, ya que usted es tan hermosa que cualquiera caería enamorado de usted.

Se está burlando de mí.

Por supuesto que no, yo siempre la he admirado, claro con todo mi respeto.

Ah, ¿Y bueno qué se le ofrece?

En realidad nada, simplemente que como vi la oportunidad de platicar y poderme acercar a usted, pensé que no le molestaría.

Por supuesto que no.

¿Entonces la podría invitar a tomar un café?

Pues no sé qué decirle ahorita, quizás más adelante.

Entonces me da una esperanza de poderla invitar.

Es que no sé, no me gusta que la gente hable de mí.

Pero no tendrían por qué.

Pues porque yo siempre he andado sola.

No se preocupe, no creo que alguien la critique.

Bueno, ya veremos más adelante.

Saliendo de la oficina Emma la tía de Jimena, Don Adalberto se queda pensando, hasta que por fin se me hizo poder hablar con ella, ya veremos después que otra cosa puedo hacer para que me corresponda.

En la tarde, ya cuando casi salía Juan José le pasaron una llamada diciéndole que no quisieron decir quién hablaba.

Está bien pásemela.

Al contestar era Estela ¿Que le pregunta que, qué se le ofrece?

Mire es que cuando nos vimos a la salida de Morelia.

¿Si qué tiene?

Pues que mi novia me dejó, porque no me quiere creer que solo la vi para que me informara sobre los permisos.

¿Y qué es lo que se supone que quiera que haga? ¿Qué vaya yo con su noviecita a convencerla? Vamos, no sueñe, no voy a hacerla de mártir ni de celestina.

Pero si no se trata de eso.

Lo único que le pido es que me ayude a convencerla de que entre usted y yo solamente fue el trámite de los papeles.

Pues no sé, déjeme pensarlo y ya me comunicaré con usted.

Pero por favor no se tarde.

Mire, a mí no me apura, así que si me quiere esperar bien, si no pues usted arréglelo solo.

Está bien la voy a estar esperando, ¿me va a llamar por teléfono?

Pues ¿Qué esperaba? Que fuera a su oficina para que fuéramos a ver a su noviecita, no señor espere a que yo le hable.

Y cortando la llamada, Juan José se quedó en el teléfono esperando y diciéndose que difícil le está saliendo todo.

Por otro lado en España.

Irma sigue intrigada de porqué José Juan quien decía amarla tanto no se preocupara en hablarle para nada, ya la tenía nerviosa, pues el tratamiento apenas lo ha empezado y no siente alivio hasta ahorita, ya ha perdido peso, y se le ve demacrado el rostro, y a pesar de que corrió el rumor entre los posibles amantes de que podrían estar contagiados con el sida hasta ahora nadie se ha contactado, lo único que sabe es que se están checando para saber si no están contagiados, y todo eso lo sabe por su amiga Dulce que era la que le conseguía los contactos, y hasta la amiga Dulce ya también se ha checado para ver si ella no está contagiada, pero todavía no les dan los resultados. Lo que no sabe Irma es que su marido ha estado recibiendo la información de todo lo que ella hizo en el pasado y con quien, y éste ha estado buscando como vengarse de ellos, y a la vez piensa en desprestigiarlos por medio de sus detectives.

En fin, que la situación para Irma está tan complicada ya, que aunque está cerca de sus hijos, sabe que tiene que tener demasiado cuidado con ellos, la tristeza y la depresión la han atacado, y aunque los Doctores que la atienden están conscientes de todos sus problemas.

Y aunque la están controlando, la depresión y el nerviosismo no los puede contener, su desesperación la está llevando a pensar en la angustia de perder la vida por la enfermedad y ahora empieza a sentir la falta que le hacen sus hijos, el no poder compartir con ellos todo, hoy solo puede ver cuando se llevan a la escuela al mayor y tiene que ver que sus otros dos hijos los cuiden las niñeras, hoy sí le duele demasiado no poder jugar, alimentarlos, compartir cada detalle de sus vidas, esta angustia se dice la está matando más que el sida, y su marido no deja de reprocharle su pasado, todo se está volviendo un martirio para ella, no puede salir por que el estado físico la ha deteriorado tanto que ni con maquillaje se le deja de notar.

Don Luís quien en su trabajo se dedica con todo empeño, no deja en cierto modo de compadecer a su esposa pero a la vez siente tanta rabia, que quisiera pasarse el tiempo burlándose de ella, pero sabe que no lo puede hacer, pero esta situación en lugar de hacerle pensar en tener otra mujer, lo está haciendo pensar que va a preferir pasarse el resto de sus días sin ninguna mujer,

Va a preferir pasar más tiempo con sus hijos como ahora lo está haciendo, ya que si antes le dedicaba la mayor tiempo al trabajo lo hacia por que pensaba que su esposa estaba con ellos, pero al ver la actual situación, prefiere estar con ellos todo el tiempo que pueda.

Inclusive se ha puesto a estudiar qué es el SIDA, y cómo lo adquiere la gente cuáles son los riesgos de contraerlo y cómo se puede ayudar a la gente que ya tiene el VIH a sobrevivir con el.

Una de las cosas que ha aprendido es que en muchos caso el contagiarse con el VIH es el primer paso para desarrollar la enfermedad, que lo llevará a desarrollar el SIDA que es realmente el que lleva a los enfermos a morir por todas las enfermedades que pueden contraer o desarrollar por haber perdido las defensas a toda clase de virus, inclusive puede desarrollarse más fácilmente el cáncer en algunos tipos, otra de las cualidades o características que debe uno aprender del VIH que cuando es detectado y resulta positivo no quiere decir que se ha adquirido el SIDA pues es cuando se presenta todo clase de enfermedades contagiosas que el cuerpo no puede protegerse por no tener las defensas necesarios, por lo que es muy importante seguir el tratamiento médico contra el VIH que puede mantener controlado al virus, y puede equilibrar el número de células blancas que ayudan en la defensa contra las enfermedades.

Ahora bien, otra de las cosas que aprendió es que la enfermedad solo es contagiosa por medio de las relaciones sexuales, el intercambio de jeringas para las drogas o por contagio sanguíneo solamente, pero toda clase de precauciones que puedan tomarse deben de seguirse.

Por eso se ha hecho el compromiso de vigilar a su esposa para que siga en detalle el tratamiento, que lo más importante es la vida de un ser humano y con mucho más la vida de su esposa, por lo que diariamente se cerciora de que su esposa tome el "cóctel" de antivirales que le permitan prolongar su vida.

Y aunque Irma se ha sumido en una gran depresión, su marido ha hecho lo posible por reanimarla ya que su hijo Luís el mayor de los tres le ha estado preguntando qué le pasa a su mamá, pero como no quiere explicarle exactamente que tiene su Mamá, solo le pide que no le comente a nadie que su Mamá está enferma, pero aunque él insiste en saber de que está enferma, solo Don Luís con tristeza le dice que le obedezca, que cuando sea mayor se va a enterar de que se trata la enfermedad de su Madre.

Mientras en Morelia.

Han pasado varios días y ya las obras están demasiado adelantadas para la fábrica de Juan José y esperando que aterrice el avión que viene de Los Angeles, espera la llegada de uno de los socios que viene a supervisar las obras, que ya sin preocuparle pues están casi por terminar las naves y las oficinas, solo están esperando darle los últimos detalles a la construcción inclusive ya están contratando al personal que laborará en la fábrica, cuando ve bajar del avión a la persona que esperaba, piensa, no me equivoqué al separarle el mejor cuarto en lo que es uno de los mejores Hoteles de Morelia, el Hotel Virrey de Mendoza, ya que después de recorrer los otros Hoteles y como en este le dieron una amplia explicación y recorrido por el mismo prefirió para no quedar mal con esta persona, ya que no sabia cuanto tiempo iba a estar en la ciudad.

De pronto vio venir a uno de los socios que por su descendencia Mexicana había hecho buen contacto cuando los presentaron en la oficina del Lic. Peña.

Bienvenido Humberto.

¿Cómo estás Juan José?

Bien, vamos para que te establezcas en el Hotel, ¿Estás de acuerdo?

Por supuesto, vamos.

Y cuéntame ¿Cómo van las cosas?

Yo pienso que bien, se ha seguido al pie de la letra (como dicen aquí) los planos que ustedes me entregaron y ya podría decir que todo está terminado.

Muy bien, ya iremos a ver como esta eso, ahorita aparte de las horas que tiene uno que estar sentado en el avión agregándole las otras tres horas de espera para abordar el avión estoy un poco aturdido y hambriento.

No te preocupes, después de que te hospedes, comemos primero y luego vamos a la fábrica, ¿quieres?

Sí, por supuesto.

Después de hospedarlo en el Hotel y de que lo felicitara por haber escogido ese Hotel pasaron a comer y ya por la tarde fueron a la fábrica.

Oye Juan José, le dice después de recorrer la fábrica, lo hiciste todo como se te pidio te felicito, ¿Pero dime porqué el retraso?

De verdad que es difícil de explicar, pero tú sabes cuando uno no tiene las evidencias en la mano, no puede uno hablar.

Bueno ¿Dime cómo va ese noviazgo?

Pues ese es mi mayor problema ya que por tratar de arreglar el problema, mi novia me cortó, y no hallo la forma de que me crea.

¿Pues qué pasó?

De verdad me gustaría no comentarlo, hasta que no lo arregle por mi mismo pues no pienso dejar de luchar por ella.

Bueno, todo esto me parece perfecto, así que si gustas nos retiramos al Hotel y ya vendré contigo, ya que a partir de que yo hable al departamento técnico los Ingenieros se van a empezar a trasladar a esta ciudad para empezar a trabajar.

Como gustes, vamos.

Después de dejar a su socio, él se retiró a su casa.

Al otro día, después de recoger a su socio, Juan José llegó a las nuevas oficinas en las que ya estaba trabajando el personal necesario para su desarrollo, al llegar la secretaria le dijo a Juan José que tenia una llamada de una señora.

¿Quién será? Pensó.

Al contestar era Estela quien le decía que lo iba a esperar el próximo domingo en el balneario de Zinapécuaro, y no me pregunte dónde es, búsquelo y ahí lo veo adiós.

Humberto le preguntó ¿qué quién era?

Oh es una amiga, ya te platicaré después.

Después de recorrer la fábrica a la que estaban dándole los últimos toques tales como pintar las rayas del piso, probar las grúas, las máquinas desplegadoras de bobinas, las máquinas para hacer las bobinas, y cada una de las etapas de la fabricación de los generadores, así como ver que la oficina de los ingenieros estuviera terminada con todo lo que se pedía, pasaron al departamento de personal.

Ahí Juan José le preguntó al Jefe de personal si ya se había contratado la mayor parte del personal.

Así es señor, ya tenemos todo el personal y ahorita estamos tratando con el abogado de la empresa la elaboración del contrato colectivo con el sindicato de electricistas que usted me indicó cuando me contrató.

Perfecto, ¿Qué piensas?

Que todo va de acuerdo a lo pactado solo que no en las fechas que se había estimado, pero esperemos que se puedan cumplir con las entregas de los equipos que ya están contratados.

Yo también así lo espero.

Por cierto ya fueron a recoger a los que van a trabajar como instructores y a la vez supervisores de producción le dice Juan José.

Oh sí, qué bueno porque a mí me gustaría que empezaran hoy mismo, pero todo tiene que ser a su tiempo.

Cuando llegaron los supervisores después de haber sido acomodados en sus hoteles les pasaron a la oficina de juntas donde también ya habían llegado los ingenieros que iban a trabajar en la fábrica.

Revisando los planos, materiales instalaciones, personal, y viendo que todo estaba listo, Juan José les invitó para que el día de mañana en que ha invitado al Presidente Municipal de Morelia y otras personalidades de la Industria y de las Cámaras de Comercio e Industria acudan ahí, para efectuar la inauguración oficial de la empresa denominada Electrogeneradores de Viento S.A.

Jimena recibió la invitación para dicha inauguración, a la que asistiendo con su hermana Mariana llegaron a las instalaciones, a Juan José solo le dijeron buenos días.

Hemos acudido en nombre de nuestras empresas a esta inauguración. Retirándose a platicar con las demás personalidades que ahí estaban, sin embargo Juan José le pidió al Alcalde y a Jimena que cortaran el listón de la inauguración, por lo que Jimena no se pudo negar y tomando las tijeras entre los dos cortaron el listón oyéndose un aplauso de toda la gente.

Como estaban invitados a la comida de la inauguración, Juan José trató hasta el cansancio por acercarse a Jimena, pero ella solo le dijo, en voz baja.

Déjame en paz si no quieres que me retire y tú quedes en ridículo.

Está bien, le contestó Juan José, yendo a atender a los demás invitados como le dijo Jimena.

Cuando por fin pudo hablar Humberto con Juan José le preguntó ¿Ella es tu novia?

Sí, es ella pero no quiere que me le acerque.

Pues vaya que está muy bonita, te recomiendo que no la pierdas.

Eso es lo que quiero, no perderla pero no me quiere dar oportunidad de hablar.

¿Y que pasó con la señora que te habló ayer?

Oh sí, de veras, te invito a que vayas conmigo a donde me citó parece que ahí nos vamos a divertir.

¿No será contraproducente? ¿Qué tal si le llegan a decir a tu novia de esa cita?

Por eso te estoy invitando, pienso decirle que yo te invité a conocer ese lugar y que ahí estaba ella, que yo no sabia nada de ella.

¿Me ayudarás?

Oh sí, cuenta conmigo.

Jimena y Mariana solo estuvieron un rato en la comida y se despidieron diciendo que tenían muchos asuntos que atender.

Juan José lo único que hizo fue darle las gracias y como estaba con el Alcalde solo les dijo hasta luego.

En el camino Mariana le pregunta a Jimena.

¿Qué es todo este teatro?

Ya te dije que no me preguntaras cuando te dije que estábamos invitadas a esta inauguración.

Está bien pero no te enojes.

No, no lo estoy y ya no me preguntes.

Como quieras hermanita.

Al término de la fiesta todos los trabajadores de la fábrica empezaron a tomar sus puestos de trabajo para empezar a recibir instrucciones ya que desde el día siguiente empezarían a trabajar tres turnos ya que tienen que entregar varios generadores que ya estaba vencido el plazo de entrega.

Por la mañana y con la ayuda del personal técnico que había venido de los EEUU comenzaron las labores.

Se empezaron a poner los carretes de alambre de acuerdo a las especificaciones, en un lado.

Mientras que por otro lado se comenzaron a preparar las desplegadoras de bobinas de acuerdo a las medidas que se les fue indicando.

En la parte mecánica comenzaron a ensamblar las laminaciones de los estatores y rotores así como las carcasas de los mismos.

La fábrica en unos minutos ya estaba trabajando como si ya tuvieran años haciéndolo.

Juan José en las oficinas desde donde podían observar toda la fábrica se decía delante de Humberto, no lo puedo creer Juan José hasta donde has podido llegar.

Humberto extrañado le pregunta.

¿Con quién hablas?

Conmigo mismo, pero no me juzgues de loco, es que apenas puedo creer todo esto.

¿Qué tan difícil ha sido para tí?

No te imaginas, ¿puedo ser sincero?

Por supuesto.

Es que como tú sabes yo soy Español, y cuando salí de España nunca me imaginé llegar a esto y más cuando en Los Angeles estuve a punto de arriesgar mi vida.

¿Pues qué te pasó?

Nada, que en el trabajo de electricista que realizaba allá.

¿No sabía que eras electricista?

Perdón es que no entiendo porqué el Lic. Peña no te lo dijo

Pues sí ¿pero qué fue lo que te pasó?

Pues nada, que el jefe que tenía me pidió que le instalara un interruptor que era el principal, pero quería que lo instalara en vivo.

¿Pero cómo?

Sí, con los circuitos energizados y en 440Volts.

¡Ah! bruto el señor, ¿y qué hiciste tú?

Pues me negué a hacerlo y me corrió.

Fue cuando con el poco dinero que me pagó que compre el billete de la lotería que me dio tanto dinero.

Vaya que tuviste doble suerte, ya que por un lado no arriesgaste la vida y por el otro te sacaste la lotería.

Bueno ¿Entonces paso el domingo por tí?

Por supuesto ¿Pero ya sabes en dónde es Zinapécuaro?

¡Oh sí! es un balneario con aguas termales.

Oye pues se oye interesante.

En sí yo también quiero conocerlo pues describe que tiene varias albercas, en una producen olas artificiales y las otras tienen aguas termales, parece ser muy bonito el lugar.

Pues iremos a conocerlo, ¿te parece Juan José?

Por supuesto ahí iremos.

Jimena apenas a unas semanas de haber tomado su puesto al mando de las empresas de su padre ha empezado a demostrar un gran cansancio pero principalmente desde que se enojó con Juan José, por lo que su Tía y Mariana empiezan a tener dificultades por el estado de ánimo de Jimena.

Quien les pregunta ¿Por qué no me entienden? Esto es demasiado trabajo y es el motivo de mi estado de ánimo.

No te creo Jimena, desde que regresaste aquella noche que fuiste a cenar con Juan José, que regresaste tan enojada, y que no quisiste decirnos qué había pasado desde entonces tu cansancio es más notorio.

Y no se diga tu mal humor, le reprocha Mariana.

¿Bueno, qué es lo que quieren?

Que te decidas a romper o regresar con Juan José.

No es tan fácil para mí, entiéndanme.

Pues busca la manera de ponerle más entusiasmo a tu trabajo, o de lo contrario ya veo venir las quejas de los socios.

No creo que sea tanto Tía.

Tú no lo verás pero a todos si nos parece ya que son muchos los que lo notamos, y no lo niegues.

No Tía, no lo niego pero es que no creí que se fuera a notar.

Pues ya ves que si, así que haber que haces para componerte.

Por cierto esta noche voy a salir a tomar un café con Don Adalberto.

Mírala Tía ¿Qué ya andas de novia?

¿Qué es eso niña? más respeto que soy su Tía y no su igual.

Vaya con la Tía, a mí sí se me exige pero ya no puedo decir ni insinuar nada.

Pero es que solo voy a tomar un café y a platicar.

Está bien, Tía perdón.

Humberto le dice a Juan José.

Yo pensé que esta ciudad iba ser muy pequeña y que aquí la vida de la gente se terminaba a las nueve de la noche, pero nombre esto es toda una ciudad capaz de compararse con cualquier ciudad de Europa o los EEUU, oye y qué mujeres tan bonitas, nunca me esperé ver tanta gente con signos de ascendencia Española como se ve aquí.

Yo tampoco mira que yo había imaginado este lugar como un pueblito donde yo iba a poder trabajar como electricista porque aquí casi no los tuvieran y yo pensé que sería de andar en rancherías y pequeñas casas, pero ¡oh! gran sorpresa la que me llevé cuando llegué aquí. Esto es toda una ciudad cosmopolita, y sí puedes trabajar de electricista, pero es tanta la competencia que necesitas ser un experto con mucha experiencia, cosa que yo demostré que no la tenía, y por eso me fui a trabajar a los EEUU, y quien mejor que tú para saber que aun allá eso es mucho más difícil de desarrollar, que sí puedes trabajar de electricista pero si no tienes residencia legal o ciudadanía olvídate, te tratan peor por no tener tus papeles para trabajar, por eso me siento tan afortunado de haberme sacado la lotería por que de otra forma quien sabe en que estaría yo trabajando allá y lo peor para mí que nunca hubiese podido regresar a conquistar a toda una personalidad como lo es el amor de mi vida Jimena.

Sí ya la vi es muy hermosa y de veras que si no hubieras llegado a lo que eres ahorita, dudo mucho que la hubieras conquistado, además que debe tener muchos admiradores y pretendientes.

Ya ni me digas, porque si lo creo debe tener muchos buitres atrás de ella.

Pues apúrate para que no te la ganen.

Por eso es tan importante ir a Zinapécuaro este domingo, Humberto.

Bien pues no se diga más y terminemos nuestros trabajos de esta semana, para darnos ese descanso en Zinapécuaro.

Como ya pronto van a terminar la producción de los primeros generadores, quisiera buscar la forma de darles un giro publicitario y he pensado que nos convendría pagar por un anuncio en el periódico a nivel nacional para darle publicidad a esto.

No me parece mala idea Juan José.

Pues hay que contratar los servicios de la prensa para que vengan a constatar el embarque.

Sí, yo me encargo de pedírselo a la secretaria.

José Juan quien ha estado al pendiente de los movimientos de su hermano, no se ha dado cuenta de que sus negocios están siendo investigados por las autoridades, piensa que todo lo tiene bajo control, pero lo que no sabe que la gente que contrató o está aprovechándose de su ignorancia en asuntos del país, o bien están actuando mal, pues ya les detectaron varios embarques de mercancía pirata y están investigándoles.

Por lo que a José Juan se ha dado cuenta de que inspectores del gobierno los están checando, ha ordenado que paren ahorita los embarques hasta ver qué es lo que les puede pasar, y claro que todo esto le ha pasado por estar más al cuidado de ver como perjudicar a su hermano dada su sed de venganza.

José Juan le pide a su secretaria que le consiga boletos de avión para pasarse una semana en Cancún y así dejar que las autoridades no lo involucren en sus investigaciones.

El domingo Juan José se alistó para salir a Zinapécuaro muy temprano con su socio Humberto y cuando llegan se encuentran un lugar maravilloso, las aguas termales de las albercas le dan un toque esplendoroso por que la gente siente cómo se les curan muchas enfermedades como la artritis y otros dolores. Juan José se ha dedicado a buscar a Estela a quien por fin ve después de recorrer todo el balneario como ella está nadando Juan José la estuvo observando para ver con quien venía, y después de un buen rato de ver que ella estaba sola con una amiga la fue alcanzar en el agua nadando,

Hola señor Juan José, veo que sí le interesa lo de su novia.

Por supuesto que sí.

Y ¿A qué estaría dispuesto por recuperarla?

A muchas cosas, ¿Pero qué tiene usted en mente?

Sabe, yo siempre he querido tener hijos.

¿Y yo qué tengo que ver con eso?

He planeado hacerle creer a mi marido que yo podría quedar embarazada en lo que se conoce como inseminación en vitro para lo cual, necesitaríamos que se lleve a cabo en un laboratorio médico.

¿Pero porqué quiere hacerlo en un laboratorio, es que su marido tiene problemas?

Así es, mi marido tiene problemas.

¿Cuáles?

Muy simple es estéril, y por eso no hemos podido tener hijos.

¿Usted ha oído hablar de la inseminación en Vitro?

¡Ah! Empiezo a entenderle.

Pues que se supone, ¿Que me acueste con usted, para quedar embarazada?

Ni lo piense, no soy tan tonta.

¿Qué teme enamorarse de mí?

Vaya con el Español, de verdad que usted es muy creído, no, ya le dije que he pensado en la inseminación en Vitro.

Ya, ya veo usted quiere que yo done, ¿No es así?

Por supuesto.

¿Pero qué va a pasar si no le funciona la inseminación en Vitro?

Qué ya está otra vez imaginando que le voy a pedir que sea mi amante? Eso ni lo piense.

¿Y con eso usted me va ayudar a convencer a mi novia diciéndole que yo le doné para que pudiese quedar embarazada?

No, no sea tonto, ya que yo quede embarazada, entonces voy a ir con mi marido a hablar con ella y ya trataré de convencerla de tal manera que deje de sospechar que entre usted y yo existe otra clase de relación.

¿Pero qué va a pensar su marido?

Ese es un apocado con su problema y diciéndome a cada rato que no me quiere perder, pues no tendrá otra solución.

¿Pero cómo le va a decir que se ha embarazado de mí?

Ya le dije que no soy tan tonta, todo lo tengo planeado hasta con mi Doctor, ya que yo le he pedido por caridad humana que me ayude diciéndole que solo en Vitro puedo quedar embarazada de él por lo que le vamos a hacer creer que es de él de quien me embaracé.

Pues si que es todo un problema, ¿Y cuando vea que es güero su hijo? ¿Cómo lo va a convencer?

Porque él también es güero.

Vaya con la niña todo lo tiene bien pensado.

¿Pues que creía? Nunca hago las cosas sin planearlas antes, así soy yo.

Bueno, pues empecemos con su plan porque a mí me urge que mi novia regrese a mí.

Mañana preséntese en estas oficinas de mi Doctor ahí le darán las instrucciones necesarias.

Dándole las instrucciones de la oficina se alejó de él inmediatamente, no sin antes decirle que no la vuelva a buscar, que ya ella se encargará de hacer lo que ella tenga que hacer para que su novia regrese a él.

Viendo que no le quedó otra cosa Juan José regresó con Humberto platicándole que ya todo se había arreglado, sin darle detalles, para que nadie más lo supiera.

Se dedicaron a nadar y comer en el restaurante del hotel, y aunque Juan José estaba atento con su socio, no dejaba de pensar en todo lo que tendría que hacer para que esta mujer pueda hablar con Jimena y trate de convencerla.

¿Estás bien Juan José?

¡Oh sí!, ¿Por qué lo preguntas?

Es que me parece que estás aquí y no estás.

Es que no dejo de pensar en Jimena.

Pues tranquilo y por lo pronto disfrutemos del paisaje ¿Ya te diste cuenta qué hermosas mujeres hay aquí?

La verdad no, no tengo cabeza para eso ahorita.

¿Pues qué te habrá pedido Estela?

Ni me lo preguntes, por favor.

Como quieras.

Y así comiendo y tomando unas copas se pasaron el resto del domingo en Zinapécuaro, y como Juan José no quiso manejar con algo de copas esperó a que pasara el tiempo necesario para ello, por lo que regresaron ya muy tarde.

Juan José muy puntual se presentó en el consultorio que le había dicho Estela, cuando le dijo el Doctor lo que tenía qué hacer, se quedó mudo, eso no se lo esperaba, pero al no quedarle otra opción, procedió a hacer lo que el Doctor le había pedido. Así tuvieron que pasar varias sesiones con el Doctor, hasta que por fin le dijo el Doctor que su participación había quedado terminada.

Pero al mismo tiempo que Juan José acudía con el Doctor lo hacía también el marido de Estela para que él mismo no sospechara que el hijo que esperaría Estela no fuera de él.

¿Qué debo, pensar que esta mujer quedó por fin embarazada?

Pues sí y parece que van a hacer gemelos.

Pero Doctor ¿Cómo pasa eso?

Pues es natural y ella está feliz de pensar que vayan a ser gemelos.

Mientras esto pasaba, el primer embarque de generadores se llevó a cabo, y ya empezaron con la fabricación en serie de los demás pedidos, por lo que la fábrica de Juan José se está viendo cada día más en forma. A los trabajadores se les ve entusiastas y muy optimistas por el futuro, ya que ven que también van a reparar otros generadores ahí mismo, por lo que ya se está construyendo el taller de reparación lo que va hacer que la fábrica crezca más, y aunque Juan José es el Gerente general ya se tuvo que nombrar a otros gerentes entre los que a Humberto le quedó el puesto de ser el segundo en mando. Los Ingenieros que vinieron a entrenar al personal del departamento de ingeniería ha quedado debidamente entrenado, por lo que ya se regresaron a las oficinas principales en los EEUU, y todo parece caminar en buen sentido.

Pero no para José Juan quien ve con gran disgusto como le están saliendo las cosas a su hermano y aunque ha estado buscando con insistencia a Mariana ésta lo ha evadido continuamente sin dejar de pensar en que a ella le gusta demasiado, pero que hasta que Jimena no la deje, no podrá darle esperanzas a José Juan.

José Juan ha pedido hablar con Jimena para ver el movimiento de su dinero como pretexto, pero aunque ésta se ha estado negando, no le quedó otra que recibirlo.

Buenas tardes, le dice José Juan.

Jimena le contesta, buenas tardes señor Pedro I. ¿En qué le puedo servir?

Mire yo estoy manejando dos restaurantes en la ciudad de México, y casi no tengo tiempo de supervisar exactamente los depósitos de dinero que están los gerentes de los restaurantes haciendo, y me es muy difícil que su personal me entregue las copias de esos depósitos, me argumentan que ellos solamente los envían a las oficinas a que se les ordenó hacerlo, y ahorita no tengo tiempo de hacer esos movimientos de que sea aquí donde se tramite todo.

¿No veo el problema? Pero yo voy a dar las instrucciones para que se le atienda, cuanto antes ¿Pero por qué dice que usted no lo puede hacer directamente?

Porque voy a salir de vacaciones a Cancún, y no me va dar tiempo de ir a la ciudad de México para hacer los trámites.

No se preocupe yo voy girar las órdenes, y que tenga usted buen viaje.

Claro que la intención de José Juan fue la de que pudiese ver a Mariana para preguntarle el porqué no quiere salir con él, pero como no la vió pues se sintió molesto por ello, pero se dijo haber si más adelante, ya que ahorita urgía que saliera de la ciudad hasta que le avisaran que todo había vuelto a la normalidad, ya que se estaba corriendo algo de dinero para callar las investigaciones.

Esa tarde Emma recibió la invitación de ir a tomar un café, se preparó lo mejor que pudo ya que no quería que Don Adalberto pensara que no sabía arreglarse.

Ya en el restaurante Don Adalberto la estaba esperando, y después de ordenar el café, empezó la plática la que casi la hacían como forzados.

¿Bien porqué me invitó? Yo ya no soy una jovencita en busca de conquistas.

Lo sé, y como usted sabe yo soy viudo desde hace ya seis años, yo no he dejado de recordar a mi esposa pero de eso a no fijarme en usted, es para mi muy difícil.

¿Por qué lo dice?

Porque desde hace años que la vengo admirando pero siempre guardé la distancia, pero creo que ya es suficiente.

¿Qué pretende?

Solo su amistad no me malinterprete.

¿Solo eso?

Bueno, conocerla más y si me permite trataré de conquistarla.

Va usted muy rápido ¿no lo cree?

Es posible, pero la vida es corta y ya no pienso desperdiciarla.

¿Pero porqué conmigo?

Pues para mí usted es una mujer maravillosa.

¿Me permite hablarle de tú?

Si usted quiere.

Bien ya que hemos entrado en confianza, te puedo preguntar ¿Porqué siempre sola?

Cuando murió mi hermano yo le había hecho la promesa de cuidar a sus hijas por siempre, y a ello me dediqué.

Maravilloso, pero ya tus sobrinas no te necesitan.

Quizás pero pienso que hasta que no se casen no las voy a descuidar.

¿Pero por lo que he visto Jimena es la más próxima a casarse no?

Ahorita no lo sé, pues anda de pleito con el novio y no se hablan.

Ya se reconciliarán, ya verás que si.

Eso espero, porque no quiero seguir cuidándola toda la vida.

Y tú ¿Qué esperas de mí?

La verdad hasta casarme contigo.

¿Y qué ya te di el sí?

No, pero desde este momento voy a hacer todo lo que esté a mi alcance para lograrlo.

Ya veremos, bueno yo ya me voy.

¿No quieres ir a escuchar música?

Para que se burlen de nosotros por que ya estamos viejos, no.

Pero si tú eres muy joven todavía.

Oh sí, espero que no te estés burlando de mí ya que no soy una jovencita.

Vamos, conozco un lugar donde tú y yo podemos hasta bailar.

A ver vamos.

No era precisamente un lugar en que pudiesen bailar pero en el Bar-Restaurante del Hotel Virrey de Mendoza la pasaron muy bien, y ya entrada la noche la fue a acompañar a su casa.

¿Espero que nos podamos seguir tratando Emma?

A ver mañana o pasado, pero también me gustaría que me cuentes muchas cosas de tu vida que siempre me han intrigado.

¿Cómo cuáles? Otro día ya te dije, así que hasta mañana.

A Cancún llegó José Juan dizque de vacaciones, claro como siempre solo.

En el Hotel le dicen.

Esperamos que esté a gusto en este su Hotel le hemos reservado una de nuestras mejores habitaciones, y esperamos que sus vacaciones sean de lo más agradable.

¿Alguien más viene con usted?

No y espero invitados así que si me tienen que cobrar por ello me avisa, ¿Entendido?

Descuide así lo haremos.

Por cierto, ¿Puedo hacer llamadas a España desde mi habitación?

Por supuesto.

Bien, ya le estaré pidiendo el servicio después, por lo pronto iré a mi habitación.

Desde la habitación se contemplaba la maravilla del mar del Caribe y esas playas tan blancas que empezó a maravillar a José Juan quien a la vez empezaba a preguntarse si las cosas estaban saliendo como las había planeado, y que al parecer no, por lo que estaba esperando que también Everardo se presentara para que le informara qué era lo que estaba mal y porqué lo empezaron a investigar a él,

Por la noche, asistía a las discotecas para distraerse, porque sabía que tendría que pasarse un tiempo en Cancún para ver qué era lo que pasaría con sus operaciones que le proveían de bastante dinero pero que ahora entendía que había muchos riesgos que no se estaban cubriendo bien.

Pero lo que él por supuesto no sabría hasta no ser descubierto totalmente era que ya estaba siendo investigado por autoridades federales quienes habían puesto agentes encubiertos para investigarlo y que a la vez estaban reuniendo toda clase de evidencias en su contra.

En uno de esos días José Juan le habló a su Mamá para ver qué novedades tenía en España.

Cuando recibió la llamada Mercedes le impugnó el porqué hasta ahora le llamaba, José Juan sin inmutarse le contestó.

Vamos Madre, de que se apura, yo nunca la he molestado como para que se preocupe por mí de esa manera.

No, y no es porque a mi me interese tanto saber de tí, ya sé que eres igual que yo que lo único que te motiva es la ambición, pero no es por eso que te reproché el que no supiera de tí, lo que pasa es que aquí no sé a quién dejaste herida y te anda buscando una tal Margarita, y no me dijo para qué te busca solo que quiere hablar contigo.

Está bueno ya sé de quién se trata pero ya le hablaré.

Pues si lo quieres ella me dio el teléfono para que le hables.

Ok, démelo y yo le hablaré después.

Tenlo y haz lo que quieras.

Y apuntando el teléfono sin preguntarle nada más a su madre le colgó.

Su Madre lo único que se dijo fue "éste no cambia para nada"

Juan José recibió la llamada de Estela quien le dijo que dejara de preocuparse por su novia que pronto ella lo iba a buscar, que ella tenía un plan en el que todo les saldría perfectamente.

Pues espero que no se equivoque y de verdad me ayude a reconciliarme con mi novia Jimena.

Ya verá que va a ser muy fácil.

¿Por qué lo dice?

Oh ya lo verá, usted deje que las cosas se realicen y verá que lo que le estoy diciendo se dará cuenta de que no tiene de qué preocuparse.

Bueno así lo espero.

En eso entró Humberto quien le pide hablar muy seriamente con él.

Sabe Estela tengo un problema aquí que requiere mi atención, solo espero que todo salga como me dice.

No se preocupe ya le dije, y espero que no sea nada grave lo que tiene ahí.

Dime Humberto ¿Qué pasa?

Sabes me reportaron que uno de los embobinadores parece que trató de sabotear uno de los generadores para que se quemaran ya en el campo.

¿Pero cómo fue eso?

Lo encontraron poniendo un elemento que con el mismo trabajo del Generador provocaría que se quemara.

¿Y dónde está ese trabajador?

Yo ya lo mandé detener, pero él niega todo, insiste que él solo estaba trabajando y que no vio quién puso ese elemento en el embobinado, pero yo no le creo, por eso lo mandé detener.

Ya le encargué al Abogado de la compañía para que se encargue de ver que se lleven a cabo todas las investigaciones necesarias para ver qué hay detrás de todo esto.

Me voy a encargar de que se revisen con más empeño los trabajos que se realicen en la fábrica y voy a investigar a fondo quienes son los trabajadores, le dice Juan José a Humberto.

Pues si que debemos tener mucho cuidado, porque si esta gente trata de sabotearnos los trabajos, debemos estar muy atentos porque estos equipos son muy delicados y fácil de quemarse, no podemos darnos el lujo de descuidarnos.

Me está preocupando esto ya que no es la primera vez que alguien trata de sabotearnos.

¿A qué te refieres?

Pues sí, mira si fuimos a Zinapécuaro fue porque alguien metió la mano para que me retrasaran los permisos de construcción, y esta mujer sin que me lo dijera abiertamente es lo que me hizo entender, luego esa ruptura del eje de la plataforma que transportaba una de las grúas y que por la cual casi pierde la pierna uno de los trabajadores, y que gracias al IMSS no tuvimos que pagar nada, si no estaríamos arruinados.

¡Y ahora esto! ¿Qué podemos hacer Juan José?

De momento creo que lo mejor es que los abogados se hagan cargo de todo, a ver qué es lo que encuentran.

En eso entra la secretaria de Juan José y le dice que afuera está un inspector de la policía y el abogado de la compañía, que quieren hablar con usted.

Hágalos pasar.

En este momento.

Abriéndoles la puerta les hace entrar.

¿En qué podemos servirle? Le pregunta Juan José al inspector.

Mire ya investigamos a la persona que ustedes acusaron y la verdad esta persona no tiene nada que ver con el problema, sus antecedentes son magníficos, ha sido un buen estudiante y buen padre de familia hasta inclusive es trabajador social voluntario de su barrio, en fin que no tenemos ninguna prueba de su culpabilidad, así que le pido que esta persona sea reintegrada a su trabajo.

¿Y qué propone usted para encontrar a los culpables?

La mejor forma es que usted contrate uno o dos de nuestros hombres que encubiertamente puedan descubrir qué es lo que pasa.

Pues no se diga más, mándelos para contratarlos. Dice Humberto

¿Estás de acuerdo? Juan José.

Por supuesto que si, cuanto antes mejor.

Bueno, le dice Juan José a Humberto, yo me retiro si no tienes inconveniente.

No, te puedes retirar.

Jimena cansada de tanto trabajo salió de sus oficinas del Banco en la torre financiera como le llaman al Edificio donde se encuentran las oficinas generales del Banco y le pide a su chofer que la lleve a la Catedral.

¿Pero señorita su Tía quiere que la lleve a su casa después de salir de aquí?

Pues olvídelo por hoy lléveme y dígale a los escoltas que nos sigan.

Al poco rato la vemos caminando por la Iglesia como si buscara a alguien y no lo encontrara, se detiene ante los sagrarios de la Virgen de la Soledad y otros y en cada uno va rezando.

Claro después de rezar en cada uno su deseo o ruego es siempre por tratar de buscar alguna solución para sus problemas con Juan José.

Sin saber que también Juan José andaba caminando en el bosque donde les gustaba caminar y contarse tantas cosas, pidiendo lo mismo. Y aunque llovía, a Juan José no le hacía nada la lluvia, lo que más le incomodaba era que Jimena no hubiese creído en él. En su caminar trataba de buscar palabras para tratar de conquistarla nuevamente, pero en su penar nada le gustaba de lo que pensaba decirle, se decía que lo mejor era decírselo enfrente de ella, ¿Pero hasta cuándo se preguntaba? A esa mujer ya le cumplí lo que me pidió y han pasado varias semanas y nada, ¿Qué hacer?

En eso estaba, cuando vio venir el coche de Jimena.

Y era que como Jimena también había decidido ir al bosque donde se reunían quiso que la llevaran ahí para recordar aquellos días en que juntos estuvieron ahí, y que ya se le hacía que había pasado muchos años, y justo cuando se iba a bajar vió a lo lejos a Juan José, y de inmediato le dijo a su chofer que no se detuviera, que buscara salir de ahí,

En eso el chofer tratando de dar la vuelta los mismos escoltas lo hicieron que se subiera a la banqueta rompiéndose una llanta por lo que se tuvo que parar.

¿Qué pasa? Le gritó Jimena.

Nada señorita que me distraje y me subí a la banqueta y parece que se rompió una llanta.

Pues ¿Qué espera para repararla, ándele bájese?

Como Juan José vió todo lo que había pasado se acercó para tratar de ayudar.

¿Qué les puedo ayudar? le preguntó al chofer de Jimena.

Pero de inmediato Jimena le gritó.

No gracias.

Pero mi amor, ¿Porqué me rechazas?

Ni me llames "tu amor" ni menos quiero tu ayuda.

Pero señorita es que no traemos llanta de refacción.

¿Pero cómo es posible?

Perdóneme señorita pero es que por la mañana después de que usted se bajó para ir a su trabajo me di cuenta de que una de las llantas estaba mal por lo que le puse la de refacción y llevé la otra a reparar.

¿Pero cómo se le ocurrió irse sin recogerla?

Es que como me la prometieron para las seis de la tarde yo pensé que me daría tiempo de recogerla, y como usted quiso que la llevara temprano a la Iglesia pues ya no me dio tiempo.

Solo a usted se le ocurre.

Ya ves, ¿Me dejas ayudarles?

¿Y tú cómo nos vas a ayudar?

Bueno, pienso que hay dos caminos.

¿Cuáles? Le gritó Jimena.

Bueno, sin que te molestes uno es que yo te lleve a tu casa.

De inmediato le gritó Jimena.

¡Ni lo creas!

Bueno ¿qué te parece si le hablamos a mi aseguranza y que nos manden una grúa para reparar tu carro?

Sabes ni una ni la otra, haber háblele a los escoltas.

Cuando vinieron les dijo muy molesta.

Me van a tener que llevar ustedes a mi casa, pero solo uno de ustedes me llevará el otro se queda aquí a ayudar a este señor.

Como usted diga señorita.

Pues ya que espera para traer el carro, que no me quiero mojar.

Haciéndole señas al otro escolta lo hace venir, casi puerta con puerta de los dos carros, para consuelo de Jimena el otro escolta es una mujer, por lo que Jimena se queda más tranquila al saber que ella será la que la lleve a su casa.

Juan José mudo solo veía a Jimena cómo les gritaba a su chofer y a los escoltas por que pensó, no cabe duda en mi mente así es como yo la amo, y es como me está demostrando su entereza como mujer y líder, eres única pensó, y no te voy a dejar nunca.

Jimena haciéndose como que no la había escuchado Juan José se subió al otro carro ordenando que de inmediato la llevaran a su casa.

Juan José una vez que se quedaron solos le preguntó al chofer y al otro escolta ¿que a qué habían venido?

La verdad no lo sé, le respondió el chofer, ella solo nos pidió primero que la lleváramos a la iglesia y cuando salió me indicó que la trajera al bosque que quería caminar por aquí.

Que raro, en fin, ¿Qué van a hacer para reparar el carro?

Pues le vamos a hablar a una grúa para que nos lleve al taller donde están reparando la llanta.

¿Necesitan mi ayuda?

¡Oh no señor!, despreocúpese lo podemos resolver nosotros gracias.

Bueno hasta luego señores.

Juan José se fue pensando porqué Jimena habría querido ir al bosque ¿Sería para recordarlo a él? y de eso no se iba a olvidar por si ella aceptaba regresar con él.

José Juan se interesó por conocer Isla Mujeres, hasta preguntó que si solo mujeres habitaban la Isla, lo que la gente del hotel riéndose le contestaron que así se llamaba la Isla pero que la habitaban como en todos los pueblos hombres y mujeres,

A lo que contestó que cómo podría ir ya que le gustaría conocer esa Isla.

Es muy simple, salen constantemente botes que lo pueden transportar ahí, en los muelles los puede encontrar.

Pues consíganme un taxi para ir.

En seguida señor.

Al llegar a los muelles estaba saliendo una embarcación algo grande para la Isla por lo que de inmediato se embarcó en ella.

Iba José Juan contemplando la claridad de las aguas del mar caribe, asombrado podía ver el fondo del mar con sus peces y las rocas, etc., en eso estaba cuando volteando por que pasó alguien junto a él que casi lo aventó, pero cuando vio quien había sido, se asombró tanto que la siguió, pues no había conocido una mujer tan hermosa con ese cuerpo escultural, alta morena blanca, con un porte distinguido, bonita con ese pelo que le caía en la espalda.

No hizo otra cosa más que seguirla y cuando la iba a abordar para hablar con ella, ella lo evadía, así se la pasó hasta que desnbarcaron en Isla Mujeres y como entre la gente la perdió de vista pues lo único que hizo fue caminar por el pueblo para conocerlo. Así llegó al otro lado de la Isla, cuando se percató de que un grupo de muchachas jugaba en la playa y entre ellas estaba la chica que le había gustado y traía un muy pequeño bikini que le hacía resaltar más la belleza de su cuerpo, y cuando la vió trató de acercarse a ella y como traía un traje de baño, se le hizo fácil seguirla al mar ya que ella también le hizo señas con la vista de que la siguiera.

Cuando la alcanzó ella le preguntó ¿De dónde eres?

De España pero vivo en Morelia ¿Y tú?

Soy de Colombia y vivo aquí en Cancún, pero solo por un tiempo, ¿A qué te dedicas?

Yo no tengo una profesión fija soy comerciante, si así le quieres llamar.

¿Estás de vacaciones o de trabajo?

De vacaciones, pero ¿Oye porqué no vamos a tomar algo?

Eso estaba preguntándole cuando ella se le acercó empezando a besarlo y acariciarlo en medio del mar.

José Juan no perdió el tiempo y empezó a corresponderle con caricias que a la vez la incitaba a hacer el amor, por lo que ella le dijo.

Aquí no.

¿Por qué no, nadie nos vé?

Porque eso solo lo hago con protección, no soy tan tonta, una cosa es que me guste hacerlo y otra ignorar lo tan cacareado.

¿A qué te refieres?

A tantas enfermedades sexuales.

Pero si apenas nos conocemos y ya crees que pudiese estar enfermo yo.

Pues como sabes que yo no lo estoy.

Pues espero que no, porque con tu belleza no lo creo.

Bueno ¿Qué te parece si mejor vamos a comer?

Pues tú dirás porque yo no conozco aquí, por eso vine para conocer la Isla.

Bueno qué te parece si te dejas guiar por mí, conmigo vas a conocer muchas cosas.

¿Cómo cuáles?

Si te interesa, no preguntes tu déjate llevar ¿Te parece?

Encantado a donde vamos.

Mira aquí vamos primero a mi hotel para bañarme y luego vamos a recorrer la isla.

Me parece magnífico, vamos.

Cuando entraron, Janet que así le había dicho a José Juan que se llamaba, se desnudó enfrente de él sin ningún obstáculo, por lo que José Juan quiso entender que podía hacer lo que quisiera con ella.

Pero ésta de inmediato lo paró, diciéndole ni te atrevas, si no quieres acabar en el Hospital, desvístete y vamos a bañarnos, ¿trajiste ropa limpia?

Sí aquí traigo en esta pequeña maleta.

Pues apúrate.

José Juan de inmediato se desvistió y gozando de un baño como nunca lo había hecho se engolosinó con Janet, quien lo paraba a cada momento, no sin dejarse acariciar así estuvieron en la regadera por más de media hora.

Una vez que se vistieron, salieron al restaurante del hotel donde estuvieron platicando, comiendo y bebiendo, pero cuando Janet vio a un tipo en la entrada se paró y le dijo a José Juan me tengo que ir, búscame mañana, aquí mismo en el restaurante a la 9.00am.

Y sin decir nada más, se levantó Janet y ya no la vió más.

José Juan se levantó y fue a registrarse en el hotel pues sabia que no podría regresar a Cancún y venir temprano a la cita con esta chica, pensando que no se le iba a escapar,

Una vez que se registró se fue a una farmacia a comprar preservativos diciéndose así mismo que no se la iba a perder nuevamente.

Lo que José Juan no sabia era que está chica era parte de una banda de traficantes buscando tontos que cayeran en sus redes y pudiesen transportar mercancías desde Cancún a otros lugares.

Por eso José Juan que sin saber a qué era lo que le iba a pasar, se presentó por la mañana como le pidió esta chica.

Grande fue su sorpresa ahí estaba ella esperándolo.

Buenos días ¿Cómo la pasaste?

Triste y solo.

¿Qué, vienes solo?

Sí, ¿Qué esperabas?

No nada, ¿Te gustaría conocer Chichén itzá?

¿Qué es eso?

Son las ruinas Mayas, una de las ciudades Mayas más famosas y que se ha convertido en una de las grandes maravillas del mundo.

Pues vamos.

Sí, pero tenemos que ir en grupo pues está un poco lejos,

¿Qué tan lejos?

Con decirte que está en el Estado de Yucatán.

¿Y cómo vamos a llegar? Yo no traigo ropa.

De eso ni te preocupes, en Cancún puedes comprar ropa yo la pago.

¿Cómo crees? Yo tengo dinero.

Bueno ¿Quieres ir o no?

Por supuesto que si, nada más dime como nos vamos a ir,

Vente ya nos está esperando el taxi para ir a tomar el yate que nos va a llevar a Cancún ahí vamos a tomar una camioneta Van que nos llevará.

Y así lo hicieron, el interés de Janet era el que José Juan se interesara por ella lo más que pudiera y así involucrarlo en sus negocios.

Por la tarde llegaron y empezaron a recorrer las pirámides como la de Kukulcán a quien se le considera una reencarnación del Dios Quetzalcóatl que partió del panteón tolteca, después recorrieron el Caracol, el templo de los guerreros o de las mil columnas así como el campo de juego de pelota con su increíble silencio en los extremos de campo de juego ya que se puede oír a las personas cuando hablan del otro lado sin que tengan que gritar ni nada, pues parece que están junto a uno, después fueron a recorrer el Cenote sagrado donde se supone se ofrecían sacrificios humanos de doncellas, y se lanzaban toda clase de joyas de esa época de los Mayas.

Transportándose a la Ciudad de Mérida, anduvieron en una especie de coche jalado por caballos a los que le llamaban calandrias recorriendo todo el centro los paseos famosos de Mérida con sus construcciones coloniales lo que le hacia recordar a José Juan a España, por lo que a él mismo le estaba gustando tanto el paseo que se le hacía muy difícil aceptar que la relación que estaba llevando con esta chica fuera solo pasajera. Pero ya cuando después de cenar y dormir en un Hotel en Mérida, cuando se retiraron la pasión fue más intensa para los dos lo que provocó que tuvieran relaciones sin protección, pero como ninguno de los dos se sabía enfermo no les importó. Cuando regresaron a Cancún por la tarde cuando estaban comiendo en el restaurante Janet le preguntó a José Juan si tenía algún problema con alguien.

No, ¿Por qué?

Es que he estado notando que nos han estado siguiendo por todas partes y algunos de ellos he notado como que se turnan para eso.

Vamos no te preocupes es que para ellos yo soy un pájaro de cuenta como dicen aquí en México, y me están siguiendo para comprobar que yo tengo negocios chuecos, por eso estoy de vacaciones, mientras mi gente acaba de realizar mis negocios.

Entonces ¿Son policías?

Claro mujer no tienes porque preocuparte, no me pueden comprobar nada.

En eso Janet vió a uno de sus amigos que le hacía señas, perdóname amor le dijo a José Juan ahorita vengo.

Ok, ¿Pero no te vas a tardar o si?

No lo sé, pero tú espérame ok.

Como quieras, aquí estaré esperándote.

Cuando Janet se reunió con su amigo éste le dijo que se fuera al Hotel donde estaban hospedados, pero que no le hiciera mucha plática ni que regresara con su amiguito, y no preguntes más le dijo.

Cuando por fin se reunió en la habitación con su amigo éste la insultó diciéndole que era una estúpida, que si no se había dado cuenta de que los estaban siguiendo por todas partes la policía.

No lo pensé pero ahora que le acabo de preguntar a este idiota, ya me lo confirmó que son policías.

Sí, estúpida y son policías federales así que ni se te ocurra tratar de utilizarlo a él para nuestros negocios por que nos descubrirían más rápido así que olvídate de ese idiota.

Pues que lástima porque ya me estaba gustando el Español.

Pues más te vale que desaparezcamos de aquí, tenemos mucha mercancía y no la podemos arriesgar.

Está bien, me voy a ir Colombia por un rato y después vuelvo.

Está bien, y a ver si para la próxima te fijas mejor con quien te metes.

Sí, sí ya deja de regañarme, que quiero empacar cuanto antes para irme al aero puerto para salir cuanto antes.

José Juan intrigado de que no regresaba Janet, y porque ya habían pasado 2 horas se levantó y hablando por teléfono a Morelia preguntó que cómo estaban las cosas allá.

Su secretaria le dijo que era necesario que regresara cuanto antes porque tenía mucha mercancía detenida para embarque y que no le querían dar los permisos para enviar esa mercancía y que también le dejó un mensaje un tal Eve, que lo estaba esperando en Morelia que no se preocupara, que regresara cuanto antes.

José Juan en vista de que se le desapareció Janet y que por más que preguntó por ella nadie le dio razón y así regresando se fue al aeropuerto donde compró su boleto para irse a la Ciudad de México, pensando en pasar a revisar sus restaurantes.

Cuando pasó a checar su boleto para subir al avión, de inmediato le dijeron que tendría que pasar a revisión a una oficina.

¿Por qué? Yo no he hecho nada.

Son órdenes señor, nosotros no sabemos nada.

Pasando a la oficina que le indicaron ya tenían ahí todas sus pertenencias espulgadas una por una.

¿Qué es lo que pasa? Preguntó José Juan

El oficial que le contestó solo le dijo, desnúdese.

¿Pero porqué? Yo no he hecho nada malo.

Usted desnúdese si no quiere que lo llevemos arrestado.

Como ustedes quieran pero yo no he hecho nada malo.

Eso ya lo veremos.

Desnudándose se fijó que lo revisaban minuciosamente, por lo que ya no preguntó nada, solo se concretó a seguir órdenes, ya que sabía que lo estaban investigando.

Mientras se vestía, el oficial que lo interrogó salió de la oficina reuniéndose con otro oficial a quien le dijo.

Este tipo está limpio, no le sembraron nada de droga.

¿Qué es lo que habrá pasado? ¿Nos habrán descubierto?

Yo creo que sí por que la tal Janet salió hace una hora para Colombia y aunque se le revisó perfectamente no traía nada.

Pues otra vez que se nos escapa, pero tenemos que seguir vigilando, no se le olvide.

No se preocupe señor así se hará.

Dejando ir a José Juan, éste se subió al avión que lo llevaría a la Ciudad de México.

Ya ahí se transportó a sus restaurantes donde entrevistándose con sus gerentes les pidió ver todas las operaciones que se habían llevado a cabo desde que él compró los restaurantes.

Los Gerentes de los restaurantes después de presentarle los estados de pérdidas y ganancias, le recomendaron hacer algunos cambios en los menús, y ver la posibilidad de que en las noches se tratara de presentar variedad y así solicitar permiso para cerrar más tarde por las noches.

Me parece buena idea, ¿Qué necesitan para ello?

Su autorización señor

Pero si ya habíamos quedado que para cualquier cambio que fuera en beneficio para los restaurantes ustedes lo iban a hacer sin preguntármelo solo me reportarían los resultados.

Sí, señor pero comprenda que no es tan fácil tomar una decisión como esa sin consultársela a usted.

Háganlo y que no se vuelva a repetir, hagan lo que sea mejor para los restaurantes.

¿Entendido?

Sí, señor así se hará.

Bueno, estoy viendo que aunque no hay pérdidas, tampoco hay muchas utilidades.

Por eso es precisamente por lo que lo estamos proponiendo, ya que actualmente la gente no sale tanto a comer fuera como antes. Como que la crisis se refleja muy bien en eso, y vemos que al ver tanto joven por las noches buscando donde divertirse pues pensamos que sería buen negocio hacerlo.

Pues que no se repita otra vez y hagan lo que tengan que hacer.

Así se hará señor no se preocupe.

Bueno yo voy a estar en mi hotel por estos dos días, después me voy a Morelia,

¿Entendido?

Sí señor, nosotros lo buscamos, mañana mismo vamos a tramitar los permisos que necesitamos.

No se diga más, ya vendré después.

José Juan se retiró y caminando por el centro de la ciudad contemplando el Palacio de Bellas Artes se dió cuenta que lo seguían vigilando, diciéndose así mismo, ok gástense todo el tiempo que quieran siguiéndome, y así se fue caminando al Zócalo y haciéndose el chistoso, como si fuera un turista se puso a sacar fotos con una cámara que compró en una tienda para así hacerse el que no tenía nada chueco.

Por eso los oficiales que lo seguían le hablaron a su jefe explicándole lo que estaba haciendo José Juan, que si no creía que era mejor dejarlo de vigilar, pues ahorita está lloviendo y andamos todos empapados y ese tipo tal parece que sabe que lo estamos siguiendo por que a él no le importa que esté lloviendo, él sigue haciéndose como si fuera un turista.

A ustedes se les ordenó seguirlo y si no pueden con su trabajo ya saben lo que se les espera, así que cumplan con él, les contestó el jefe de ellos.

Esto último se los dijo gritándoles por teléfono.

Está bien jefe no se enoje.

Pues más les vale que cumplan si no quieren ir a parar de guardianes a las prisiones.

Ni Dios lo quiera señor.

Pues a trabajar, quiero resultados no quejas ¿Entendido?

José Juan que se había dado cuenta de que uno de los agentes que lo seguían se detuvo a hablar por teléfono, aprovechando para correr un poco y meterse a una tienda de ropa, y aunque lo siguió el otro agente, José Juan le pidió al dependiente ropa para poderse cambiar, ya que estaba todo mojado.

¡Oh sí Señor!, por aquí, pase usted y dándole la ropa que José Juan le pidió, se cambió hasta de ropa interior, luego ya que se había cambiado y viendo que ya estaban los dos agentes enfrente de la tienda y que aun llovía, viéndolos todos mojados le pidió un impermeable y un paraguas al dependiente, y así muy elegante salió de la tienda, riéndose y cantando bailando bajo la lluvia, se burlaba de los agentes que lo seguían.

Estos a su vez se decían uno al otro, déjalo que se burle pero cuando caiga en nuestras manos ya verá lo que es burlarse de la ley, espero que nunca más vuelva a ver la calle.

Sueña por ahorita y síguelo no lo quiero perder.

José Juan parando un taxi se subió al mismo pidiéndole que lo llevara a su hotel.

Y los policías que lo seguían, hicieron que se acercara la patrulla que los seguía a lo lejos, y así lo siguieron nuevamente hasta su hotel.

Pero a lo único que se dedicó José Juan fue a dormir.

Estela quien en su alegría de saberse embarazada y de gemelos le pidió a su esposo que quería hacer una fiesta "Baby Shower" como le dicen en Inglés.

Haz lo que quieras, no veo para que me pides a mí opinión.

Sí ya lo sé, que contigo no cuento para nada pero te guste o no yo no te he faltado y si estoy embarazada no fue por engañarte con alguien, tú sabes que fue un embarazo en Vitro y nada más.

Es que yo todavía no puedo entender porque solo podías embarazarte de esa manera.

Y qué no estuviste haciendo todo lo que el Doctor te dijo?

Pues sí, pero no logro aceptarlo y yo no sé pensar.

Tú no tienes nada que pensar, lo único que debes saber es que tú eres el padre de mis hijos, y más te vale que así lo creas.

¿Si no qué?

Pues nos divorciamos y ya buscaré quien quiera ser padre de mis hijos.

Claro se te hace muy fácil.

Pues no, no soy una cualquiera, pienso en que quiero tener una familia con hijos y es todo.

Pues a ver cómo nos va.

Pues espero que bien.

¿Bueno qué es lo que quieres que haga para tu fiestecita?

Nada del otro mundo, que compres todo lo necesario para hacer la fiesta como son refrescos, aperitivos etc. A ver que se te ocurre a tí.

Y por favor no seas un inútil ¿Quieres?

Está bien, ¿Para cuándo quieres hacer la fiesta?

Vaya hasta que lo preguntas en lugar de estar peleando, la quiero hacer este mes que entra en el primer domingo.

Ah, entonces hay demasiado tiempo.

Sí, por eso te lo estoy encargando desde ahora.

¿Y a quién vas a invitar?

Pues a mis amigas de la oficina y algunas de mis compañeras de la Escuela.

¿Cómo cuáles?

¿Te acuerdas de Soledad, María, Teresa, y de Jimena?

Sí, ¿Pero porqué a Jimena, si es tan rica y tan importante?

Por eso y porque fuimos muy buenas compañeras.

Pues a ver si acepta.

Yo espero que sí, ya le voy a mandar la invitación para que me confirme si viene.

Pues tú sabes.

Juan José quien ha estado buscando a los culpables de querer sabotearle el trabajo, no ha podido encontrar a nadie específicamente, pero lo que no sabe es que los culpables se han estado comportando bien para que no sospechen de ellos, pero saben que tienen que hacer algo pues para eso les pagaron y bien pagados.

Pero como si fuera buena suerte tanto para ellos como para José Juan un lote de diez Generadores grandes se quemaron y no supieron el porqué hasta que no los regresen, pero el cliente tiene varias teorías que sin confirmar le está mandando los generadores a Juan José para su revisión.

Cuando por fin encontraron dos de las diferentes causas por lo que se quemaron, pudieron reclamarles a los fabricantes de los dos elementos probables como fueron los baleros y los sensores de sobrecarga que aparentemente no habían trabajado bien, por lo que viendo los fabricantes de esos dos productos que no les convenía rechazar su culpabilidad, aceptaron pagar parte de las reparaciones de los generadores pues sabían la cantidad de trabajo que iban a tener en adelante.

Eso hizo que los dos embobinadores decidieran decirle a Everardo que ya habían cumplido con su trabajo y que como a ellos si los podían descubrir si investigaban más a fondo, porque ellos habían cambiado los sensores de sobre carga por unos de mayor carga para que no actuaran cuando era necesario, y como se había hecho de algunos enemigos preferían renunciar e irse para que no los denunciaran.

Everardo aceptó, pues sabía que no iban a poder fácilmente mantenerlos en la fábrica a esos dos saboteadores.

Cuando José Juan se enteró por Everardo, lo único que pudo exclamar fue, bueno, cuando menos les destruimos diez generadores que si no los pagan totalmente si le ocasionó pérdidas, pero bueno ya buscaremos otra cosa en que le podamos entorpecer a mi hermanito su vida.

Como usted diga jefe, le contestó Everardo.

Y aunque a Juan José estas cosas lo estaban desprestigiando con los socios en los EEUU para su buena suerte lo único que le exigían era que se incrementara la productividad, porque ya habían conseguido otros pedidos muy importantes, pero que ya no querían más pérdidas.

Juan José les prometió que iba a continuar buscando perfeccionar la producción para que los costos de los mismos no se elevaran y así las utilidades se incrementaran.

Sabía muy bien que entre otras cosas tenía que buscar ampliar las líneas de producción y a la vez buscar nuevos productos, entre los cuales era ver si podrían fabricar su propio alambre y solera de cobre para los embobinados, así mismo como tratar de buscar que el taller de reparaciones eléctricas también creciera, por lo que empezó a buscar tener más vendedores. Otra de las cosas que le propuso a Humberto que propusiera el crear una constructora para instalaciones eléctricas para que así pudiesen venderse generadores de viento instalándolos en las rancherías y pequeños negocios donde la electricidad sea difícil de suministrar o que su costo sea muy alto por lo mismo.

Humberto le dijo: me parece buena idea, déjame estudiarla para proponerla con todos los requisitos que se requieran para su creación.

¡Jimena!, qué bueno que te veo.

¿Qué pasa Tía?

Te llegó una invitación para un "Baby Shower"

¿De quien Tía?

No lo sé hija, el sobre lo trajeron esta mañana.

A ver démelo Tía, mire es de Estela ¿Se acuerda de ella Tía? Estuvimos en la Escuela todo el tiempo hasta que ella se fue a estudiar para secretaria.

¡Ah sí! ya me acordé, pero no te invitó a su boda.

Me imagino que sería cuando andábamos en Europa o vaya a usted a saber, pero yo voy a ir para saber más de ella, recuerde que éramos muy buenas amigas.

Sí, qué bueno, por cierto voy a salir con Adalberto.

Como usted quiera Tía.

Bueno ya te avisé, por si llego tarde.

No se preocupe Tía.

Ya por la tarde y de acuerdo a la cita que le había hecho Adalberto a Emma se encontraron en el restaurante del Hotel Virrey de Mendoza.

No sabes el gusto que me da que aceptes salir conmigo Emma.

¿Por qué? No veo cual sea el problema.

Es que tú eres tan importante.

Vamos olvídate de eso, recuerda que nos estamos conociendo y de lo que me estás acusando no me gusta que lo hagas.

No te estoy acusando solo que yo soy tan pobre.

¡Oh sí!, ya vamos a empezar ustedes los ricos y nosotros los pobres por favor madura que no eres un jovencito para pensar en esas tarugadas.

Bueno perdóname.

Bueno háblame de tu esposa ¿Tienes hijos? Yo no he sabido mucho de tí.

De mi esposa te puedo decir que estuve tan enamorado de ella que no me he acostumbrado a su pérdida y sí, tengo solo una hija pero ella está estudiando en Europa, en Francia, quiere ser Médico Siquiatra.

¿Y cuántos años tiene?

Tan solo 20.

Pues vaya que está chica.

¿Y tú qué piensas hacer cuando se casen tus dos sobrinas?

Yo realmente nada, ni siquiera lo había pensado.

¿Y qué te parece si comenzamos una relación que nos permita pasar el resto de nuestras vidas juntos?

¿Qué es lo que me estas proponiendo?

Algo muy simple, te estoy proponiendo que si nos conocemos y nos entendemos bien, podríamos llegar a casarnos. ¿Qué te parece?

¿Eso debo entenderlo como una propuesta de matrimonio?

Eso es precisamente lo que te propongo ¿Aceptas?

Por lo pronto conozcamos primero y ya después te responderé.

Eso quiere decir que me das esperanzas.

Sí así lo quieres tomar, sí.

Pues eso hay que celebrarlo.

A ver mesero, traiga una botella de champagne por favor.

¿No te arrepentirás?

Yo no y ¿Tú?

A ver qué pasa en el futuro.

¿Bueno qué es lo que quieres saber de mí?

¿Muy simple, si crees que puedas llegar a amarme como amaste a tu esposa?

Me es difícil compararte con ella, honestamente, vivimos aproximadamente 15 años juntos y fue maravilloso.

Pero contigo existe otra clase de atracción tan intensa que yo siento que solo viviendo juntos la podrás comprobar.

¿Y qué pasa si llegamos a tener hijos?

Bienvenidos, yo realmente lo había pensado, pues sé que tú eres joven todavía para tener hijos.

Por supuesto y sí me gustaría tener cuando menos dos.

¿Pues qué necesitamos para llegar a casarnos?

Ya te dije que quiero que se casen primero mis sobrinas.

¿Y qué pasaría si ellas no deciden casarse pronto?

De eso es lo que les voy a platicar el día de hoy.

Magnífico, entonces vamos por buen camino.

¿Bueno y tú que no tienes familia aquí?

Sí por supuesto tengo 7 hermanos, 5 mujeres y 2 hombres.

¿Y dónde viven?

La mayoría viven en Monterrey y Chihuahua

¿Y cada cuándo los ves?

No muy frecuente, verdaderamente desde que todos nos casamos, nos separamos, ya que nos criamos en un pueblo de Guanajuato.

¿Y los invitarías a tu boda si nos llegamos a casar?

Por supuesto que sí.

Y ¿Dónde vives?

Por Santa María.

Vaya que coincidencia, yo estoy tratando de construir mi casa en la subida a Santa María.

Y ¿Para cuándo la vas estrenar?

Pues no lo sé, porque ahora tendría que pensar por los dos ¿No crees?

Claro que sí y me agrada eso, ¿Te gustaría que si nos casáramos vendrías a vivir a mi casa?

Y ¿A tí te gustaría mejor que viviéramos en esa casa nueva?

Sería cosa de ver hasta donde nos amamos ¿No crees?

Por supuesto que sí, bueno yo ya me tengo que ir a mi casa.

¿Te acompaño?

No gracias, afuera me está esperando el chofer, mejor me hablas mañana.

Como tú me indiques.

En España:

Irma en España se ha podido controlar un poco su enfermedad, gracias a los cocteles de medicinas que toma diariamente, pero sigue intrigada porque José Juan no le ha hablado en todo este tiempo, ella piensa que a lo mejor ya murió, por lo que va a ver a su Doctor para preguntarle acerca de su enfermedad.

Ya en el consultorio del Doctor le pide explicación de qué es lo que le puede pasar a otras personas que adquieran el sida.

Bueno señora, lo que pasa en algunos casos es que primero se infectan del VIH positivo y conforme va desarrollándose la enfermedad, van perdiendo las defensas naturales del organismo contra las enfermedades, lo que los hace que con el tiempo desarrollen la enfermedad que usted ya tiene que es el Sidrome de Inmuno Deficiencia Adquirida lo que lo hace mortal si no se atiende.

¿Quiere decir que hasta que no se desarrolle el SIDA la persona no se va a dar cuenta?

Prácticamente, pero no quiere decir que están a salvo, se les va a desarrollar con el tiempo y en algunos su evolución puede ser lenta, pero si no se atienden les puede ir peor.

Después de consultar al Doctor le habló de nuevo a Margarita para saber si no le habian

hablado.

Pero Margarita solo le dijo que se habia enterado que otros dos de sus amigos ya estaban tambien en tratamiento pero que de Jose Juan nada.

Con esa angustia se regresó a su casa sin saber nada de José Juan, lo que ya le estaba preocupando mucho, pero ella misma sabía que no podía hacer nada, ya que él nunca le dió ni su dirección, ni donde vivía su papá, inclusive no sabía ni quién eran ellos, por que José Juan se había cuidado de no decirle nada.

En Morelia:

Mientras Jimena le comenta a Mariana sobre el Baby Shower al que la han invitado le pregunta que si quiere ir.

Claro que sí le respondió Mariana, ¿Cuándo va a ser?

El primer domingo del próximo mes.

Ah bueno entonces, tenemos tiempo todavía.

¿Para qué?

Pues por si hay otras fiestas.

Vamos, tú sabes que a nosotras lo que más nos debe importar son las empresas de Papá.

Ah sí ¿Y qué no tenemos derecho de divertirnos?

Por supuesto, pero eso no quiere decir que vamos a andar de fiesta en fiesta.

Está bien amargada, ¿Cuáles son las órdenes para esta tarde?

Bien, quiero que me cheques cuántos trabajadores se han inscrito en el programa de enseñanza para terminar primaria, cuántos de secundaria, y cuántos desean estudiar una carrera técnica u otra clase.

Vaya tarea, vamos no tienes que hacerlo tú, yo por eso se los pedí a los gerentes de cada empresa y lo que quiero es que les recojas las listas que te van a dar.

Ah vaya, yo creí que tendría que hacerlas yo.

No y apúrate, me urge saber todo eso para ver la contratación de profesores.

Como tú ordenes ya te dije hermanita.

Pues a trabajar.

Bueno tampoco me carreeres,

No lo estoy haciendo, entiende que necesito saber para programar la contratación de profesores.

Está bien, voy por ellos.

Gracias.

En la oficina de Juan José.

Señor aquí hay dos oficiales de inmigración que lo buscan.

Hágalos pasar.

Buenas tardes, venimos a corroborar la solicitud de residencia que solicitó para vivir y trabajar en México.

No entiendo porqué, ya todo eso lo había tramitado y se me entregó la residencia mire aquí está el permiso.

Eso es precisamente lo que queríamos corroborar, así que le pedimos disculpas y le damos las gracias por su atención.

A ustedes, gracias.

Los dos oficiales se retiran y comentan.

Aquí hay algo raro porque la otra solicitud tiene el mismo nombre, y no me explico porqué según la fotografía que trae es la misma cara de este tipo que venimos a ver.

Pues así lo veo tenemos que investigar más, aquí hay algo raro, parece que están duplicadas las solicitudes.

Y claro como José Juan necesitaba también los papeles de la residencia para poder seguir trabajando en México se le ocurrió pedirlos, pero como sabe que Juan José está en Morelia decidió ya no darle seguimiento para no despertar sospechas y compró todos los papeles necesarios a nombre de Pedro Ignacio, por lo que él mismo ya no volvió a preguntar por sus papeles.

Juan José se quedó intrigado el porqué le habían ido a preguntar por sus residencia legal, y fue cuando se acordó que en la fiesta de Jimena le dijeron que había un tipo muy parecido a él, por lo que piensa nuevamente en su hermano, pero sabe que él está en España, y que no podría ser su hermano quien estuviera en Morelia porque él no puede salir de España, pero de todos modos se preguntaba ¿Quien será?

En eso estaba cuando le pasaron una llamada de Estela.

Pásemela, y respondiendo preguntó ¿Qué pasó Estela ya habló con Jimena?

De perdido salude, y no, no he hablado con ella.

¿Y luego que está esperando?

No despertar sospechas señor ¿Qué no me entendió que yo todo lo hago bien planeado?

Sí, pero yo estoy desesperado ¿Cuál es su plan?

Simple, ya invité a Jimena a un Baby Shower para decirle que estoy embarazada pero no de usted ¿Entendió?

La verdad no, no le entiendo.

Bueno, no le voy a dar más explicaciones espere a que pase todo y su adorada Jimena vuelva a usted.

Dios la oiga.

No necesita Dios escucharme yo sé lo que tengo qué hacer.

Está bien ¿Y para cuándo lo va a hacer?

Usted espere y ya ¿Ok?

Está bien.

Los días pasaban mientras todos seguían en sus rutinas de diario. Por un lado el romance de Emma y Adalberto se acrecentaba y aunque Emma siempre le preguntaba sobre su esposa, a Adalberto no le gustaba platicar sobre su vida pasada, lo que si le preocupaba era su hija, pues sabía que había querido estudiar psiquiatría para ayudar a parejas como la de su Padre quien había perdido a su esposa.

¿Y para cuándo se gradúa tu hija Adalberto?

Le faltan dos años, pero ya no me preocupa, porque si algo he aprendido en la vida es que los hijos se interesan por sus padres mientras viven con ellos, después lo que a ellos muchas veces les molesta, es que ya les parece uno ridículo, fuera de costumbres y de época. Ellos solo van interesándose más por gente extraña que por su propia gente, y es por eso que ya no me preocupo ni me hago ilusiones de que ella regrese a mí para vivir a mi lado, creo más bien que cuando ella vuelva, ya va a tener novio con quien quiera casarse, sí es que no lo habrá hecho ya, tú sabes lejos de los padres, que puede uno esperar.

Vamos no seas pesimista, no la juzgues antes de que haga la cosas.

No, y no lo hago, simplemente me baso en lo que veo por todos lados, y en muchas familias, en que uno debe darles su independencia, y ver en qué les puede uno ayudar en sus vidas y nada más.

Pues yo les prometí siempre a los padres de mis sobrinas que las cuidaría lo más que pudiera, pero como tú solo espero que ellas hagan sus vidas para no estorbarles, por eso creo que no será necesario esperar a que ellas se casen para que nos podamos casar.

Me gusta lo que estás diciendo y así podremos apresurar lo nuestro.

Pues sí y entre más pronto lo hagamos creo que tendremos mucho trabajo los dos juntos.

Por cierto ¿Cómo les está yendo con las ideas de mi sobrina Jimena?

Una de las que más me agrada trabajar, es la que dice que al mayor volumen de producción menor el costo es, y como son teorías muy viejas a mí me ha gustado estudiarlas y ponerlas en práctica.

¿A qué te refieres?

Es que es muy simple, si tú estudias cada fase de los sistemas de producción, e implementas nuevas herramientas, nuevas máquinas, mayor luz en las áreas de trabajo, muchas veces sin que necesariamente se le comente a los trabajadores, los resultados son benéficos para todos. Nada más imagínate, ir a comprar un vestido que normalmente te cueste X precio y si tú revolucionas la producción porque ese mismo vestido que se hacía en dos horas ahora se logra que ese mismo vestido lo vas a hacer en una hora, por lo tanto tu costos de mano de obra se bajaron a la mitad, lo que te da un margen para poder descontar hasta un 30 % o quizás más, por eso me ha parecido una magnifica idea, yo pienso, entre más producto barato pongamos en el mercado, más se venderá, esto a la vez nos va a generar una mayor demanda de productos, pues al bajar los precios la gente tiene mayores facilidades de comprar más, y si lo estudiamos bien a mayor crisis menor impacto puede ser para nosotros.

¿Cómo?

Fácil a mayor producción nos da margen de exportar, porque nuestros precios se pueden reducir en comparación con los de otros países donde la productividad no es considerada como una herramienta de trabajo; para mí es muy simple, entre más produzcamos, todos los costos se reducen y al reducir los costos, el precio de venta se puede reducir y así la gente compra más; al comprar más se aumenta la demanda,; al aumentar la demanda aumenta la necesidad de contratar más personal y eso mismo te obliga a ampliar tus instalaciones y a la vez la pequeñas utilidades que antes se recibían y que en algunos casos pueden ser grandes sumas, pero que cuando las ventas se vuelven escasas, las utilidades de cada venta se te va a reducir el margen de utilidades; pero no es lo mismo recibir una pequeña o grande utilidad de una sola venta a cuando puedes incrementar tus utilidades en las ventas por mayor volumen, ya que al recibir poca utilidad en cada venta ésta se compensa con el volumen de ventas y que muchas veces no llegas a tener cuando vendes caro. Y es muy diferente cuando vendes en volumen barato, todo se incrementa y esas crisis que afectan al mundo se pueden combatir cuando se tiene una alta producción, por que a la vez tienes más gente trabajando, que tienen la capacidad de comprar, y en la recesión el impacto en las economías se puede reducir, si siempre se está buscando reducir los costos y los precios de venta lo que te permite que haya más gente trabajando.

¿Pero qué pasa con los sindicatos? Ellos van a pedir siempre más salarios.

Esa es una parte en la comprensión de todos ellos, en situaciones como las que hemos vivido últimamente, en donde se están perdiendo tantos empleos porque los empresarios se dicen ver forzados a llevarse sus empresas a donde les salga más barato trabajar para ellos, y es una de las principales razones que todos debemos comprender, no debemos dejar que nuestras empresas emigren a los supuestos paraísos fiscales, como aquellos países en donde se paga la mano de obra tan barata comparada con lo que aquí se paga, y que los empresarios se justifican con esos movimientos ante cualquier autoridad.

¿Pero es justo que se cierren empresas por que en otros países se paga la mano de obra más barata?

Sí, quizás tú lo comprendas bien, pero existe mucha gente que todavía sigue usando los términos de ricos y pobres para exigir más; como son más aumentos de sueldo y prestaciones, por lo que es muy importante para acallar esas voces de descontento que cuando ellos ven que se está vendiendo cada vez más, es necesario aumentarles los incentivos y salarios pero debidamente regulados para que no se afecte los costos de producción, insisto, no es cosa de inventar nada nuevo, sino de implementar esas herramientas que sobre productividad se han desarrollado en todo el mundo.

Eso es una de las tareas más interesantes que nos hemos impuesto tu sobrina Jimena y nosotros los gerentes de las empresas, es bastante lo que tenemos que hacer y estudiar para mejorar todo lo que hacemos y si podemos interesar a las autoridades para que nos ayuden pues lo vamos hacer, siempre buscando mejorar la calidad de vida de nuestros ciudadanos. La otra tarea que nos hemos impuesto con tu sobrina es la de mandar y ayudar a que vayan a las escuelas donde se puedan preparar mejor los empleados de todas las empresas, eso es algo que también le admiro a tu sobrina, mira que insistir en que todos sus trabajadores estudien para que se puedan superar.

¿Bueno y de nosotros que has pensado?

Eso es algo que entre los dos quiero solucionar, por cierto tú dices que quieres esperar a que se casen tus sobrinas, para casarte, ¿No es así?

Bueno eso era lo que había pensado, pero sabes, ya no.

¿Por qué?

Muy simple, yo ya me cansé de la soltería, y ahora que te he conocido sí quiero hacer mi vida a tu lado.

Me agrada lo que dices y hagamos todo los preparativos para ello ¿Te parece?

Sí, cuánto antes, hoy mismo les voy a decir a mis sobrinas lo que pensamos hacer.

Perfecto, ¿Por lo pronto qué te parece si nos vamos al mirador de Santa María?

¿Y qué vamos hacer ahí?

Pues que te parece, besarte hasta que te consumas.

Qué chistoso, pero vamos.

En la noche la Tía de Jimena en la mesa les dice.

Niñas, como ustedes no tienen para cuando, yo ya me voy a casar, pienso que ya cumplí con ustedes.

Pero Tía ¿por qué es la prisa?

Muy simple, porque ya me cansé de esta soltería.

¿Y para cuándo se quiere casar Tía?

Lo más pronto que se pueda, porque a este paso no creo llegar al altar como hasta ahora.

¿Pues cómo Tía?

Sin hacer el amor como me he conservado hasta hoy.

Vaya con la Tía, parece una adolescente.

Pues como ya sabía que me iban a criticar y a burlarse de mí por eso me voy a casar cuanto antes.

Bueno Tía déjenos prepararle su boda ¿Le parece?

Si me van ayudar, adelante.

¿En dónde quiere casarse?

Pues en Catedral ¿Dónde más?

Eso es lo que le iba a recomendar, y ¿De luna de miel a dónde?

Eso que lo decida Adalberto.

Y sobre su vestido de novia ¿Cómo lo va a querer?

Blanco, pero lo más sencillo que se pueda, yo ya soy una vieja como para andar presumiendo, son bastantes años los que tengo Mariana.

Huy pues que les deja a las que verdaderamente ya están en los cuarentas.

Ese no es mi problema, y ¿Bueno en qué me van ayudar?

Yo me encargo de la Iglesia, Tía.

Y ¿Tu Mariana?

Pues del banquete.

Bueno, yo he decidido que será dentro de dos semanas mi boda niñas.

¿No le parece que va muy aprisa?

Al contrario ya se me hace tarde.

Pues no se diga más y a preparar todo, ¿Pero Tía que no piensa hacer invitaciones?

Prefiero que lo anuncies por el periódico y las personas que quieran ir serán bienvenidas.

Ah no Tía, yo me voy a encargar de realizar las invitaciones, no quiero que se vaya a meter cualquier persona desconocida a su boda.

Como quieras Jimena, es que perdóneme Tía pero se está comportando como una adolescente.

¿Y qué esperaban después de todos estos años que me dediqué a ustedes?

¿Ah, pero entonces nos va a reprochar Tía?

No me malinterpreten Mariana, yo me dediqué a ustedes porque así lo decidí y no me arrepiento, lo que pasa es que nunca me había salido ningún pretendiente que quisiera casarse por amor conmigo, todos querían divertirse conmigo porque ya era yo una solterona y eso no está fácil de aceptar, tengo también ilusiones, nunca he querido ser juguete de nadie.

Ok, Tía pues adelante con sus planes de boda.

Yo le voy a preparar la Iglesia ahora mismo.

Pero sin son las diez de la noche ¿Adonde vas a ir ahorita niña?

Me refiero a pensar cómo voy a arreglar la Iglesia para el día que se case.

¿Y qué va a pasar con las amonestaciones? Ya ve que la Iglesia es muy requisitosa con eso.

Bueno, ya mañana lo veremos.

Como usted quiera Tía.

Por la mañana, Jimena se fue muy temprano a la Catedral para tratar de arreglarle la boda a su Tía y ya en la oficina de la Iglesia le dijeron que le podían apartar la Iglesia para dentro de cuatro semanas. Principalmente tenían que correr las amonestaciones en ese tiempo, pero que sí le harían la separación y que sería en sábado a las diez de la mañana, y pagando todo lo que tenía que pagar se retiró dejando los datos de su Tía y de Don Adalberto de quienes ya se les llevaría los documentos oficiales, para que se pudiesen casar; gustosa se retiró Jimena y solo de pensar en la alegría que le daría a su Tía, le habló por teléfono para comunicárselo.

Tía, qué bueno que me contestó.

¿Qué pasa Jimena?

Que ya le arreglé la Iglesia para su boda, me dieron fecha para dentro de cuatro semanas, el sábado a las diez de la mañana.

¿Qué no podía ser antes?

No Tía, ¿Pues cuál es la prisa Tía?

Qué sabes tú, en fin ¿Qué tengo que hacer?

Solo llevar sus papeles necesarios, ya lo sabe Tía, los requisitos para eso.

Está bien, yo los llevo pero te aclaro que cuanto antes nos vamos a casar por el civil.

Como usted quiera Tía.

Y así empezaron los preparativos para la boda civil de la Tía con Don Adalberto.

Pero claro el Baby Shower se llevó a cabo y ahí estuvo Jimena quien fue muy bien recibida por Estela y su esposo.

Pásale Jimena tanto tiempo sin vernos, ya supe que eres una gran ejecutiva de finanzas y de empresas.

Bueno que te puedo decir, mi padre me asignó que a su muerte cuando cumpliera la mayoría de edad fuera la Presidenta de sus Empresas, y que yo me hiciera cargo de ellas y ahí estoy.

Ven pásale, te voy a presentar a las demás amigas que he invitado.

Y así comenzaron los regalos y los chistes de la fiesta.

Estela quien tenía la misión de convencer a Jimena de que entre ella y Juan José nada había pasado es lo que está pensando Estela.

¿Estela y en dónde trabajas?

En la oficina del municipio en la que se consiguen o autorizan los permisos de construcción.

¿Y qué haces ahí?

Solo soy una secretaria más en esas oficinas, y si tú supieras de lo que nos enteramos nosotras ahí.

¿Cómo qué? Le preguntó otra de las amigas.

Pues a veces no les autorizan los permisos a algunos contratistas.

Y eso es lo que mi Jefe trata de saber, pues muchas de las veces todo va en orden y de repente llegan los contratistas de que los permisos se los han demorado por razones que muchas veces no se explican.

¿Pero cómo cuáles? Preguntó Jimena.

Verás, hace algún tiempo yo me di cuenta de que a un Español al que le estaban demorado sus permisos para construir una fábrica de no sé qué, el caso es que tuve que investigar la demora y mi jefe se empezó a enojar porque no había ningún motivo para ésta, parecía que alguien había pagado para que no se le dieran,

¿Pero quién?

No lo sé, lo único que se me ocurrió era no hablar ahí en la oficina, porque así podría descubrir algo en contra de mi jefe; por lo que cité a este hombre fuera de las oficinas para informarle que su asunto estaba siendo demorado sin ninguna razón, y solo le dije que se presentara a las oficinas; pero que no tratase de investigar el porqué, que solo pidiera hablar con el jefe de la oficina, pero como podrás comprender hasta mi esposo se me enojó por que me tuve que ver con ese individuo fuera de las oficinas y ya en la tarde; después que le expliqué a mi esposo todo, quedamos tranquilos y ese señor pudo conseguir rápidamente sus papeles que necesitaba.

¿Pero qué no te pagó o te dió alguna gratificación?

Dios guarde la hora y más ahora que estoy embarazada y que mi marido y yo por fin lo pudimos lograr después de tanto luchar; yo necesito mi trabajo y no me atrevería a arriesgarlo por nadie.

¿Y bueno tu Jimena, no tienes novio?

Oh sí, y pienso que pronto se los voy a dar a conocer, ya que espero presentarlo en la boda de mi Tía a la que las invito a todas, ya les haré llegar las invitaciones, por lo que te pido Estela si me puedes ayudar con eso.

Por supuesto Jimena, ¿Pero dime quién es tu novio?

Ya se los presentaré ese día.

Y así después de terminar la fiesta todos se retiraron a sus casas.

En el camino Jimena iba feliz, había comprobado que Juan José no le había mentido pero ahora se hacía la pregunta ¿Qué voy a hacer para que vuelva a mí?

Pero claro Juan José recibió la llamada de Estela comunicándole que a su Jimena ya le había explicado la mala interpretación, pero que sin entrar en detalles parecía que Jimena había entendido que solo se le había comunicado lo que tenía que hacer a Juan José.

Juan José pensó que era momento de empezar nuevamente a reconquistar a Jimena, por lo que empezó enviándole flores con el mensaje preguntándole que si no lo había olvidado.

Jimena se extrañó pero no quiso hablarle, sabía que si lo hacía se echaría de cabeza, por lo que prefirió esperar a que Juan José tomara la iniciativa.

Por su parte Juan José estaba muy ocupado pues la construcción del Hotel también se le había complicado, pero ya casi estaba terminando la construcción y aunque no iba a ser grande si lo suficiente para que la gente se pudiese quedar a contemplar las maravillas de los bosques que por ahí había, paisajes hermosos, y con la cercanía de un pueblo en el que vivían gente que parecían suizos ya que entre los productos que ahí elaboraban eran quesos estilo europeos; todo parecía irle saliendo bien a Juan José sin saber que era su hermanito quien le estaba boicoteando todo lo que hacía, inclusive su gente le había vuelto a robar las alfombras para el hotel, lámparas y muchas cosa las que continuamente tenía que reponer, y él mismo no se explicaba porqué de los robos, si supuestamente tenían demasiada vigilancia, pero lo que para la gente que había contratado José Juan no les producía ningún problema, eran tan buenos que entre los mismos trabajadores se mezclaban, pero a pesar de todo el dinero que había que tenido que sobre invertir, pronto todo estaría terminado y lo que más le importaba era que Jimena estuviese en la inauguración del hotel.

A Juan José se le ocurrió que tendría que enviar la invitación a toda la familia de Jimena y que esa sería la mejor forma de encontrarse con ella y ver si lo aceptaba otra vez, y diciéndole a su secretaria que le volviera a enviar flores y chocolates junto con la invitación, la que coincidiría en una semana más en que la Tía de Jimena se casaría por el civil.

Cuando Jimena vio la invitación para la inauguración del hotel pensó lo mismo que Juan José seria la mejor ocasión para reconciliarse.

Por otro lado, Don Adalberto quien muy entusiasmado con la boda con su amada Emma habían estado buscando una casa mientras que les construían la suya, se la pasaban haciendo tantos planes, que en realidad

Adalberto ya no pudo contener por un lado la alegría de que Emma quisiera casarse cuanto antes, pero por otro no se explicaba la prisa, por lo que sin poderse contener le preguntó.

Emma perdona mi estupidez, pero estoy en cierta forma muy feliz de que nos casemos pronto, pero me sorprende tu prisa porque nos casemos cuanto antes, ¿Qué pasa?

Si te molesta, no nos casamos y punto.

Oh no, por favor no me malinterpretes, claro que me quiero casar yo también cuanto antes.

Pues entonces no preguntes nada y casémonos el día que escogimos y punto.

Como tú quieras.

Pero lo que en realidad pasaba por la mente de Emma era por un lado que sabía que ya estaba grande para tener hijos y era urgente para ella quedar embarazada cuanto antes, y por otro lado ella quería sentirse mujer y ser amada, ya era mucho el tiempo desperdiciado de su vida, pero claro, eso no se lo iba a decir a Adalberto porque si no iba a pensar mal como todos los hombres de ella, y claro ella no quería empezar su matrimonio con problemas.

El sábado llegó y a una semana antes de la boda religiosa, se iba a realizar la boda civil en este día, por lo que todas las empresas de Jimena se pararon para celebrar la boda de su Tía.

Emma había querido que se contratara un salón donde pudiese haber las suficientes mesas para todos sus invitados, por lo que pronto se llenaron las mesas adornándose con largos manteles blancos, poniendo flores, y que decir de la comida, las carnitas de puerco los chicharrones, los pollos guisados, los dulces, los rompopes, todo iba a adornar las mesas, estaban volcando la casa por la ventana, como se dice, pero todo parecía realizarse bien.

Pero claro José Juan no desperdició la oportunidad de arruinarles la fiesta ya que sabía que era la boda de la Tía de Jimena novia de su hermanito, por lo que preparó la fiesta de tal manera que ahí llegaran algunos tipos que en sus borracheras se pelearían dentro de la fiesta, que harían todo lo posible por arruinar lo más que pudiesen, la fiesta, por lo que le pidió a Everardo que se hiciera cargo.

A éste se le ocurrió contratar a unos ex-reos que sabía que no les importaba volver a caer en la cárcel para que protagonizaran un buen escándalo que echara a perder la fiesta, y así lo hicieron.

Una vez que empezaron a llegar los invitados, como iban ir muchos empleados de las empresas de Jimena no pensaron que fuera a ser necesario tener vigilancia, por lo que conforme iban entrando todos se saludaban porque se conocían, e iban acomodándose en las mesas; así estuvieron hasta que el Juez llegó y anunciándose la boda civil todos se levantaron y en silencio escuchaban las palabras del Juez quien dirigiéndose a la pareja que se habían puesto enfrente de él y leyendo las correspondientes encíclicas dio comienzo a las preguntas:

Señorita Emma: ¿Acepta usted por esposo al señor Adalberto aquí presente?

Sí, acepto.

Señor Adalberto: ¿Acepta usted por esposa a la señorita Emma aquí presente?

Sí, acepto.

Palabras que a los dos les llenó de alegría y dándose un beso, el Juez los declaró Marido y Mujer.

Y comenzó la fiesta, después de un buen rato del brindis, que los invitados empezaron a comer, se escuchó la música para que empezaran a bailar y fue cuando llegaron los enviados de José Juan quienes de inmediato se dedicaron a hacer cuanta majadería se les ocurría, asustando a todos los presentes y cuando uno de los supervisores les llamó la atención, uno de ellos sacó una pistola disparando al aire primero; viendo que todos se asustaban le pegó al supervisor con la cacha de la pistola hiriéndolo, pero para eso Jimena desde que los vió entrar le habló a la policía por lo que de inmediato agarraron a los tres delincuentes y ante los gritos y el susto de la gente se los llevaron presos, no sin antes ver que toda la gente empezó a irse de la fiesta muy enojados unos y otros asustados preguntándose que porqué no habían contratado vigilantes para evitar los problemas.

Solo a Emma parecía no importarle nada lo que pasaba a su alrededor, ella había estado brindando y tomando la sidra hasta terminársela pidiendo más, por eso Adalberto se empezó a preocupar más por ella que por la fiesta.

Pero cuando todo se calmó Jimena se acordó que ese día se inauguraba el hotel de Juan José, y que era su mejor oportunidad para reconciliarse con él, diciéndole a Don Adalberto que le gustaría que la acompañaran.

De inmediato su Tía le dijo que sí, porque si ya iba a estar abierto el hotel ella se quería quedar con su flamante esposo a pasar el fin de semana ahí.

Pero Tía.

No y no te permito que me juzgues ni me reclames nada, ya estoy casada y como soy bastante grandecita para saber lo que hago, así que si quieres que te acompañemos me lo dices y nos vamos.

Claro que sí Tía, es tu vida y yo te deseo solo que seas muy feliz.

Te aseguro que lo voy a ser, así que Adalberto ve por tu ropa porque nos vamos, te doy media hora para que regreses.

Aquí estaré, ¿Y tú que no llevas ropa?

Eso es lo de menos ya me la mandará Jimena.

No te preocupes Tía así lo haré.

Pues ándale Adalberto, ¿Qué esperas?

Se pasó la media hora y apareciendo Don Adalberto salieron rumbo al hotel de Juan José.

Cuando los vió llegar Juan José se apuró a recibirlos pues casi nadie había llegado por lo que de inmediato se dirigió a Jimena.

No sabes el gusto que me da el que hayas venido.

No te emociones que ya sabes que yo vengo en mi calidad de representante del banco.

Sí, sí ya lo sé pero de todas maneras no sabes el gusto que me da que vinieras.

Bueno ¿De qué se va a tratar la inauguración? Porque sabes vas a tener tus primeros huéspedes esta misma noche.

¿Qué te piensas quedar aquí?

Ya te dije que no te emociones, los que se van a hospedar son los nuevos esposos, mi Tía y su esposo.

Pues no saben el gusto que me da, el que ustedes sean los primeros de este pequeño hotel pero que lo he construido para que podamos pasar algunos fines de semana, mi futura esposa Jimena y yo.

¿Y a tí quién te dijo que yo voy aceptar?

Bueno desde este momento no voy a dejar de luchar por tí, y eso lo sabes tú muy bien, mi vida eres tú.

Bueno, bueno de que se va a tratar el evento te pregunté.

Bueno es solo la inauguración simbólica, pues ya los pocos empleados están esperando empezar a trabajar aquí.

Por cierto que uno de los empleados me quiere contar algo de este lugar, los invito que pasemos al restaurante para empezar esta celebración.

En eso estaban y empezaron a llegar varias personas preguntando si se podían hospedar ya.

El Gerente del hotel se encargo de recibirlos, mientras Juan José se llevaba a Jimena y a sus Tíos al restaurante.

Cuando estaban ahí Juan José se le comunicó que el hotel ya se había llenado, que solo le había dejado la mejor habitación a la señora Emma y a su esposo.

Perfecto, repórteme cualquier problema mientras cenamos aquí.

En eso estaban cuando mando llamar Juan José al empleado que le quería contar algo, quien se encontraba en la puerta del restaurante.

Cuando este empleado se presentó le dijo casi en secreto a Juan José lo siguiente.

Señor lo que le quiero contar no sé si ellos les guste oír lo que le quiero contar.

Vamos, no se preocupe y hable.

Bien, se trata de un hecho que pasó durante la colonia.

Ah, entonces no debe ser tan tenebroso como usted dice si pasó hace dos siglos.

Pues ese es el problema que parece que acaba de pasar pues dicen que es en su aniversario.

Espere, primero cuéntenos que fue lo que pasó.

Verán ustedes, por aquí pasaban las diligencias que corrían de la ciudad de México y la que antes se llamó Valladolid hoy Morelia, pues resulta que como había muchas curvas y los caballos agitados por que los iba arriando el cochero con demasiada violencia, esa noche había una tormenta que se estaba acercando al camino que en aquel entonces era de terracería, los rayos y truenos alteraban cada vez más a los caballos y como la diligencia venían varias gentes entre ellas tres muchachas jóvenes quienes asustadas le decían a sus padres que le pidieran al señor que arriaba los caballos que se fuera despacio, pero por más que le gritaban el tipo quien venía solo y tomando licor no les hizo caso por lo que cuando pasaron por una curva al lado de una barranca, ya no pudo controlar la diligencia cayendo al vacío, y en esa caída los gritos de las mujeres que venían se oyeron tan desgarradoras que todo mundo lo hubiera escuchado.

Pero ¿Quién las oyó?

El mismo cochero quien al ver que la diligencia iba a caerse a la barranca, el saltó de ella salvándose él y uno de los pasajeros quien también alcanzó a salirse de la misma.

¿Bueno pero cual es la historia tenebrosa de eso? Preguntó Jimena.

Que precisamente a unos 300 metros de aquí está esa curva que aunque fue modificada para que pudiesen circular camiones, autobuses de pasajeros y automóviles, sigue estando la peligrosidad de la barranca.

¿Pero cuál es la historia que no deben oír las señoritas?

Que en cada aniversario de esa desgracia en la noche se escuchan los gritos de desesperación de las muchachas que murieron ahí.

Yo no lo creo, dijo Juan José.

Ni yo tampoco, contestó Jimena.

Bueno, yo no más se los cuento por si algún huésped viene a quejarse, que nos les sorprenda, yo no más digo.

Está bien le agradezco su comentario le dijo Juan José.

El empleado se retiró, y todos se pusieron a cenar pero como que se les notó medio serios a todos.

Juan José le pidió al Gerente del hotel que viniese a explicarle de quien se trataba el empleado que les vino a contar la historia.

Cuando este llegó le pidió las referencias del empleado, pero por más que Juan José y todos se lo describieron, el Gerente insistía que no conocía a ningún empleado con esa descripción.

Juan José enojado le dijo pero es que no puede ser, aquí estuvo ese señor, y desde la tarde que llegue yo me insistía en hablar conmigo.

Perdóneme señor, pero yo no tengo contratado a ningún empleado con esas señas, ¿Le dió su nombre?

Eso es lo raro creo que sí, pero no me puedo acordar, lo único que sé es que aquí estuvo contándonos una historia macabra.

¿Qué clase de historia?

Mire mejor olvídela y regrese a su trabajo.

Por cierto señor dada la cantidad de personas que se hospedaron necesitamos que nos surtan más alimentos para el restaurante.

Ok por la mañana me encargaré de que le llegue todo lo que necesite hágame su lista.

Aquí la traigo ya señor.

Bien, lo tendrá por la mañana todo.

Emma un poco nerviosa les dijo que ella quería irse a dormir cuanto antes.

Está bien Tía yo ya me voy a retirar también, Mariana se quedó en el salón donde se caso usted para liquidar todo lo que se sirvió ahí.

Si quieres yo te llevo a la ciudad Jimena, le ofreció Juan José.

No gracias ahí está el chofer que me va a llevar, bueno pero ¿Te podría ver mañana?

Te espero en Catedral a las 11 de la mañana ¿Te parece?

Ahí estaré con todo gusto.

Bien yo también me retiro dijo Jimena.

Juan José teniendo que revisar todas las operaciones del hotel no pudo salir atrás de Jimena como hubiera querido, por lo que insistiendo en tratar de encontrar al hombre que les había contado la leyenda de la diligencia lo buscó mientras revisaba las instalaciones del hotel; otra de las cosas que le pidió el gerente del hotel, fue lo de la solicitud de construir tiendas al lado del hotel y que como él era el dueño, los comerciantes del lugar querían hablar con él sobre lo mismo, ya que lo que más les interesa es la venta de los quesos de la región.

No tiene que verme a mi, reúna todos los requisitos para que se pueda construir sin afectar las necesidades de ampliación del hotel, pero que pensándolo bien será cosa de ampliarlo sobre los negocios, ¿Sabe que? déjeme diseñar algo más especifico y ya le haré saber mi decisión, ¿Le parece?

Por supuesto señor.

Bueno, por otra cosa no deje de mandarme las listas de lo que necesite.

Así se hará señor.

Bueno yo me retiro.

Emma y Adalberto se preparaban para disfrutar de su luna de miel por lo que ella estaba muy nerviosa pero a la vez demasiado alegre por lo que le esperaba, y de esa manera se quedaron en el hotel.

Juan José quien no sospechaba nada sobre las intrigas de su hermano, siguió pensando sobre el suceso en la boda civil de la Tía de Jimena, ya que ella le había relatado lo que ahí había pasado, por lo que se decía así mismo, alguien debe haberlos mandado para hacer lo que hicieron, pero una y otra vez se preguntaba quién podría ser, pero así llegó a su casa y después de dormir toda la noche para las 7.00am ya estaba tan nervioso que no sabía que comprarle a Jimena para ir a verla, por lo que decidió esperar a que llegara la hora en que se verían.

Por su parte también Jimena no hallaba que ponerse; toda nerviosa se decía que no había tenido ninguna razón para no creerle a Juan José cuando éste le juraba que nada había tenido que ver con Estela, y ahora cómo le iba a pedir la reconciliación, así nerviosa se puso un vestido blanco que le hacía resaltar más su belleza, su pelo negro y largo le hacía verse más lo azul de sus ojos, a la blancura de su rostro le puso un poco de maquillaje así como retocarse los ojos, en fin que sintiéndose que estaba lista, salió y le dijo al chofer que la llevara a la Catedral, cuando iba saliendo le gritó Mariana.

¿A dónde vas?

A la Catedral, a misa.

Y ¿Qué no quieres que te acompañe?

Es que me voy a ver con Juan José.

Entonces ya se reconciliaron ¿Verdad?

No fíjate que no, le dije que yo iba a ir a la Iglesia y él se ofreció a acompañarme.

¿Y por supuesto aceptaste?

Bueno, ya te contaré me tengo que ir.

Como quieras.

En cierta forma a Mariana le convenía que Jimena se reconciliara con Juan José porque así podrían saber de quien se trata el otro que se parece tanto a Juan José y que por supuesto a ella le interesa tanto.

Eran las 11 de la mañana pasadas cuando Jimena se bajó de su automóvil seguida de sus escoltas, y caminando en un día tan esplendoroso en que el sol sin que hiciese tanto calor se sentía una temperatura tan agradable en esos días de Abril; Jimena quiso esperar un poco afuera de la Catedral para contemplar a la gente, cómo se paseaba por los portales y la plaza de armas, era tan espectacular que las risas de los niños sumadas a la venta de globos y otras vendimias, que los vendedores ambulantes gritaban anunciándolas, que así se pasó como 20 minutos viendo todo, hasta las aves parecían que les habían ordenado cantar y piar con armonía, por lo que cuando Jimena entró a la Iglesia iba tan entusiasmada, que cuando oyó a los niños cantores de Morelia ya mero se suelta a llorar de emoción, cuando la vio entrar Juan José que no hacía otra cosa que esperarla y ver por donde ella iba a entrar, que por eso de inmediato se le acercó, dada la alegría que traía Jimena solo le dijo sígueme, y así se fueron a sentar en una de las bancas de adelante, hincándose para persignarse, Jimena le jaló a Juan José diciéndole ¿Qué esperas? Híncate y persígnate luego de hacerlo y rezar un poco Jimena se sentó en la banca seguida por Juan José y como en esos momentos estaban tocando el Ave Maria en el órgano de la Iglesia acompañando al coro de niños cantores de Morelia, Jimena ya no pudo más y se soltó llorando de emoción.

De inmediato Juan José le preguntó.

¿Por qué lloras?

Cállate fue lo que le respondió Jimena, ¿Qué a tí no te emociona oír y ver todo esto?

Por supuesto que sí.

Entonces guarda silencio y disfrutemos de este momento y agarrándole la mano a Juan José se la apretó un poco y ya no lo soltó.

Juan José estaba tan emocionado con eso que ya no dijo ni una palabra.

Durante el tiempo que tardó en empezar la misa de las 12.00pm los niños cantores estuvieron cantando varias piezas sacras muy bonitas, haciendo que todos estuvieran en completo silencio esperando la misa, la que empezó puntual el Arzobispo primado de Morelia quien pareciera que acompañaría a celebrar no solo la misa sino la reconciliación de Jimena con Juan José ya que era lo que estaba pasando calladamente.

Tanto Jimena como Juan José siguieron cada paso de la misa con toda devoción, oyendo el largo sermón en donde se hacía mención sobre la pasión de Jesucristo, ya que en una semana más se celebraría la semana santa.

Cuando el Arzobispo les dijo que se dieran las manos en son de paz toda la gente alrededor de Jimena y Juan José voltearon a darle la mano a ellos, casi al mismo tiempo como si supieran lo que estaba pasando entre ellos, cuando terminó la misa Jimena le dijo a Juan José.

Ven acompáñame, quiero recorrer cada uno de los sagrarios de la Catedral en especial a la de la Virgen de la Soledad, y así se la pasaron recorriendo y rezando en cada uno.

Cuando por fin salieron de la Catedral ya eran las dos de la tarde por lo que Juan José le pidió a Jimena.

¿Quieres que vayamos a comer?

Por supuesto que sí y vamos al restaurante que siempre vamos, ándale apúrate que tengo mucha hambre.

Ya en el restaurante Juan José temiendo las represalias y preguntas de Jimena espero pacientemente y a la vez nervioso por que las contestaciones que le diera no la fueran a disgustar, pero Jimena solo lo agarraba de la mano sonriéndole y volteando hacia la gente sin decir nada, nada más le sonreía.

¿Qué van a comer? Preguntó el mesero.

Jimena respondió de inmediato a mi tráigame una sopa de espárragos, un bistec que esté un poco grueso y que no esté crudo y tráigame una buena ensalada de verduras con mucha lechuga, ah y tráigame unas rebanadas de queso y una botella de vino blanco.

¿Y al señor?

A mi déme lo mismo.

Cuando trajeron el vino Jimena de inmediato sirvió los dos vasos y dándole el suyo a

Juan José le dijo.

Brindemos por los dos y nuestro amor.

Juan José que no salía de su asombro solo pudo contestar ¡Salud!

Ya cuando les trajeron la comida Jimena para nada le reprochó algo, simplemente se limitó a platicar de la misma y preguntándole a Juan José que si le gustaba la comida.

Claro que sí le respondió.

Jimena cuando terminaron de comer puso su silla cerca de Juan José porque en esos momentos empezaron a tocar la música que ellos habían bailado en el barco que los trajo de España, y siempre sin decir nada Jimena solo se acurrucaba junto a Juan José, pidió que le trajeran un café y pastel de chocolate y cuando terminó le dijo a Juan José.

¿Me llevas a mi casa por favor?

Encantado ¿Pero que te parece si caminamos un poco por el centro?

Eso es lo qué vamos hacer, no necesitas decírmelo.

No perdón solo estaba sugiriendo.

Ok, pero vámonos.

Caminaron llegando a la plaza y jalándolo de la mano se atravesó corriendo a la plaza y ahí como una niña chiquita empezó a comprar globos y los algodones de azúcar, y caminando por alrededor de la plaza sin importarle la gente que los veía ella, solo se agarró del brazo de Juan José demostrando lo feliz que se sentía.

Juan José no salía de su asombro y solo se concretó a seguir a Jimena en todo lo que hacía.

Mira le dijo, sentémonos en esa banca que ya va a empezar la banda sinfónica a tocar música, que espero sean melodías románticas.

Y así fue la banda empezó a tocar Quiéreme Mucho, Sin ti, Muñequita linda, tantas que Jimena solo se concretaba a suspirar y en uno de esos momentos abrazó a Juan José dándole un largo beso en la boca, lo que le indicó a Juan José que otra vez era su Jimena, a quien amaba tanto y que no tenía que preguntarle nada, solo disfrutar de esos momentos que se estaban volviendo inolvidables, cuando la noche llegó Jimena solo le dijo vámonos.

Y de esa manera se terminó ese maravilloso domingo que para los dos marcaría el inicio de sus vidas juntos para siempre.

Juan José se decía.

Ya no me cabe la menor duda Jimena es la mujer más maravillosa que he encontrado en mi vida y no la voy a perder ya nunca, pase lo que pase.

Ya en la puerta de la casa de Jimena, Juan José iba a despedirse pero Jimena solo le dio un abrazo y con un largo beso, le dijo te amo y de inmediato se metió a su casa sin decir nada más ni dándole oportunidad a Juan José tampoco de decir algo.

Pero Juan José no se conformó y fue a buscar unos músicos para traerle serenata, y con una especie de estudiantina, le hizo que le tocaran varias melodías a las que solo Jimena salio para decirle gracias amor mío pero ya déjame dormir.

Juan José liquidó a los músicos y se fue caminando para tomar un taxi que lo llevara a su casa, pero por no fijarse se subió a un taxi pirata y cuando menos lo pensó se subió otro tipo quien de inmediato lo amenazó con una pistola por lo que no quiso oponer resistencia, y rápidamente se lo llevaron a las afueras de Morelia y después de golpearlo y amenazarlo le robaron todo lo que traía, reloj, cartera, que afortunadamente ese día no traía sus identificaciones ni tarjetas de crédito, pero como traía suficiente dinero los ladrones lo dejaron tirado en la carretera todo golpeado, y casi desmayado, caminando como pudo llegó hasta las orillas de Morelia dónde para su buena suerte lo encontró una patrulla de caminos y lo condujo a un hospital, ahí le atendieron de sus heridas y mandaron traer al Agente del Ministerio Público para que levantara su denuncia, y una vez que lo hizo lo dejaron en observación en un cuarto, y para no alarmar a nadie solo le habló a Humberto para decirle donde estaba, en caso de que no llegara a tiempo a las oficinas.

¿Dónde estás? Juan José ahorita mismo voy a verte.

Oh, no, no es necesario ayúdame solo en caso de que en la mañana no me pueda levantar.

Como tú quieras pero me gustaría ir a verte.

Ya te dije, no es necesario.

Lo que no podía saber era que los que lo habían robado eran enviados de su propio hermano, que aprovechando la estupidez de tomar un taxi sin fijarse si realmente lo era lo asaltaron, dándole cuentas a Everardo diciéndole que para que no los agarraran se iban a esconder.

Hacen bien ¿Me imagino que les fue bien en el robo?

Por supuesto, pero ya sabe jefe que vamos a estar en la sombra y vamos a necesitar dinero extra, no se preocupen, manden alguien que yo les daré su recompensa.

De inmediato le habló a José Juan para decirle lo que se le había hecho a su hermano.

¿Pero no lo mataron?

No, solo lo golpearon lo suficiente, pero está bien en un hospital ya que lo siguió otro de mis hombres.

Bien ven mañana por dinero.

Eso es lo que le iba a pedir señor.

No es necesario yo sé pagar bien esta clase de servicios.

Gracias señor, mañana lo veo.

Mientras Teresa había logrado traer en concierto a uno de los mejores conjuntos del momento, y como lo hizo en el estadio Azteca, pues le dejó bastante dinero por la cantidad de gente que acudió al concierto, y esa mañana en que se reportó con José Juan le llevó las cifras de lo que se había depositado producto de ese concierto.

Cuando lo vió José Juan empezó a ver que era mejor dejar un poco las actividades en contra de su hermano, y de los negocios ilícitos, ya que esta niña se dijo me va a hacer millonario si sigue haciendo estos conciertos y las operaciones que ha estado haciendo alrededor del mundo, y más ahora que quiere conquistar a Mariana.

Teresa le comentó cómo había estado todo, por lo que José Juan le dijo que siguiera adelante con esos negocios y firmándole un cheque como comisión, la hizo que brincara de gusto a Teresa.

Señor no sabe el gusto que me da, porque ahora que mi hermano ha terminado su especialidad como cardiólogo en Alemania, con esto le voy a poner una clínica aquí en Morelia,

¿Pero que no el IMSS, es la encargada de hacer esos hospitales?

Oh sí, pero recuerde que hay gente que prefiere pagar por tener un seguro medico privado y así tener algo más privado.

Pues en lo que yo le pueda ayudar, me dice.

Por supuesto señor ya le haré saber más adelante.

Aquel lunes en que Juan José esperaba ir a trabajar contento, casi no se podía mover de los golpes que le habían dado.

Cuando Humberto llegó y al verlo le dijo.

Que mal te dejaron, no creo que puedas ir hoy a trabajar.

A cómo de lugar, voy a ir.

En eso entró el Doctor y al verlo le dijo que le iba a realizar unas radiografías para estar seguro que no le hubieran quebrado algún hueso, y no quiero negativas le dijo el Doctor.

Varias horas después de que le hicieron los estudios y que para fortuna de Juan José habían salido negativos, el Doctor le recomendó absoluto reposo, e insisto le dice el Doctor yo no lo voy a dar de alta hoy ya veremos mañana.

Pero Doctor yo tengo mucho trabajo le dijo Juan José.

Pues lo siento mucho, pero aquí se queda.

Para fortuna de Juan José para los problemas del hotel se había mandado todo por la mañana del domingo al gerente de acuerdo a las listas de lo que le pidió, y eso lo dejaba más tranquilo.

Humberto ¿no quiero causarte problemas?

De ninguna manera, ya veré en que te ayudamos para que salgas de ésta.

En eso sonó el teléfono del cuarto donde estaba Juan José, y contestando preguntó.

¿Quién es?

Soy su secretaria, le hablaba para preguntarle si le puedo dar el nombre del hospital donde está usted a la señorita Jimena que ha estado preguntando por usted.

No, prefiero que no me vea en estas condiciones.

Pero como no se había fijado quien había entrado se oyó.

Y porqué no he de verte mi amor, mira que mal te dejaron.

Por eso no quería que te dijeran donde estaba.

¿Pues qué te pasó?

Nada del otro mundo que por mi estupidez de no fijarme en el taxi que me subí, me asaltaron, y aquí me tienes, ¿Pero cómo supiste que estaba aquí?

Soy una ejecutiva y a mí nadie me va a detener en investigar lo que necesito saber.

Gracias por venir mi amor.

Y aquí estaré hasta que salgas de esto.

Pues el diagnóstico del Doctor es que debo permanecer en reposo por dos semanas, y yo no puedo ni un día.

¿Y por qué no? le pregunta Humberto.

Porque tú sabes que tenemos mucho trabajo.

Pero tú sabes también que tú mismo has estructurado la empresa para que no tengamos que estar al pendiente a cada instante.

Sí ya lo sé, pero es que las cosas están saliendo tan bien que no me quiero perder nada.

Ni te lo vas a perder mi amor le dijo Jimena.

En lo que yo te pueda ayudar lo haré, mira que mi Tía está en tu hotel y ahí puedo yo ayudarte.

¿Y bueno qué sabes de tu Tía cómo la pasó?

No lo sé todavía, ni siquiera me ha hablado, pienso que la está pasando de maravilla.

Y así era, después de que se quedaron solos Emma y Adalberto en el hotel, para ella comenzó la aventura más incitante de su vida, por fin podría hacer el amor sin tener que estar pensando que si lo hacía la iban a juzgar mal, por lo que esa noche se había propuesto ser la mejor amante del mundo para su nuevo marido, y de esa forma empezó poco a poco a descubrirse ante Adalberto quien empezó a demostrar la alegría que le producía recibir a una mujer que por primera vez conocería el amor, cuando por fin la vio completamente desnuda no quiso ya desperdiciar ni un instante empezando a besarla por todo el cuerpo, llegando hacer el amor por toda la noche, por la mañana Emma que se sentía entera y feliz ordenó el desayuno que se lo llevaran al cuarto, y claro en cuanto comieron y descansaron un poco volvieron a entregarse uno al otro con toda la pasión que los estaba consumiendo durante tanto tiempo, y de esa manera se la iban a pasar toda la semana, ya que el próximo sábado iba a ser su boda por la Iglesia, que aunque le daba pena presentarse a la iglesia después de haberse entregado a su pasión durante toda la semana se decía Dios me va a entender y perdonar, pero ya fueron muchos los años de abstinencia, y honradez.

No te apures le decía Adalberto que nos espera toda una vida por delante y esto que hemos comenzado se va a volver nuestro paraíso de amor por lo que debemos de rodearlo del mayor encanto posible y de eso me voy a encargar yo.

¿Qué piensas hacer?

Ya te lo dije darte todo el amor posible y las comodidades que tú te mereces ya lo verás.

De esa manera con un montón de promesas de uno al otro se iban a pasar los seis días más maravillosos de sus vidas.

Y claro de esta luna de miel, Emma quedaría embarazada y aun sabiéndolo que podría quedar embarazada, eso era lo que más quería y sabía que lo buscaría, ya que no quería perder más tiempo para llegar a ser madre, algo que había sido su mayor deseo en la vida.

Cuando por la noche del lunes en que Jimena le habló a su celular.

Emma contestó, ¿Qué quieres Jimena?

Saber cómo estás Tía.

Pues estamos en la gloria, y no eres bienvenida ¿Ok?

Está bien Tía yo estaba preocupada por usted, ya que a Juan José lo asaltaron.

¿Pero cómo pasó eso?

¿Pues no que no quiere saber de nadie?

Vamos Jimena eso es diferente, cuéntame.

Es que después de traerme serenata a la casa.

En eso la interrumpió su Tía.

¿Pero qué ya se reconciliaron?

Si así le quieres llamar Tía pero es que nos pasamos un domingo tan maravilloso, en la Catedral la Plaza de Armas, está largo de contarte pero como te decía Juan José tomó uno de esos taxis piratas y por no fijarse pues lo asaltaron.

¿Pero qué le pasó?

Está en el hospital todo golpeado, el Doctor no quiere darlo de alta todavía.

Vaya con los problemas y tú estás con él me imagino.

Si Tía aquí estoy con él, esperando que se recupere.

Bueno, no dejes de informarme, y adiós.

Cuando colgó, Jimena le dijo a Juan José.

Me cortó, vaya con la Tía.

Déjala mi amor que si aceptas casarte conmigo yo te voy a llevar de luna de miel a donde nadie nos moleste, ni sepan donde estamos.

Ay si tú muy romántico, ya te he dicho que no te adelantes a mis pensamientos.

Como tú ordenes mi amor.

Más te vale.

Bueno me voy a ir, mi hermana Mariana está sola en la casa y me está esperando para cenar.

Como tú quieras mi amor solo espero que te pueda seguir viendo.

Por supuesto pero tienes que reponerte cuanto antes, recuerda que el sábado es la boda religiosa de mi Tía Emma.

Perdón mi amor pero yo no lo sabía.

De veras tienes razón, no te había mandado la invitación a tiempo pero ya te la haré llegar aquí.

No te preocupes mi amor, que yo estaré en la boda de tu Tía con o sin invitación.

Sí pero el problema va a ser que sí la vas a necesitar sino, no te dejan entrar.

Ya me las arreglaría, pues yo quiero estar en todas las cosas importantes de tu vida.

Sí, entonces por qué no estuviste en la boda civil de mi Tía.

Porque no quise amargarte el momento, ya que no querías saber nada de mí.

No es cierto y tú lo sabes.

Pues me da gusto porque si supieras cuánto sufrí con esa separación de ti.

Si te vas hacer la víctima, me voy.

No, no por favor haré todo lo que tú quieras u ordenes soy todo tuyo.

Bueno, más te vale y como te dije me tengo que ir, ya vendré mañana.

Jimena se dirigió a sus oficinas de las fábricas de dulces, para ver cómo iba mejorando la producción y ver qué necesitaban.

José Juan cansado de los desprecios de Mariana sabe que tiene que verse con Juan José y tendrá que descubrirse de que usó los papeles de Juan José para hacerse pasar por él y así poder sacar su pasaporte, y de alguna manera tiene que convencerlo de que lo tenía que hacer, si no, no saldría de España, y como ya sabe donde vive Juan José, se ha propuesto ir a buscarlo a su casa.

Juan José que descansaba oyendo música en su casa y a la vez tratar de reponerse de los golpes que todavía le dolían estaba tan pensativo en Jimena que cuando le avisaron que lo buscaba un señor de nombre Pedro Ignacio se quedó extrañado porque él no conocía a nadie con ese nombre, solo le dijo a la señorita que le ayudaba en la casa que lo hiciera pasar.

Cuando Juan José vio a su hermano brincó de la silla y reclamándole en voz alta le dijo.

¿Qué haces tú aquí?

José Juan le respondió.

Vamos, no te alteres.

Pero como no me voy a alterar tú no podías salir de España por tus antecedentes y tú lo sabes.

Sí, pero para todo siempre existen soluciones.

¿A qué te refieres? Le dijo Juan José ya enojado.

Pues como somos tan parecidos pues tuve que usar tus papeles.

¿Pero cómo te los dieron?

Por nuestro parentesco solo les dije que tú necesitabas tu acta de nacimiento, y me la dieron; así mismo otros papeles con los que me presenté a sacar un pasaporte y claro en la oficina me reclamaron ¿que por qué quería otro pasaporte? Y solo lo único que tuve que decir que me lo habían robado y que necesitaba viajar a México, por lo que tu pasaporte lo cancelaron y me dieron el nuevo.

¿Pero cómo te atreviste a mentir? Además ¿Qué es lo que buscas aquí?

Bueno no te enojes y déjame explicarte, lo que pasó es que conocí una dama muy hermosa y me convertí en su amante, pero como siempre el marido se enteró, y ella de inmediato me cortó pero me dió bastante dinero, por lo que decidí seguir tus pasos aquí en México, pues todo parece que el marido está dispuesto a matarme y como dicen más vale aquí corrió que aquí murió.

¿Pero por qué hasta ahora me buscas?

Por lo mismo que te has enojado porque te vine a buscar, como llegando a México en el Distrito Federal se me presentó la oportunidad de comprar unos restaurantes pues lo hice, pero como quería venir a buscarte, cuando llegué a Morelia tú ya no estabas viviendo aquí según me dijeron te habías ido a los EEUU y en una fiesta o algo así conocí a una chica muy diligente, que por su profesión me ha hecho muy buenos negocios por todo el mundo.

¿Y qué es lo que buscas conmigo?

Es que como necesitaba hacer operaciones bancarias conocí a una chica muy bonita que me ha impactado demasiado, al grado de enamorarme de ella, y como a tí te había visto pidiéndole matrimonio a su hermana en una fiesta.

¡Ah!

¿Así que eras tú a quien todos se referían cuando me mencionaban que habían visto alguien tan parecido a mí?

Entiéndeme, no fue fácil para mí venir a verte y decirte, sabes falsifiqué tus papeles haciéndome pasar por tí para poder conseguir los míos.

¿Y cuál es el delito? Si sabes que somos hermanos.

Bueno medios hermanos, pero no te preocupes que aquí no estoy usando tus papeles, aquí compré otros papeles con el nombre de Pedro Ignacio.

¿Pero cómo lo hiciste?

Vamos, en todas partes existe gente que falsifica y vende papeles.

¿Bien y qué es lo que buscas conmigo?

¿Qué me ayudes a conocer a Mariana?

¿Pues qué me crees?

Vamos, no te enojes ayúdame es todo lo que te pido.

Y ¿Cómo sé que no le harás daño a ella también?

¿Pues qué tan mal concepto tienes de mí?

No y tú sabes que no nos conocemos muy bien, pues nuestro Padre no nos hizo conocernos bien.

Por cierto ¿sabías que el viejo está muy enfermo?

No ¿Qué tiene?

Problemas del corazón, y todo parece que no va a durar mucho.

¿Qué tú sí sigues en contacto con él?

No precisamente, lo que pasa es que mi Madre está muy enojada con él porque ya casi no le da dinero y yo he tenido que estarle mandándole dinero a ella,

Vaya pues yo también le estoy mandando dinero a mi Madre y pronto la voy a hacer venir para que pida le mano de mi novia.

¿Y para cuándo va a ser la boda?

Todavía no lo sé exactamente.

¿Bueno me vas a ayudar con Mariana?

Mira la verdad no lo sé, necesito hablar con Jimena primero.

Bueno cuando menos dame una esperanza.

Como te digo déjame hablar primero con Jimena, pero no me culpes a mí si ella no quiere que ustedes se relacionen.

No por supuesto, pero como te digo ayúdame.

¿Bueno y qué más haces aquí?

Otros negocios pero los que más me dejan son los que Teresa me está produciendo.

Así que se llama Teresa y tú te llamas Pedro Ignacio.

A tus órdenes.

Eso espero y que no sea para dar problemas.

Por supuesto que no, bueno me voy.

Déjame tus datos para que sigamos viéndonos.

Después de darle su dirección y sus teléfonos José Juan se despidió diciéndole a Juan José.

Recuerda que necesito tu ayuda para conquistar a la mujer más maravillosa que he conocido.

Juan José se quedó pensando en las últimas palabras de José Juan pues para él Jimena era la mujer también más maravillosa que había conocido.

Pasaron los días y aunque Juan José no le había querido tocar el tema de José Juan a Jimena, ante los continuos llamados por teléfono que éste le hacía, Juan José le empezó a platicar a Jimena de José Juan.

Sabes amor, yo tengo un hermano que como dicen aquí en México, un hermano incómodo.

¿Por qué dices eso?

Es que nos parecemos tanto que si nos ves juntos y vestidos iguales no nos reconocerías fácilmente.

No lo creo para mí tú eres único y si como dices que tienes un hermano igual a tí yo sé que no me voy a equivocar.

¿De veras, quieres probarlo?

No, a mí no me pongas pruebas, pues si dudas de mí ya sabes cómo soy.

No, no por supuesto.

Más te vale que a mí nunca me pongas a prueba en nada en toda tu vida.

Por supuesto amor, pero como ves mi hermano me ha dicho que está interesado en Mariana.

¿Para qué?

Quiere conocerla y conquistarla.

¿Y crees tú que a mi hermana le vaya a interesar?

Eso no lo sé, pero la más indicada para saberlo creo que eres tú.

Pues yo no entiendo, porqué hasta ahora se le ocurre a tu hermano presentarse y de esa manera.

Yo tampoco lo entiendo.

¿Bueno y cómo es qué ustedes no se entienden mejor? Sería mejor que me explicaras que es lo que pasa con ustedes.

Bueno es que yo no te había explicado que él es mi medio hermano, que solo nos une el parentesco por parte de mi Padre.

¿Entonces cómo es que se parecen tanto como dices?

La verdad no lo sé, ya que somos hijos de diferentes Madres, y mira que ni yo me he puesto a pensar cómo es que nos parecemos tanto, ya que mucha gente me decía que si mi hermano era mi gemelo, pues nacimos el mismo día, yo la verdad que no lo sé.

Pues pienso que deberías investigar sobre eso, porque es mucha coincidencia que nacieron el mismo día y son de diferentes Madres.

La verdad que yo no lo había pensado.

Deberías de investigarlo.

Le voy a hablar a mi Padre, para ver qué me dice, ¿bueno qué opinas de que mi hermano quiera conquistar a tu hermana?

La verdad no me gusta nada, pero si le prohibo pienso que puede ser peor, ya que no sé qué es lo que quiere Mariana; pero voy a platicar con ella para saber qué es lo que piensa, porque ya me había dicho que tu hermano la acosaba mucho pidiéndole hablar con ella, y me decía que quería saber quién era y porqué se parecía tanto a tí.

Pues ojalá se aclare todo y podamos ver qué es lo que pasa con los dos ¿Por qué imagínate, tu hermana casada con mi hermano y tu yo también?

¿Y por qué te adelantas yo todavía no te he dado mi palabra para casarnos?

Pero es que ya lo hemos platicado antes ¿Qué no te quieres casar conmigo?

Mira ahorita investiga lo tuyo, que yo voy a hablar con Mariana.

Está bien, me voy a poner a investigar lo mío, y después te veo.

Los dos se retiraron y Jimena quien no descansa en sus proyectos se comunica con ahora su tío Adalberto quien después de pasar su luna de miel con su amada Emma se reintegró a su trabajo, por lo que Jimena lo citó a su oficina para saber cómo van sus proyectos.

Buenas tardes Jimena, entró diciendo Adalberto.

Buenas tardes "Tío" ¿es la forma en que le debemos decir ahora? ¿No?

Pues creo que sí pero ¿Querías saber sobre los proyectos de que hemos hablado?

La verdad que sí, estoy interesada en saber cuánta gente se ha inscrito para las clases, ya que están por terminar de arreglar la Escuela para dar clases de primaria y secundaria para adultos, y quisiera saber cuántos empleados se han inscrito para cada una.

De acuerdo a las listas son bastantes, los que se han inscrito y de acuerdo a los encargados están tratando de acomodar a todos por salones con grupos no mayor de 35 alumnos, y ya la próxima semana se va a dar inicio el ciclo escolar, por si quieres que hagamos alguna ceremonia de inauguración.

Por supuesto debemos invitar a alguna autoridad de la Secretaria de Educación Publica para que se oficialice más lo de las clases, por lo que le pido organice todo para esa inauguración.

Así lo haré, y se los haré saber, espero que el próximo lunes en que se van a empezar las clases pueda haber alguien representando a la SEP.

Y con respecto a la productividad ¿qué avances tenemos?

Bastantes y se está buscando maquinaria más moderna para hacer más eficiente la producción; vamos a entrenar a los empleados en las nuevas máquinas para que no cometan errores ni se accidenten con ellas.

¿Pero usted cree que verdaderamente se incrementará la producción?

Por supuesto, si te fijas la maquinaria que teníamos es demasiada vieja y obsoleta, muchas de las pérdidas se deben precisamente a eso, y estoy seguro que vamos a tener mucho adelanto con este tipo de maquinaria, ya verás que las utilidades van a crecer como nunca.

Eso espero para poder mejorar los salarios de los empleados y sus prestaciones.

Ni lo dudes que eso está bien claro si se hacen todas esas mejoras, en todas las fábricas, que como tú decías no me explico por qué los empresarios no usan esas herramientas para mejorar sus producciones y la calidad de sus productos lo que les daría una mejoría en sus ventas y sus utilidades.

Yo tampoco lo entiendo porque esas son fórmulas muy viejas de las empresas y el porqué no las usan no lo entiendo.

¿Y cómo va tu relación con Juan José?

De maravilla, y sabe ya se resolvió el misterio del tipo que tanto se parecía a Juan José pues resultó que sí es el hermano de Juan José.

¿Y qué está haciendo aquí y por qué no se había presentado con su hermano?

Eso es lo que precisamente no entendemos ni Juan José ni yo, y ahora resulta que está muy interesado en mi hermana Mariana.

¿Quién?

El hermano de Juan José.

Pues tengan cuidado, no vaya a hacer sufrir a tu hermana.

Eso es, pero precisamente Mariana también está interesada en él, y no sabemos qué hacer.

Pues investíguenlo bien.

Sí, eso va hacer Juan José.

Bueno yo me retiro, tu Tía Emma me encargó algunas cosas, para cenar.

¿Cómo qué? ¿Sus bistecs New York?

No cabe duda que conoces bien a tu Tía.

Bueno yo también me voy ya que quiero hablar con Mariana sobre el hermanito incómodo como le llamó Juan José.

Vaya que lo conoce muy bien Juan José.

No, y ese es el problema que tiene que investigar.

¿Y cómo lo va a investigar?

No lo sé, y espero que lo haga pronto.

Jimena se retiró a su casa, y cuando llega se encuentra a Mariana quien le pregunta.

¿Cómo te fue?

Muy bien y creo que lo que te voy a decir espero que por un lado te va a hacer feliz y por otro quisiera hacerte algunas recomendaciones.

Me asustas ¿Qué pasa?

Nada en particular, pero ya sabemos quién es el tipo que tanto se parece a Juan José.

¿Quién es? Dime.

Resultó que es el hermano de Juan José que por cierto le llama el hermano incómodo.

¿Por qué, cual es el problema?

Bueno, siéntate para explicarte lo que me dijo Juan José.

Ya déjate de preámbulos y dime.

Resulta que es su medio hermano que es hijo de otra mujer con la que su Padre tuvo una relación, y lo raro es que son muy parecidos, tanto que él mismo dice que no se explica cómo es que nacieron el mismo día, se parecen tanto y son de diferente Madre.

Por eso ¿Y qué piensa hacer?

Juan José va a investigar con su Padre y ya me lo hará saber, te lo vamos a presentar porque él mismo le ha pedido a Juan José que quiere conocerte.

¿Y porqué no se había entrevistado con Juan José?

Dice que por temor.

¿Pues qué debe?

Nada que usó los papeles de Juan José para pedir otro pasaporte para poder viajar con el nombre de Juan José.

Pero él se llama Pedro Ignacio, ¿Entonces por qué dices que usó el pasaporte de Juan José para salir de España?

Porque aquí compró otros papeles, para no tener dificultades con su hermano.

Bueno y ¿Qué quieres qué haga?

Déjalo que trate de hablar contigo y ya veremos qué hacer.

Está bien, pero ya hiciste que me dé miedo con Pedro.

Bueno, solo espera a ver cómo se desarrollan las cosas.

Así pasaron los días y en uno se presentó José Juan en las oficinas donde trabajaba Mariana pidiendo hablar con ella.

Espere un momento le dijo la recepcionista voy a ver si lo puede recibir.

Agarrando el teléfono le avisó a Mariana que la estaba buscando el señor Pedro Ignacio.

Hágalo pasar le contestó Mariana.

Buenas tardes pronunció José Juan al entrar a la oficina de Mariana,

¿En qué le puedo servir le preguntó Mariana?

Perdone que sea tan franco con usted pero como no había podido hablar directamente con usted quisiera invitarla a comer.

¿Y porqué tendría que aceptar comer con usted si ni siquiera lo conozco?

Precisamente por eso, porque quisiera que me conociera mejor.

Pues no sé.

No sé si ya le dijeron que soy medio hermano del novio de su hermana Jimena.

Ah, así que usted sabe mejor que yo los asuntos de mi familia.

Oh, no, no se enoje lo que pasa es que yo no había podido buscar a mi hermano, principalmente porque había unos problemas con él.

¿Cómo cuáles?

Es que es largo de contar, y me gustaría contárselo si acepta ir a comer conmigo.

Sabe aunque usted sea hermano del novio de mi hermana, fíjese que no, no acepto salir con alguien que no actúa bien.

Vamos trate de comprenderme.

No insista, no voy a salir con usted y por favor retírese de mi oficina que tengo mucho trabajo.

Por favor déme una oportunidad de hablar con usted.

Ya le dije que no y por favor por última vez retírese.

Está bien señorita Mariana.

José Juan desesperado porque prácticamente lo había rechazado Mariana, se dice así mismo, esta niña no me va a dejar así, la tengo que conquistar.

Por la tarde José Juan trata de comunicarse con su hermano para decirle el fracaso que tuvo con Mariana, sabiendo que no se puede pelear con él va a tratar de pedirle de buena manera que lo ayude con Mariana.

Después de tratar por varias veces comunicarse por fin al lograrlo, exclama.

Vaya por fin pude comunicarme contigo hermano, vaya que es difícil encontrarte.

No veo porqué, tú sabes que estoy trabajando en la fábrica y que ahí no tengo horario fijo.

Oh sí, pero por cierto no me dijiste de qué se trata tu fábrica.

Es una fábrica de generadores de viento y yo solo soy una parte pequeña de la sociedad.

¿Necesitas capital para ampliar tu participación?

No tienes idea de lo que representa esta organización, es muy grande, mi parte es como te digo muy pequeña, lo que me ayuda es que yo aquí soy el gerente general de la fábrica, pero eso no me da mucha libertad de inversiones en la empresa, sino que tengo más obligaciones que privilegios.

Pues vaya que estás complicado hermano.

¿Bueno qué es lo que te pasa, porqué me buscaste?

Me gustaría platicar contigo personalmente, ¿Crees que podamos comer mañana?

Sí, nos podemos ver a las 2.00pm ¿Te parece?

Nos vemos en el restaurante del Hotel Virrey de Mendoza.

De acuerdo ahí te busco mañana.

Pero las cosas para José Juan también se complicaron, y no pudiendo reunirse con su hermano solo le dejó recado de que después le hablaría. Ya que para él uno de sus hombres lo habían agarrado las autoridades con un fuerte cargamento de mercancías de todo tipo, como televisores, computadoras y muchos otros encargos.

No sabiendo qué hacer realmente le habló a su mejor elemento Everardo quien le dijo no se preocupe jefe déjeme arreglar este asunto a mi manera.

Sí ¿Pero cuánto nos va a costar?

Bastante, pero una vez que podamos comercializar esta mercancía le va a dejar bastante dinero que le hará recuperar el dinero gastado.

Es que si me quedo sin dinero ¿Cómo le vamos a hacer?

Ya le dije que no se preocupe, ya verá que más se tardan en llevar este cargamento a la delegación en que esté de regreso, por lo pronto yo me encargo de pagar, pero no me vaya a dejar embarcado jefe.

No, no se apure todo lo arreglaremos.

Le digo esto porque de donde se va a pagar es de gente que no perdona y ya lo van a poner en su lista, hoy es por usted pero mañana se lo van a cobrar.

Ni modo haga lo que tenga que hacer que yo les respondo.

Y así José Juan queda una vez más comprometido en negocios sucios, y principalmente en espera de ver como se los van a cobrar.

No pasaron ni dos horas cuando Everardo le comunico que todo estaba solucionado.

¿Cuánto me va a costar?

Ya le dije jefe que por dinero no se preocupara, ellos ya arreglaron las cosas y su mercancía va en camino a sus bodegas.

¿Qué es lo que debo suponer?

Que usted ya está en deuda con ellos y que va a tener que trabajar cuando se lo pidan.

Pues a ver qué pasa.

No se olvide de mí.

Por supuesto puedes venir mañana por tu dinero.

Gracias jefe ahí lo veré.

Mientras Juan José cuando fue a ver a Jimena está lo invitó a cenar a su casa y ya ahí le empezó a hacer preguntas Mariana quien también se encontraba en la casa.

Juan José ¿Qué debo pensar de tu hermano?

Mira, yo lo conozco desde hace varios años pero nunca hemos convivido pero si tú quieres darle la oportunidad de platicar con él, me ayudarías a conocerlo mejor ya que a mí me ha pedido platicar personalmente pero algo le pasó que no pudimos vernos hoy.

¿Pero dime a tí qué te parece?

No te lo voy a decir abiertamente, pero sí me interesa conocerlo. Pero creo que la mejor forma es que tú nos presentes en algún otro lugar que no sea aquí en la casa.

¿Por qué no?

Porque pienso que le daría más confianza y no es lo que quiero.

Jimena que se había quedado al margen solo los veía hablar, hasta que Mariana le preguntó.

¿Tú qué opinas Jimena?

Yo no quiero opinar sobre ese asunto tú decide qué quieres hacer que yo voy a respetar tu decisión.

Juan José le propuso que fueran a Zinapécuaro el domingo y así lo invitaría él para que los acompañara.

Me parece buena idea pero yo no quiero ir a Zinapécuaro preferiría ir a Pátzcuaro.

Como quieras Mariana.

Así quedaron, en eso Jimena le dijo a Juan José que la acompañara, y ya en la sala que por cierto era bastante grande donde tenía ella un piano de cola muy bonito y sentándose empezó a tocar Claro de luna de Debussy, lo que hizo que Juan José se sintiera en las nubes.

Cuando tocaba Jimena le preguntó a Juan José que si sabía tocar algún instrumento.

Solo el violín, el salterio, la guitarra y el piano también.

Así que eres todo un estuche de monerías.

¿Qué es eso?

Oh es que así le decimos aquí en México a quien tiene muchas habilidades para hacer algunas cosas.

¡Ah! ¿Tienes alguno de esos instrumentos?

Sí, fíjate ahí en aquella cómoda del rincón.

Cuando la abrió se encontró con todos los instrumentos que había pronunciado saber tocar.

¿Bueno con cuál me vas a acompañar?

Con el violín.

Y volviendo a empezar a tocar en el piano la melodía, Juan José la acompañó tocando el violín y así se pasaron varias horas tocando música, de tal manera que la gente que pasaba por la calle se detenía un poco para escuchar la música.

Y en eso estaban cuando llegaron Adalberto y la Tía Emma quien sin interrumpir se sentaron a escucharlos.

Hey tía no sean egoístas que nosotros también queremos escuchar música sin tocarla nosotros.

Pero Jimena si yo tengo muchos años de no tocar el piano.

Vamos Tía tú me enseñaste, ven y toca tú un rato.

Está bien.

Y así Jimena ordenó que les trajeran pan y chocolate y así se pasaron la tarde hasta

entrada la noche platicando y tocando música, y mientras ellos lo hacían muy contentos Mariana solo los veía con cierto asombro.

Sin embargo Jimena empezó a preguntarle a Juan José cuáles eran sus planes si ella aceptaba casarse con él.

Tú sabes que en estos momentos lo que más anhelo es casarme contigo, y de momento yo no pienso como va a ser nuestro matrimonio.

¿Entonces qué debo pensar que solo voy a ser un objeto en tu vida?

Oh, no por supuesto que no.

Pues quiero decirte claramente que si acepto casarme contigo deberás tener en cuenta los siguientes cuestionamientos.

Yo tengo que seguir trabajando y preparándome en mi puesto como encargada de los negocios de mi Padre.

Que no pienso ser tu esclava ni tu juguete, que si vamos a tener hijos será hasta que los podamos programar de acuerdo a nuestros trabajos, ya que no quiero que se les descuide para nada en su cuidado y su crecimiento, que seguiré participando en reuniones con mis amigas y en los eventos y viajes que me requiera mi trabajo, que soy muy romántica y no me gusta la gente materialista y fría o calculadora, me he ido enseñando a desconfiar de todo y de todos, mi vida estará siempre fincada en metas para todo, en los quehaceres de la casa, yo no creo tener tiempo para dedicarle mi tiempo a hacerlos, así que tendré gente para que lo haga.

¿Crees aceptarme así? Porque a la primera que no sean respetadas mis decisiones me voy de inmediato al divorcio.

¿Pero qué quieres que te diga si me considero tu esclavo?

Pero dime si lo aceptas, no que eres.

Por supuesto que sí.

Pues si te parece lo quiero por escrito y ante notario, así mismo me estaba olvidando de algunas cosas que tampoco voy a aceptar, como es la infidelidad y muchas cosas que yo no acepto, como las personas sucias, desordenadas, irresponsables y desorientadas y muchas cosas negativas que normalmente ejercemos los seres humanos.

Pues sí que quieres todo un príncipe de la perfección hermanita.

Y a tí quien te mete metiche, esto es entre Juan José y yo.

Bueno es que como te estamos escuchando por eso te lo dije pero olvídalo.

No te preocupes Jimena que yo sí te tengo fé y espero poder ser todo lo que esperas de mí que trataré de no defraudarte.

Pues si no lo hicieres así, que el juez nos dé el divorcio.

¿Pero para cuándo podremos preparar nuestra boda Jimena?

Sí hermanita dinos, que todos queremos ya verte casada.

Otra vez tú, metiche.

Bueno que quieres Jimena, hasta yo quiero saber cuándo.

Pero Tía si esto lo debemos decidir Juan José y yo.

De acuerdo pero ¿Para cuándo?

¿Tú qué dices Juan José?

Por mí ahorita mismo, ¿Pero qué te parece si lo hacemos de común acuerdo el mes que viene?

Creo que primero debemos pensar en todos los compromisos que tenemos en nuestros trabajos y ver en que tanto nos afectamos al faltar a trabajar.

Jimena tú sí que eres toda una empresaria. ¿Y qué esperabas que hiciera Mariana?

¿Que actuara como una niña?

No por supuesto.

Bueno, la fecha se las voy a dar en el transcurso de esta semana.

Terminada la reunión Jimena se despidió muy amorosamente de Juan José.

En otro lugar Teresa se encontró con un tipo que quería hacerle algunas preguntas.

Dígame ¿En qué puedo servirle?

Sabe estoy interesado en proponerle unos cargamentos de cosechas en unos países que quieren conseguir mejores precios en su distribución.

Y ¿Qué es lo que espera de mí?

Tráigame todos los datos de su propuesta que ya los estudiaré para ver si es factible hacer negocios con usted.

¿Entonces tiene que pedirle su opinión al señor Pedro Ignacio?

Oh no, lo que pasa es que aunque es mi patrón él solo me proporciona el dinero para las compras, y yo me encargo de procesar todo hasta regresarle su inversión y darle las utilidades de los negocios.

¿Entonces este señor es en lo único que participa?

Sí, ¿Porqué? ¿Acaso es usted policía o inspector?

No por supuesto, lo que pasa es que a mí me recomendaron hablar con usted primero para poder hacer los negocios con su Jefe.

Pues ya ve que así no operamos.

Bueno, la pregunta sigue en pie ¿Le interesa trabajar conmigo?

Si no es para hacer negocios chuecos estoy a sus órdenes.

Bueno, le voy a traer todos los datos para ver si le interesa.

Lo estaré esperando.

En realidad éste sí era un inspector de la Policía Federal, que como José Juan despertó sospechas de contrabandista le pusieron a investigar sus negocios a este inspector

Pero así mismo José Juan ha empezado hacer negocios con la gente que le ayudaron a salir del problema que tuvo, y aunque hasta ahora no lo han puesto en riesgo, se ha empezado a sentir muy nervioso, y como ya encontró el camino para llegar a Mariana solo está esperando alguna oportunidad para poder acercarse a ella, por lo que cuando Juan José le dijo que lo invitaba a un paseo a Pátzcuaro con Jimena y su familia le dió esperanzas de que fuera con ellos Mariana.

Y así se llegó el domingo en que Juan José lo citó para ir a recoger a Jimena y su familia.

Cuando vió que Mariana se subía al carro de su Tía Emma le dió gusto a José Juan ya que todo indicaba que podría hablar con ella.

Pero lo que no esperaba era que después de que Juan José le presentó a su novia Jimena ésta le preguntó en un tono muy serio que por qué si su verdadero nombre era José Juan se había presentado siempre como Pedro Ignacio.

José Juan le respondió ¿Que si no le había explicado su situación su hermano Juan José?

Sí, pero si usted sabía que yo era novia de Juan José me debió explicar el porqué de ese nombre.

Es que no quería meterme en problemas legales.

Pues yo creo que si lo denuncian los va a tener.

¿Pero ustedes no me van a denunciar?

Por supuesto que no, le dijo casi riéndose Jimena, José Juan veía de reojo que Mariana apuraba a su Tía y el esposo de ella se apuraran para irse, y así lo hicieron, solo saludaron de lejos a Juan José y se fueron en el automóvil de Adalberto quien le dijo a Juan José que los siguieran, y casi sin darles tiempo arrancaron por lo que los tres se subieron al carro de Juan José para seguirlos, en el trayecto Jimena iba muy seria con Juan José en el asiento delantero mientras que José Juan se había subido en el asiento de atrás y también permaneció callado hasta que llegaron a Pátzcuaro donde se trasladaron al lago para subirse a unas embarcaciones que los pasearían por el lago.

En eso iban ya que en una de las embarcaciones iba Juan José, Jimena y José Juan mientras que en la otra iban la Tía Emma su esposo y Mariana, y a pesar de que parecía que nadie hablaba de repente en medio de la música que iban tocando unos músicos en la lancha donde iba Mariana de repente ésta se levantó y en su descuido cayó al lago, en ese momento como José Juan iba solo viéndola desde la otra lancha, cuando la vió caer de inmediato se tiró al agua alcanzando casi de inmediato a Mariana y ayudándola a nadar la ayudó a que se subieran a la lancha donde venía Jimena y Juan José, quien los ayudó a subir a la lancha, ya arriba Jimena le preguntaba a Mariana que si estaba bien? ¿Que, qué era lo que le había pasado?

Mariana casi en los brazos de José Juan solo le dijo, Gracias.

De nada, le respondió José Juan y todos mojados los dos empezaron a reírse de cómo se había caído Mariana.

No sabes cómo te agradezco que me hayas ayudado le dijo Mariana ¿Te debo decir Pedro Ignacio o José Juan?

La verdad que es muy difícil para mí decirte ahora cuando por fin podemos hablar en otra forma.

¿Cómo cuál? Sí tú mismo diste motivo para que te tratara como debía.

Sí, pero fuiste muy dura conmigo.

Bueno, yo no quiero llegar a disgustarnos otra vez.

No por supuesto, mejor contemplemos el lago como lo están haciendo nuestros hermanos.

Después del recorrido regresaron a Pátzcuaro y tanto Mariana como José Juan quienes venían mojados cubiertos con unas cobijas de la lancha fueron a una tienda de ropa y los dos tuvieron que comprar nuevas ropas para estar bien y después se fueron a un restaurante donde comieron las exquisitas carnitas de puerco y platillos de los pescados del lago, el rompope no faltó, pero sí quien mencionara de inmediato que los que manejaban no podían tomar alcohol.

Mariana y José Juan empezaron a platicar para conocerse y ella no desperdició ni un momento para preguntarle de todo lo que hacían los dos en España y como se llevaban allá.

José Juan trató de no mentirle pues tuvo que decirle que había sido muy revoltoso toda su vida porque no se acostumbraba a que su Mamá fuese la amante de su Padre y no lo que toda familia normal vive, ya que todos sus compañeros se burlaban de él, y que había sido muy difícil para él acostumbrarse a esa situación, y que a la vez envidiaba a su hermano, que a pesar de que eran medios hermanos Juan José sí había tenido su familia normalmente como todos.

Esta declaración conmovió a Mariana y dándole un tono más suave a sus palabras le decía que era tiempo de rehacer su vida.

Sí, pero es que siempre he sido rechazado por todos, ya ves tú misma no me querías dar oportunidad de explicarte.

¿Pero no me lo estás reprochando verdad?

Oh, no, sino lo que quiero es explicarte lo difícil que es cuando uno vive una situación como la mía.

Te empiezo a entender.

¿Entonces me das esperanzas de poderte tratar?

No tan rápido, pero ya veremos cómo nos vamos conociendo.

Es que yo sé que te vas a enojar, conmigo pero lo tengo que decir.

¿Qué cosa?

Que estoy perdidamente enamorado de tí.

¿Ya vamos a empezar?

No solo quería decirlo ahora mismo.

Pues primero conozcámonos y después ya veremos qué pasa.

Como tú lo quieras, pero te agradezco que me hayas escuchado.

En eso estaban platicando muy callados en la mesa cuando Jimena y su Tía los empezaron a cuestionar que, qué tanto tramaban.

Nada en particular Tía pero ya platicaremos en la casa.

Bueno dijo Jimena, nosotros vamos a caminar por la plaza y después vamos a ver si podemos escuchar misa.

Pues creo que todos los vamos a acompañar a lo mismo.

Paseando por la plaza la gente se les quedaba viendo por la semejanza de los dos hermanos que como parecían gemelos se hacía raro verlos juntos.

Por cierto le dice Jimena a Juan José.

¿De verdad son medios hermanos? Pues viéndolos a los dos juntos yo pienso que ustedes son gemelos.

Qué más quisiera yo, pero no, así nos lo ha explicado mi Padre a los dos, ya que somos de diferente Madre.

Pues a mí no me lo parece.

Ya te dije que así yo también lo quisiera, pero yo amo demasiado a mi Madre y no puedo pensar nada malo de ella, en todo caso seria a mi Padre a quien debemos cuestionar y eso probablemente lo tengamos que hacer y muy pronto para salir de dudas.

Después de un rato fueron a la Iglesia ya que oyeron la última llamada para misa y como Jimena era la más interesada fue la primera en decir vamos que se nos va ha hacer tarde,

Una vez que terminó la misa decidieron regresar a Morelia por lo que ahora sí José Juan se fue con Mariana en el automóvil de los tíos, y aunque Mariana casi no hablaba José Juan no dejaba de tratar de hacerle plática, pero como pronto llegaron a la casa de Mariana y como ya Juan José los estaba esperando lo único que pudieron hacer los dos fue despedirse y prometerse verse otro día según Mariana y José Juan.

Jimena le dijo a Juan José.

Me haces el favor de que después de que dejes a tu hermano regresas porque quiero platicar algo contigo.

Está bien Jimena, al rato regresó.

Cuando Juan José regresó, Jimena ya lo estaba esperando para que hablara a España con su Padre.

Anda agarra el teléfono que ahorita es la mejor hora para hablar a España

Pero mi amor.

Nada, dices que me amas, pues hazlo desde aquí así estaré segura de que lo que oigas es lo que me vas a decir.

Sin más Juan José le marcó el teléfono de su casa en España.

Del otro lado se oyó la voz de su Mamá quien le respondió.

¿Quién habla?

Juan José, Mamá ¿Podría hablar con mi Padre?

Espera déjame ver si te puede atender pues ha estado muy delicado del corazón.

Tapando la bocina Juan José le dice a Jimena que su Padre está enfermo que van a ver si puede responderle a la llamada.

En eso se oye.

Sí Juan José ¿Cómo estás?

Bien Padre, usted ¿Cómo está?

Ya te habrá dicho tu Madre.

Sabe quisiera ver si es posible que me conteste algunas preguntas, sobre mi nacimiento.

¿Qué es lo que quieres saber? Aquí no te puedo contestar, y tú lo sabes.

Sí ya lo sé, pero dígame a donde le puedo hablar.

En eso se escuchan gritos en la casa de los Papás de Juan José, corre habla al hospital tu Padre se ha desmayado, se oye decir la Mamá de Juan José a su hermana.

En eso la Mamá de Juan José le grita ¿Qué le dijiste a tu Padre que se ha desmayado?

Pero ya será después tengo que colgar para pedir una ambulancia.

Pero Mamá alcanzó a decir Juan José cuando el tono del teléfono sonó ocupado ya que la Mamá de Juan José había colgado.

¿Qué pasó? Le preguntó Jimena a Juan José.

Todo parece que a mi Padre le dió un ataque al corazón, mi madre me colgó el teléfono para llamar una ambulancia.

Perdóname Juan José no pensé que fuera a ver ese problema con tu Padre, espero que no sea nada grave.

Yo también pero no te preocupes tú no tienes la culpa de lo que pasa.

Sí, pero me siento culpable por hacerte hablar a España.

Ya te lo dije, que no es tu culpa, yo no sabía cómo estaba mi Padre, pues siempre ha estado delicado del corazón y por eso ya no trabajaba desde hace años, por eso es que yo tuve que emigrar por que la miseria que nos daban de pensión no alcanzaba para vivir todos y si no es porque mi hermana se graduó de Doctora no sé cómo le hubiéramos hecho con mi Padre enfermo, y sin poder trabajar.

Vamos, no creo que hubiese sido tan difícil, tú mismo dices que por eso estudiaste para electricista, y creo que tú hubieras podido ayudar bien en tu casa.

No te creas, el problema fue que empezó a disminuir el trabajo y como yo no tenía experiencia nadie quería contratarme, por eso decidí venir a México, y ya ves ni aquí la pude hacer, ni siquiera en los EEUU si no ha sido por ese boleto de la lotería no sé que hubiera hecho.

No seas pesimista por favor, eres joven y aun podrías haber hecho muchas cosas por superarte.

Sin ánimos de discusión para tí probablemente lo veas fácil porque siempre has vivido en una familia acomodada, pero no es fácil cuando no se tiene dinero ni relaciones, por eso tantos se pierden en el delito, porque no encuentran ayuda.

Pues eso es precisamente lo que estoy tratando de demostrar que cuando se utilizan las fórmulas adecuadas en los negocios y las industrias se pueden combatir la pobreza y el desempleo.

¿Sabes que te empiezo a comprender? Pero no todos entienden lo que tú dices y hay demasiada gente egoísta, que no le interesa la vida de los demás lo único que les importa es seguir enriqueciéndose a costa de los demás.

Eso es precisamente lo que se debería de combatir con mayor producción, en todos los ramos de la industria y así los empresarios ganarían más pero ordenadamente.

Me gusta lo que dices pero a cuanta gente no les convence la idea.

Pues yo no entiendo porqué no, si son fórmulas de las mismas empresas, que como la Ford cuando empezó iniciaron la producción en serie.

Sí, pero tú sabes que por eso atacaron a la Ford porque les empezó a combatir fuertemente en los mercados haciendo que otros quebraran por que no trabajaban en las mismas condiciones.

Bueno, nos estamos desviando de lo más importante, tu Padre.

Sí, tienes razón déjame ver qué puedo hacer para comunicarme a España y ver qué pasó con él, ¿Te molesta si me voy? Es que en la casa tengo los teléfonos del hospital donde sé que se atiende a mi Padre

No, pero mantenme informada qué es lo que pasó.

Sí, no te preocupes, también tengo que avisarle a José Juan.

Me avisas por favor.

Y así despidiéndose muy amorosos Juan José se fue a su casa para hablar al hospital en España.

Cuando le contestaron le dijeron que de momento no le podían dar información, que lo estaban tratando en el quirófano,

¿Podría hablar con alguno de los familiares?

No hay nadie aquí cerca pero hable más tarde para localizárselos.

Gracias, así lo hare.

Y marcándole a José Juan para comunicarle lo de su Padre José Juan le contestó medio molesto por la hora que era, pero le preguntó ¿Qué es lo que pasa porqué me hablas a esta hora?

Es que Jimena quiso que le hablara a mi padre para que me contestara sobre nuestro nacimiento, pero cuando estábamos hablando le dió un ataque al corazón.

¿Y porqué le hiciste caso?

Es que es tan insistente que por el amor que le tengo le obedezco en todo lo que me pide.

Como dicen aquí, entonces eres un mandilón

Llámame como quieras pero ahorita lo importante es saber qué pasó con nuestro padre.

Sabes, a mí no me importa, por mi que se muera ya bastante daño me ha hecho con la vida que le dio a mi Madre.

Bueno, yo nada más quería informarte.

Enterado estoy.

Yo creo que a lo mejor vuelo a España para ver cómo siguió.

Te insisto solo avísame.

Cuando colgó volvió a marcar el teléfono del Hospital para preguntar si pudieron conseguir alguno de los familiares ya fuera su Mamá o quien estuviera.

Cuando le contestaron solo le dieron el teléfono celular de su hermana que se los había dejado.

Cuando por fin se pudo comunicar con su hermana ésta le dijo que su Padre probablemente no sobreviviría a este ataque al corazón, que según los médicos hasta dentro de unas horas se podría saber si reaccionaba o no, y que después le hablaría, por último te informo que Mama está muy molesta contigo.

¿Pero es que yo no sabía hasta donde le haría daño lo que le pregunté?

¿Pues qué le preguntaste?

Nada.

Ah sí, y por eso está donde está.

Bueno, es algo que a tí probablemente no te incluya pero a mí sí.

¿Qué puede ser tan importante que no me lo puedes decir?

Ya te lo dije, es algo muy delicado pero que a tí no te lo puedo decir.

Está bien, habla en la tarde para ver cómo siguió nuestro Padre.

Está bien así lo haré.

Poco más tarde se acostó y hasta el día siguiente se acordó de hablarle a su hermana.

¿Cómo está? Fue lo primero que le preguntó.

Parece que va estar aquí otro día más, pero su estado es muy delicado no creen que pase de hoy.

Vaya que la regué por lo que veo, pues sí y Mamá está muy sentida contigo, y no quiere que le hables hasta que mi Padre se recupere.

Está bien ya le hablaré o tú llámame en caso de alguna mala noticia.

Con todo lo imprevisto de las cosas y con la posibilidad de que tuviese que ir a España Juan José le dijo a su socio Humberto lo que pasaba.

Este solo le dijo que dejara que las cosas pasaran que ahorita en nada ayudaría que él fuese a España, que mejor le ofreciera toda la ayuda necesaria a sus familiares, porque de otra forma se iba a ganar la enemistad de todos, ya que de acuerdo a lo que me platicas de tu medio hermano, eso complicaría más las cosas con el hecho de ir a España, Humberto no veía ninguna ayuda.

Creo que tienes razón mejor será esperar a ver qué pasa.

Pero de todas formas estaré al tanto por si tienes que viajar a España, pero yo que tú me enfocaría en mi matrimonio con mi prometida.

Sí, tienes razón voy a tratar eso con Jimena cuanto antes.

Mientras Jimena en sus oficinas está checando los papeles de sus empleados y ha comprobado que son muy pocos, menos del 25% de los empleados los que tienen terminados sus estudios primarios y tan solo un

12% la secundaria y casi nadie la preparatoria, por lo que insistiendo en sus gerentes les dice que tienen que convencer a sus empleados de que es necesario que se preparen mejor, que les ofrezcan también estudios técnicos, para los que tienen terminadas sus secundaria, y a los que tienen preparatoria que si quieren ayuda para entrar a la Universidad que lo digan y ya verán en qué se les puede ayudar.

Disculpe señorita (le dice un supervisor) pero para ir a la Universidad les requiere casi todo el tiempo.

No se preocupe cada caso deberemos estudiarlo detenidamente para ayudarles.

Bueno, la inauguración ya se pospuso demasiado así que lo haremos pasado mañana

Así que Tío Adalberto encárguese de hacerlo por favor.

Así pasaron los días y en la inauguración en que estuvieron todos los gerentes, empleados, familiares y los invitados se dió inicio a las clases nocturnas para primaria y secundaria.

Este evento tuvo tanta aceptación que se puso en los periódicos de Morelia como un acto insólito, que ha dejado la imagen del Padre de Jimena muy en alto ya que ése fue el último de sus deseos que le encargó a Jimena, ya que cuando se fueron en ese fatídico viaje fue una de las cosas que le encargó a Jimena y a don Adalberto, quienes en ese momento le reprocharon sus deseos ya que parecía como sí el presintiera lo que les había pasado, pero él solo les dijo que eran las precauciones que siempre le había gustado tomar antes de cada viaje.

Con lágrimas en sus ojos, tanto Jimena como Mariana dieron las palabras de inauguración en su momento, y a la vez agradeciendo a todos los que participaban en ello, diciéndoles que los que terminaran los estudios aparte de su título recibirían su premio correspondiente, por lo que los invitaba a tomar muy en serio sus estudios, y después de la cena que les dieron se retiraron todos.

Jimena le pregunta a Juan José que, qué es lo que ha sabido de su Padre.

Realmente nada todavía sigue internado en el hospital.

Pero al día siguiente Juan José recibió una llamada de su hermana Karina quien le dice.

Espero que estés contento ya se murió mi Padre y lo vamos a enterrar mañana y mi Mamá dice que ni te presentes a su entierro que ella no te lo va a perdonar nunca.

Si es así voy a tener que decirle el motivo de mi llamada.

Ni te atrevas, porque por ahora yo me voy a hacer cargo de ella y no quiero que la vayas a poner enferma como a mi Padre.

Está bien pero algún día tendrá que saberlo.

¿Pues qué tan importante es?

Ya te lo dije que por ahora no te lo puedo decir, pero también tú lo vas a saber a su debido tiempo.

Bueno no quiero ser grosera contigo pero voy a colgar, me tengo que ir para hacer los arreglos del velorio de mi Padre y su entierro, por cierto mi Tío ha preguntado por ti ¿Qué le digo?

Dale mi teléfono, dile que a mí también me gustaría hablar con él.

Así se lo haré saber.

Por cierto que en ese entierro el hermano del Padre de Juan José le ha tenido que comunicar de la muerte de su hermano a la Mamá de José Juan o sea a Mercedes, quien furiosa le dice que ella tiene que ir a su entierro.

Si quieres que te siga ayudando económicamente tendrás que evitarlo.

Sí, pero esa malnacida que me ganó a tu hermano, yo quiero que sepa que tuve un hijo con su esposo.

Ya te dije que si lo intentas no te ayudaré más.

Si no fuera porque ese mal agradecido de José Juan que casi ni me ayuda no te haría caso.

Pero como no tengo otra alternativa yo voy a ir a su entierro aunque sea discretamente.

Si es así está bien, pero te repito nada de escándalos.

Sí hombre, pero no dejes de ayudarme.

Así lo haré.

El sepelio se llevó a cabo en completo orden y aunque casi no se vio ni a la Mamá de Juan José ni a la hermana Karina llorar todo se llevó a cabo en silencio.

Después, el Tío de Juan José empezó a buscarlo por teléfono, pero como no lo encontraba porque a las horas que hablaba era de noche o era muy temprano, pero cuando Juan José se pudo comunicar el Tío le dijo.

Juan José, es muy importante que tú y yo hablemos muy seriamente.

¿Qué pasa Tío, me va a culpar de la muerte de mi padre?

No precisamente.

¿Entonces qué es?

No te lo puedo decir por teléfono, necesito platicar en persona contigo, y yo realmente no puedo viajar hasta México, es un viaje muy largo para mis años, ¿Podrías hacerlo tú?

Pero Tío es que me quiero casar.

¿Puedes o tengo que decir algo que te va a obligar a venir a hablar conmigo?

¿Pero qué puede ser?

Está bien te lo voy a decir, Mercedes.

¿Qué tiene que ver ella con lo que me tienes que decir?

Ya te lo dije, tienes que venir.

Está bien Tío voy a hacer todo lo posible para ir yo le aviso.

Está bien, te voy a estar esperando.

Juan José le comunicó de la muerte de su Padre a José Juan quien en tono enojado le dijo.

Vaya hasta que se murió, ya era tiempo.

Eres muy cruel con él.

Y qué es lo que esperabas, que me doliera su muerte con el daño que a mí me hizo, estás muy equivocado, a mí no me interesa hablar de él.

Bueno, te aviso que también es probable que tenga que ir a España.

¿A qué?

Mi Tío el hermano de mi Padre quiere hablar conmigo en persona.

Otro idiota que también le tengo mucho coraje, que te vaya bien.

¿Por cierto cómo vas con Mariana?

Bien, pero ya veremos después, hoy voy a ir a cenar con ella.

Pues te deseo lo mejor.

Gracias y háblame si te vas a España.

Todavía no estoy seguro necesito hablar primero con mis socios y con Jimena.

Otra vez el mandilón.

Bueno después te vuelvo a hablar.

Pero no quiero oír nada de mi Padre ni de su estúpido hermano ¿Ok?

Como quieras.

En España como coincidencia Irma que no había dejado de preguntar por José Juan se estaba acordando de él, sin ningún resultado, pero su condición física cada día estaba peor y por más que se esforzaban sus Doctores, su depresión en nada le estaba ayudando a recuperarse un poco, y era que en realidad ella estaba perdiendo las ganas de vivir, y aun a pesar de los reproches de su marido que le insistía que lo hiciera por sus hijos, pero ni eso le incentivaba, su amiga Margarita también le insistía pero no quería escucharlos.

Teresa fue a buscar a José Juan para reportarse con él y le platicó del individuo que la había contactado para la compra de unas cosechas.

¿Y le dijo de dónde eran las cosechas?

No, y eso es lo que me tiene intrigada.

Pues no se confíe mucho analice todo bien y como usted lo ha dicho vea todos los riesgos y si le parece sospechoso no se meta en problemas.

Así lo voy hacer, sabe estoy viendo que en los almacenes de su propiedad no veo mucho movimiento.

Oh no se fije, lo que pasa es que yo los he descuidado un poco, pero qué bueno que me lo dice, y es que como ando en otros asuntos por eso lo he descuidado pero me voy hacer cargo de que todo siga en movimiento, por cierto ¿Cómo le está yendo a su hermano el Cardiólogo?

De maravilla ya tiene varios pacientes.

Pues fíjese que a mi Padre le dió un infarto y no la hizo.

Pues ¿Con qué Doctor lo llevaron?

No fue aquí sino en España.

¿Y cuando sucedió?

Hace unos días pero ya lo sepultaron.

¿Y usted no fue a su entierro?

No, preferí guardar su recuerdo en vida, y no verlo muerto.

Hace bien.

Bueno yo me tengo que ir quiero arreglar unos palenques en que van a cantar unos cantantes que apenas empiezan pero que tienen muy buena voz, y sus músicos son buenos me mandaron sus discos para que los seleccionara y viera si los ayudaba, y creo que sí nos van a dejar buenas ganancias.

Ya le he dicho que usted tiene toda la libertad para realizar sus proyectos, que yo ya he estado checando los depósitos en el banco y me parecen magníficos, por cierto no descuide lo de los impuestos, ya que no debemos tener problemas con Hacienda.

Tampoco se preocupe por eso todo lo he estado manejando lo mejor posible, no sé si se dio cuenta pero ya tenemos más personal trabajando y es precisamente para la contabilidad.

Sí, pero no he querido intervenir y solo les pregunto por sus nombres pero nada más.

Por cierto que ya renté el piso de arriba porque ya no cabíamos en estas oficinas.

Mire si seré descuidado, yo pensé que era otra compañía la que se había establecido arriba de nosotros.

No y he estado pensando en ampliar sus oficinas para que esté más confortable.

Solo avíseme cuando me tenga que cambiar para que podamos mover mis archiveros.

Así lo haré, bueno, me voy le comunico que aquí todo su personal saben que usted es el gerente general pero que no lo deben importunar, que todo lo canalicen conmigo.

Perfecto, así estaré mejor.

Juan José le pidió a Jimena que si podían cenar juntos porque necesitaba decirle algo importante.

Sí, por supuesto te veo donde siempre.

A las 8.00pm Juan José ya la estaba esperando y cuando llego Jimena luego, luego le preguntó.

¿Qué es lo que me tienes que decir?

Como tú ya sabes mi Padre falleció y aunque mi Madre no quiere verme, mi Tío el hermano de mi Padre quiere verme y le urge hablar conmigo, ¿Te molestaría si me ausento por unos días para ir a España?

Por supuesto que no, ¿Te vas a ir en avión?

Sí, para regresar rápido.

Perfecto ve que yo te estaré esperando.

Por cierto voy a tratar de convencer a mi Madre para que venga a pedir tu mano, pues tendrá que apurarse porque a lo mejor tendrá que quedarse para la boda.

¿De veras aceptas que nos casemos?

Sí tonto, pues ¿Qué esperabas que yo me iba a quedar esperando mucho tiempo?

No, pero es la mejor noticia que me puedes dar.

Ok, pero debemos planear todo muy bien para que cuando regreses nos podamos casar.

Pero y las amonestaciones va a correr mucho tiempo para que la Iglesia nos dé una fecha pronto.

Ya te dije que yo he aprendido a hacer mi trabajo lo mejor ordenado posible y ya lo único que se necesita es que tú lleves tus papeles para que todo quede en orden

Mañana mismo lo voy a hacer, antes que comprar el boleto de avión.

Eso espero, bueno yo creo que cenamos y nos vamos que yo estoy muy cansada.

Como quieras mi amor.

Espero que también ya hayas hecho lo del notario.

Ya te dije que si no me presentas ese documento no hay boda.

No te preocupes mañana mismo lo hago también.

Bueno me voy, háblame mañana para saber cuando sales.

Así lo haré.

Juan José se retiró y muy ilusionado se fue soñando en su boda con Jimena

Y por la mañana le pidió a su secretaria que le consiguiera un buen Notario.

Poco más tarde le dijo que si le urgía verlo.

Sí, por supuesto que me urge.

Entonces que vaya ahora mismo que ahorita lo puede recibir, está aquí a la vuelta de la oficina.

Ya voy.

Ya en la oficina del Notario cuando le explicó lo que Jimena quería para poderse casar con él, el notario le habló a su secretaria para que hiciera el documento, que de inmediato se tomó los datos y en menos de una hora el documento estaba firmado por Juan José y notariado.

El Notario le preguntó ¿Qué quiere hacer con el documento?

Quiero que se le mande a la señorita Jimena al Banco que está en el edificio del centro financiero.

Sí, ya sé de quién se trata, ¿Entonces es ella de quien se trata el documento?

Así se lo especifiqué a su secretaria.

Perdón es que leí solo las condiciones que pidieron y de momento no pensé en el nombre de la señorita Jimena, perdón actué mecánicamente.

Mire no se preocupe y por favor hágale llegar este documento.

Pensando en qué clase de Notario le había conseguido su secretaria cuando le pidió que le consiguiera un boleto de avión para volar a Madrid España, le dijo.

Y por favor cerciórese de que sea a España porque si va a ser como el Notario que me consiguió, me van a mandar a Rusia o no sé adónde.

No se preocupe yo me encargo.

Ya con el boleto de avión y teniendo que salir para la ciudad de México, Juan José se fue a despedir de Jimena.

Me haces el favor de cuidarte y mantenerte en contacto por teléfono conmigo en cuanto llegues.

Llegando te hablo.

Eso espero.

Juan José dejando todo arreglado en la compañía se trasladó a la ciudad de México y ahí tomó el avión que lo condujo hasta el aeropuerto Barajas en Madrid España donde lo fue a recibir su Tío ya que le había dado el número de vuelo en que llegaría a España y después de pasar por la aduana, se encontró con su Tío.

Bien Tío ¿Qué es lo que tiene que decirme?

Tranquilo muchacho, ¿No me digas que ya te quieres regresar?

No me lo va a creer pero sí, me caso con la mujer más hermosa de este mundo.

Así lo decía tu Padre de tu Madre, en fin ¿Cuáles son tus planes?

Quiero ver a mi Madre, que ya hace 4 largos años que me fui de aquí y es el tiempo que tengo de no verla.

Pues vamos muchacho a ver si te quiere recibir.

¿Qué sabe usted tío?

Que está muy disgustada contigo por lo de tu Padre.

Pues es que mi novia me pidió que le preguntara a mi Padre sobre el origen de José Juan.

¿Y por que está ella interesada en José Juan? ¿Qué acaso sabe de él?

Eso es precisamente el problema que José Juan me siguió a Morelia y no sé de donde consiguió dinero pero también tiene negocios en Morelia y me ha pedido que le ayude a conquistar a la hermana de mi novia.

Vaya con el muchachito con razón nadie sabe de él.

Pero me ha dicho que sigue en contacto con su Madre.

Sí pero ella no ha querido decir donde está ni siquiera a tu Padre que en paz descanse.

Vaya que es todo un problema mi medio hermano.

Bueno, ya hablaremos después vamos a ver si te quiere recibir tu Madre.

No veo la hora de verla.

Cuando llegaron a la casa de la Madre de Juan José ella lo recibió llorando y sin poder hablar se abrazaron.

Juan José llorando le decía perdóneme Madre, que yo no pensé que le fuera a pasar lo que le pasó a mi Padre.

Quisiera pegarte, pero ya pasó todo, ahora dime ¿Por qué hasta ahora regresas?

Bueno primero te diré que me enamore desde que salí de España, ya que en el barco en que me fui iban dos chicas con su Tía y desde que nos vimos Jimena y yo nos enamoramos; tardé mucho en poder establecerme ya que yo creí que podría trabajar de electricista y ganar bien pero la realidad es otra tanto en México como en los EEUU, tienes que tener mucha experiencia, además que uno tiene que aprenderse los reglamentos y fíjate en los EEUU uno tiene que sacar Licencia para trabajar de electricista y ellos te exigen que tus estudios los hayas hecho en los EEUU. Ya que para ellos no valen los de otros países, además que te exigen que lo hagas en Inglés, para eso tiene uno que ir a la escuela de Inglés, ya que el Inglés de los EEUU es completamente diferente del Inglés de Inglaterra, luego cuando uno domine el Inglés entonces te aceptan en las escuelas donde te dan las clases de electricidad y debe uno cursar un mínimo de 2,000 horas para lograr un certificado, después uno tiene que conseguir una fianza de 10,000.00 Dlls. Para presentar en cualquier ciudad de los EEUU un examen para que te den la licencia, y agrégale que para poder hacer todo lo anterior te exigen que seas residente legal como mínimo.

¿Y entonces cómo es que trabajaste en los EEUU de electricista?

Bueno Tío, no precisamente de electricista porque al no tener papeles para trabajar legalmente, pues lo contratan a uno como ellos le dicen pagándole a uno en efectivo pero claro que nunca le van a pagar lo que se le paga a un electricista que tiene sus papeles legales, por eso es que en un momento dado me sentí tan desesperado, que cuando me quisieron poner a hacer un trabajo peligroso me negué y pues me corrieron y si no ha sido por mi buena suerte que compré un boleto de lotería, ahorita estaría trabajando aquí en España porque hubiera necesitado regresarme aquí.

Pues así te hubiéramos tenido en casa hijo.

Sí Mamá pero ¿En qué condiciones?

De alguna manera estaríamos todos aquí juntos.

Bueno de alguna manera las cosas se han ido desarrollando bien, y ahora que tengo la manera de vivir bien no me arrepiento de lo que he hecho, por cierto Tío usted me dijo que quería enseñarme su casa ¿Cuándo lo vamos hacer?

Pues si te parece lo podemos hacer mañana, ¿Cómo ves?

Me parece bien y así podría ir a visitar la tumba de mi Padre.

Si quieres te acompaño.

Perfecto nos vemos mañana, sirve que así descanso y veo a mi hermana Karina para platicar con ella.

Está bien mañana te busco.

Aquí lo espero Tío.

Bueno Madre me va a dar de comer.

Claro eso es lo único que se les ocurre a los hijos, que les sirva uno.

Vamos Madre no se enoje.

Es que antes quiero que me platiques más de tu novia.

Mire aquí traigo la foto de ella.

Vaya qué bonita es, con razón estás enamorado.

¿Verdad que sí?

¿Y para cuando se quieren casar?

Esa fue la sorpresa que me dio Jimena ella quiere que lo hagamos lo antes posible por eso quisiera ver que si podría irse conmigo, una para que la pida formalmente y la otra para que ustedes estén en mi boda y usted me entregue.

Pues a ver si tu hermana puede ir, ya ves que como Doctora y Cirujano general que es ella, casi no la veo.

Pues así podría darse unas vacaciones.

A ver que dice ella.

¿A qué horas regresa?

No tiene una hora fija, por eso nunca la espero.

Bueno platíqueme, ¿Cómo la han pasado aquí?

Se pasaron las horas y tanto la Mamá de Juan José como él mismo se la pasaron contándose lo que habían hecho durante esos últimos cuatro años.

Pero algo había sucedido en el aeropuerto, cuando llegó Juan José ahí estaba Margarita la amiga de Irma quien había ido a despedir a unas amigas y cuando vio a Juan José de inmediato trató de llamarle la atención cosa que Juan José no le prestó ninguna atención ya que él no la conocía, pero Margarita luego que pudo se comunicó con Irma para decirle que había visto llegar a José Juan en el aeropuerto

Cuando Irma contestó de inmediato se empezó a grabar la conversación ya que cualquier llamada que hiciera o que recibiera de inmediato se grababan ya que su marido le había puesto un sistema que lo hacía.

Irma ¿A que no sabes a quién vi hoy?

¿A quién?

A José Juan.

Pero ¿Cómo si él ni siquiera te avisó?

Eso es lo raro para mí, pues por más que le traté de llamar la atención no me reconoció.

Qué raro, no te querría hablar.

No, es por lo que te digo que me quedé extrañada tal parecía que a mí nunca me hubiera visto.

Pues tienes razón él nunca te vió bien solo porque yo te lo señalé.

Bueno, ya te dije él está aquí.

Pero ¿Porqué no me habrá hablado? Miserable que es, pero cuando lo haga me voy a vengar de él, en alguna forma.

Eso y cuando te hable, que no creo que lo vaya a hacer, pero dime ¿Cómo sigues?

No muy bien, y esta forma de vivir es demasiado deprimente, ya no sé qué hacer, pues esta enfermedad no tiene curación y saber que solo la muerte te podrá aliviar es lo más cruel.

Pero podrías dedicarte a escribir, distraerte en alguna forma.

¿Pero cómo si mi marido no me deja ni salir?

Es que no sé qué recomendarte, si habrá algún grupo de gente que teniendo esta enfermedad se reúnan para tratar de ayudarse mutuamente.

Y aunque lo hubiera yo sé que Luis no me va a dejar ir.

Bueno háblame si sabes algo de José Juan.

Así lo haré.

Lo que el marido de Irma no supo qué hacer fue cuando escuchó la conversación entre su esposa y la amiga, pues en cierta forma le dolió ver que su esposa estuviese sufriendo, pero él sabía que no era mucho lo que podría hacer para ayudarle, pero lo que si es que se comunicó con la gente que les había encargado vigilar a su esposa, para encontrar a todos los que habían andado con su esposa, y aunque sabía que iba a ser imposible saber quien había venido y en que vuelo, pues la amiga de Irma no le dijo nada en concreto. Pero que deberían irla a ver y tratar de sobornarla de alguna forma, para saber a quién se refería, cuando decía que había visto a ese José Juan.

Oiga señor, pero me parece que podremos investigar quien fue si preguntamos por él en el aeropuerto, déjeme a mí investigarlo.

Este hombre se puso a investigar si había llegado algún José Juan, pero en el aeropuerto le pidieron una orden judicial para poder darle información y por más que trató de sobornar a los empleados ninguno se atrevió a darle ninguna información, pues en parte el nombre no coincidía, y esa era una de las principales razones por las que desconfiaron de dar alguna información.

Cuando le llamó a Don Luis solo le dijo que iban a tratar de ver que podían saber en el futuro pues nadie quería dar información.

Cuando llegó Karina la hermana de Juan José primero se alegró de verlo pero después fueron puros reproches los que como buena Española se le vino a la mente, pero ya después de un rato se abrazaron y comenzaron a jugar como cuando eran niños.

Bueno, ¿Dime porqué hasta ahora has querido venir a vernos?

Sé que no tengo disculpa, pero es que me enamoré desde que me fui de aquí, y solo pensé en cómo ganarme el amor de Jimena.

¿Así se llama?

Sí, ese es su nombre y mira esta es su foto.

De verdad que está muy bonita ¿Y te corresponde bien?

Por supuesto, precisamente ya quiere que nos casemos.

¿Y a qué se dedica ella, está siempre en su casa o trabaja?

No, ella es una gran empresaria, su Padre les dejó un grupo de empresas, hasta un banco y ella es la presidente del grupo.

¿Mira qué bien y cómo se decidió por ti?

Cómo tú sabrás yo también estoy en una empresa como accionista, y gracias a que me saqué la lotería, que si no yo creo que nunca la hubiera hecho con Jimena.

Sí me comentó Mamá que te habías sacado la lotería, pues cuanto te sacaste.

Fueron 20 millones de Dlls. Menos los impuestos me quedaron como 13 millones pero como en los EEUU no te entregan todo el dinero en una sola suma, me lo están dando en 20 anualidades, y gracias a un Licenciado México-Americano que me sugirió asociarme con ellos y así podría poner a trabajar mi dinero en México y buscar casarme con Jimena.

¿Bueno y nosotras qué?

Eso es lo que le he estado preguntando a Mamá, pero no quiere pedirme nada.

Pues si de eso se trata yo si quiero que me ayudes porque quiero poner una clínica para dar consulta médica, porque en el hospital es mucho trabajo y ya me estoy cansando, prefiero un poco de trabajo más sencillo.

Pues cuenta conmigo, voy a empezar a enviarte dinero para que lo hagas, y precisamente Jimena nos puede ayudar, porque su banco es filial de uno de aquí, por lo tanto me voy a comunicar con ella, que por cierto me va a regañar porque no me reporté inmediatamente que llegue, déjame hablarle, y marcándole al teléfono de Jimena, ésta le contesta.

Vaya hasta que te reportas, ¿Qué pasó con lo que quedamos?

Es que anoche cuando llegué ya era muy tarde para hablarte.

Pues me hubieras dejado mensaje.

Es que quería oír tu voz.

Bueno, ¿Cómo está todo allá?

Bien, precisamente estoy hablando con mi hermana Karina que es Doctora y le he dicho que la voy a ayudar a poner una clínica aquí en Madrid, por eso también quería hablarte.

¿Y yo qué puedo hacer?

Mira como ustedes tienen sucursal aquí en España, le voy pedir a Humberto que te lleve un cheque por 20,000.00 Dlls. Para que se los envíes a mi hermana por medio de tu banco.

Está bien, voy a estar esperando que me traigan el cheque para hacer los trámites.

Además espero saber cuándo te vas a regresar.

Yo pienso que mañana mismo voy a tramitar la salida de mi Mamá para que se vaya conmigo.

Bueno avísame, y yo me encargo de lo de tu hermana Karina y como yo tengo todos los datos tuyos nada más los voy a referir a tu hermana Karina.

Gracias amor, ahora mismo le hablo a Humberto. Un beso y abrazo te hablo mañana.

Eso espero, saludos a todos en tu casa.

Inmediatamente se puso en contacto con Humberto para darle las instrucciones de girar un cheque para que se le enviara a su hermana Karina.

Y así se pasaron el resto de la tarde platicando, su hermana le dijo que estaba saliendo con un compañero Doctor del Hospital y que estaba pensando seriamente en tener una relación con él, sabes Juan José yo me voy a dormir estoy muy cansada ¿No te importa?

No adelante yo voy hacer lo mismo.

El día siguiente llegó y Juan José salió con su Madre a tramitar su pasaporte y la visa para poder viajar a México, y una vez que lo obtuvieron le dijo a su Mamá que iba a ir a ver a su Tío.

Está bien hijo, te espero a que regreses.

Como quieras, déjame hablarle, para ver en donde lo voy a ver.

Cuando le respondió su Tío le dijo nos vemos en la Plaza mayor de Madrid en una hora ¿Está bien?

Si Tío ahí lo busco, y saliendo para tomar un taxi que lo llevara, se traslado a la Plaza ya ahí donde lo dejo el taxi no tuvo que caminar mucho ahí estaba su Tío en medio de la Plaza.

# "He aquí El Juramento"

Hola Tío.

¿Cómo estás?

Con la incertidumbre desde que salí de Morelia ¿Qué es lo que me quiere decir?

Verás, primero me tienes que Jurar que a nadie le dirás lo que te voy a contar.

¿Tan grave es?

Sí, ¿Estás dispuesto a Jurar lo que te pido?

Vamos Tío que no creo que tenga que Jurarle que a nadie se lo voy a decir.

Pues así es, de lo contrario no te puedo explicar nada.

Está bien lo voy a hacer.

Quiero oírlo.

Está bien, yo Juan José le juro a mi Tío Francisco no revelar a nadie lo que él me va a decir.

¿Conforme?

Correcto, empezaré de esta manera, cuando éramos jóvenes tu Padre conoció a Mercedes.

¿La Madre de José Juan?

Sí, no me interrumpas eso sucedió antes de casarse con tu Madre, tuvieron relaciones que para tu Padre fueron nefastas por el carácter de ella y lo ambiciosa e imperativa que era.

Durante esas relaciones tu Padre conoció a tu Madre, en un viaje que hizo a Escocia y se enamoró de ella, y la estuvo conquistando hasta que logró que se casaran, pero Mercedes no se quedó en paz y hasta Escocia fue a perseguir a tu Padre hasta que lo convenció de continuar teniendo relaciones con ella de lo contrario se lo haría saber a tu Madre Lourdes, por lo que no pudo librarse de ella, y luego el destino le jugó una mala jugada a tu Padre ya que las dos quedaron embarazadas casi al mismo tiempo, como yo me encontraba trabajando con tu Padre él me pedía que aplacara a Mercedes ya que era tremenda, pero llego el día que por poco se entera Lourdes de las relaciones de tu Padre con Mercedes, y como yo en esos tiempos era soltero le dije que ella andaba conmigo, que éramos amantes.

El pobre de tu Padre no podía con las exigencias de Mercedes económicamente, ella no tenia fondo cada vez le pedía más y más y eso le afectó mucho a tu Padre ya que cada día eran peor sus exigencias.

Pronto se llegó el día del parto, y tu Madre fue la primera que empezó, se le trajo una partera para que la atendiera pero empezaron a pasar las horas y mientras que tu Padre se desesperaba por el sufrimiento de tu joven Madre, la partera salió para decirle que debido a las complicaciones era necesario hablarle a un Médico, cuando él salió a buscar el Médico yo llegué para decirle que Mercedes se estaba aliviando también.

El me dijo lo del Médico y yo le contesté que el Médico estaba con Mercedes por lo que nos fuimos juntos a la casa de Mercedes.

Cuando llegamos a la casa de Mercedes ella ya estaba dormida con los sedantes que le había dado el Doctor por lo trabajos que pasó al dar a luz a gemelos.

¿Entonces somos gemelos José Juan y yo?

¿Me dejas terminar? Cuando llegamos como te decía tu Padre le pidió al Doctor que fuera a ver a tu Madre.

¿Y qué pasó?

Que cuando llegamos Lourdes ya había dado a luz al niño que por su estado delicado en que había nacido estaba grave, por lo que el Médico trató de revivirlo pero no lo consiguió, fue en vano todo lo que hizo muriendo el niño.

En esos momentos como tu Padre se había quedado con Mercedes yo salí corriendo con aquel niño muerto en los brazos, y cuando llegué sin que tu Padre se diera cuenta, tomé uno de los gemelos que eras tú y dejé al niño muerto, antes de que tu Padre o alguien más se diera cuenta y salí corriendo con el niño envuelto en un zarape hasta la casa de Lourdes y lo deposité en su cama, afortunadamente el Médico ya se había ido y como la partera era medio distraída, no me puso atención cuando dije, lo salvó, lo salvó mi hermano quien pudo revivirlo, en eso llegó mi hermano y cuando iba a decir algo se calló porque vió que tu Madre se había despertado, y te estaba cargando, claro que ella nunca supo la verdad, pero Mercedes que nunca se creyó que uno de los gemelos había muerto, se valió de eso para torturarlo y exigirle cada vez más, y como tu Padre quiso reparar el daño que yo les hice a ustedes, cuando vio con cuanto amor te tomó Lourdes, ya no se pudo atrever a decirle que su hijo había muerto.

Por lo que tuvo que conformarse con que tú siguieras al lado de tu Madre Lourdes, después nos trasladamos a España donde ustedes crecieron.

Pero que canalla fue usted Tío esto que me está revelando es una canallada, esto lo deben saber todos.

Tú me juraste que no se lo dirías a nadie, ¿Recuerdas?

Es que esto es demasiado grave.

¿Y qué, vas a darle esta noticia a tu Madre y a tu hermana diciéndoles que tú no eres su hijo?

¿Me va usted a chantajear?

No, pero el daño ya está hecho, es como cuando nos venimos de Escocia, Mercedes nos siguió y continuó viviendo a expensas de nosotros, siempre vivimos tu Padre y yo con la amenaza de que iría a contarle todo a Lourdes, ya que se había convencido cuando me exigió que te llevara con ella para conocerte y comprobar que tú eras su hijo.

¿Pero entonces por qué no exigió que le devolvieran a su hijo?

Porque no le convenía a sus intereses.

Me ha puesto usted contra la pared y ahora ¿A quién debo ver como mi Madre?

No creo que sea necesario que te lo diga, debes seguir siendo el hijo de Lourdes.

¿Pero qué, José Juan lo sabía?

No lo creo, yo he estado al tanto de ese muchacho y he visto lo maldito que es.

Ah, ahora resulta que mi hermano gemelo es un maldito, debieron decirle de alguna manera quien era yo, para que no creciera con la idea de que somos medios hermanos.

En cierta forma te aseguro que él lo sabe.

No sé qué decir, pero sabe Tío creo que con su canallada, no creo que debamos seguirnos viendo porque de lo contrario yo no me podría quedar callado.

Como tú quieras yo ya me puedo morir en paz, ya que este secreto me ha amargado toda mi vida.

Con razón mi Padre me obligaba a que fuera a ver a mi Madre Mercedes, porque ahora si sé quien es mi verdadera madre, y la verdad ya no quiero hablar más, así que hasta nunca señor.

Juan José se retiró y empezó a vagar por la plaza sin saber qué hacer, todo le daba vueltas, ¿Cómo voy a tratar a mi hermano ahora? Tantas y tantas cosas que se le venía a la mente que no hallaba que responderse así mismo.

Su Tío que se había quedado parado en la Plaza solo lo veía a lo lejos, pero a la vez diciendo perdóname Dios mío por lo que les hice, y espero hermano que ahora tu también me perdones, y así se fue caminando hasta perderse entre la gente que caminaba por la Plaza.

Como coincidencia Margarita andaba también por la Plaza, y sin perder tiempo abordó a Juan José diciéndole.

¿Porqué no le has hablado a Irma?

¿Qué Irma?

No te hagas tonto José Juan.

Perdone pero usted me está confundiendo con mi hermano gemelo, yo no conozco a ninguna Irma.

¿Y dónde está su hermano?

No tengo porque decírselo, ya que yo no sé exactamente donde vive, hace tiempo que yo no sé nada de él pero si lo llego a contactar, yo le digo que se comunique con su amiga Irma, ¿le parece bien?

Dígale que es muy urgente que se comunique con ella.

Así lo hare, en cuanto lo vea, pero no le prometo nada, pues como le dije no sé donde se encuentra.

¿Y a usted, dónde se le puede localizar?

Como yo ni la conozco ni a usted ni a su amiga Irma, no tengo porqué decirle donde me puede localizar, lo siento mucho y hasta luego.

Pero es que, (pero ya no pudo decir nada Juan José abordó un taxi perdiéndose entre el trafico.

Margarita no tardó en comunicarse con Irma diciéndole que había estado hablando con el hermano de José Juan ya que éste le dijo que él no era José Juan que así se llama su hermano gemelo pero que no lo había visto últimamente, pero que le iba a decir para que se comunicara contigo, que era urgente.

¿Que más te dijo?

Pues la verdad por la forma que me contestó yo creo que sí es su hermano gemelo porque éste se ve muy serio y realmente diferente al que tú me enseñaste.

¿Pero te dió algún teléfono o dirección?

No, y se portó muy cortante, me dejó casi con la palabra en la boca.

Pues ojalá lo encuentre.

¿A quién?

Pues a José Juan a quien más.

Bueno, yo ya cumplí con decirte lo que vi.

Luis el esposo de Irma cuando oyó la conversación él estaba seguro que el tipo que había encontrado la amiga de su esposa, era uno de los amantes de su esposa a quienes quería agarrar para vengarse de ellos.

Y tomando el teléfono le habló al detective que había contratado, para decirle lo que había oído, lo que no pudo saber es en donde habían encontrado al tipo ese, por lo que le dijo que le pusieran un hombre que siguiera a Margarita para ver si se volvía a encontrar con ese individuo.

Está bien señor, así se hará.

Mientras Juan José abatido por las revelaciones de su Tío se puso a caminar sin fijarse por donde iba, cuando en eso se vio frente a una Iglesia, donde entró y sentándose se puso a preguntarle a Dios que por qué podría existir tanta maldad en la gente, que si nadie podría entender el daño tan grande que se le hace a los hijos cuando se les trae al mundo irresponsablemente, claro todas sus preguntas las hacía en silencio en su pensamiento, y creyendo que nadie lo había oído, en su meditación no se fijó cuando un sacerdote se acercó a él.

¿Por qué tan pensativo hijo? Pareciera que le estás reprochando a Dios por algo muy doloroso, ¿Es así?

Algo Padre, me acabo de enterar que mi Madre no es mi Madre.

¿Pero cómo está eso hijo?

Es que un Tío me hizo una revelación de cómo fue mi nacimiento, y me he quedado destrozado, pues ahora no sé cómo debo ver a la que siempre fue mi Madre, y la que verdadera es ni siquiera ha sido capaz de preocuparse por mi.

Alguna razón debería tener tu verdadera Madre.

Yo no lo creo, un hijo es un hijo y para mí se le debe querer por encima de cualquier cosa.

Eso es lo que aprendí en esta Iglesia.

Quizás Dios permitió que así sucedieran las cosas por alguna razón.

¿Pero cuál?

Yo no lo puedo entender, mi hermano gemelo es tan diferente a mí, él siempre vivió a lado de nuestra verdadera Madre, y es muy desobligado.

¿Y tú, cómo eres?

Completamente diferente a pesar de que ahora sé que somos gemelos, ya que antes el que fue nuestro Padre me hizo siempre creer que era mi medio hermano.

Y porqué no hablas con tu Padre.

Porque está muerto.

Oh, pues si que es difícil lo qué te pasa, pero deberás acercarte a Dios que él de alguna manera te orientará.

¿Lo cree usted Padre?

Así lo entiendo hijo, ve con la bendición de Dios que él te ayudará.

Gracias Padre, creo que usted me ha devuelto la cordura, ¿Pero cómo supo lo que me estaba pasando porqué se acercó a mí?

Designios de Dios hijo, yo tampoco podría decírtelo solo sentí la necesidad de acercarme a tí para ayudarte.

Se lo agradezco, no cabe duda que la mujer que he escogido por esposa es la mejor ya que ella es muy devota de la Iglesia.

¿Y a cual Iglesia va ella?

Oh, ella vive en México.

Pues no esperes hijo que tu destino parece marcado y es muy probable que sea realmente ella la que te ha de conducir junto a Dios, ve búscala, estoy seguro que te espera con ansia.

Tiene razón Padre, gracias.

Saliendo de la Iglesia pudo ver mejor donde andaba y tomando un taxi regresó a su casa donde su hermana lo esperaba.

Juan José te quiero presentar a mi posible novio, y nos ha invitado a cenar junto con mi Madre ¿Vamos?

Sí ándale, pues creo que ya debo regresar a México lo más pronto posible.

¿Cuál es la urgencia Hermano?

Muchas cosas Karina, comprende que soy el Gerente de mi empresa y que no puedo ausentarme mucho.

¿No será que te esta jalando tu noviecita?

También, pero anda vamos.

Salieron los tres y fueron a un restaurante en el Hotel Emperador en la Gran vía de Madrid ya ahí se reunieron con el Doctor compañero de Karina su hermana, quien resultó muy interesado en que Juan José le platicara de México ya que era un fanático del fut bol soccer, y así casi sin que interviniera Karina y su Mamá ellos no hablaron de otra cosa más que de los campeonatos y de los jugadores inclusive de los que jugaban en España, hasta que Karina los interrumpió preguntándoles si no iban a cenar, lo que por fin cambiaron de conversación y fue cuando en medio de la cena el Doctor le pidió enfrente de todos que si aceptaba ser su novia ya que quería casarse cuanto antes, la vida es corta y yo quiero aprovecharla con tan bella Doctora para que me cure de todas las heridas que la vida nos infrinja,

¿Acepta señorita Doctora ser mi novia?

Los dos tanto Juan José como su Mamá se quedaron esperando la respuesta, mientras ella se le quedaba viendo hasta que casi en un grito dijo.

Sí acepto, al Médico Santander.

¿Por qué de Santander? Preguntó Juan José.

Porque de ahí soy.

Vaya y es precisamente una de las provincias que más me gustaba para vivir dijo Juan José.

Pues cuando nos casemos yo he estado pensando en irnos a vivir a Santander, ¿Cómo ves Karina?

Pues es una de las cosas que me está interesando, porque como Juan José me va a prestar dinero para poner una clínica aquí en Madrid, no sé qué pensar.

No te precipites y hagamos las cosas con calma mi amor.

Sí, pero ya estás opinando en algo que a lo mejor no nos convenga.

Juan José los interrumpió para decirle a su Mamá.

Vayamos madre a la terraza a contemplar Madrid desde las alturas, así podrán arreglarse ellos, allá nos alcanzan.

Está bien le contestó Karina

Ya en la terraza Juan José se recargó en el hombro de su Madre diciéndole.

No sabes cuánto te he extrañado durante estos cuatro años, me sentía tan solo que muchas veces pensé en renunciar a todo y regresarme, pero cierto orgullo me lo impidió.

¿Entonces no es tanto tu amor por Jimena?

Oh no Mamá, en eso no tengo ni la menor duda, lo que pasó es que no fue fácil vivir en la miseria, sin trabajo ni dinero, y como siempre tratando de superarme, me lo impidió.

Pues espero que esa niña te haga realmente feliz, que yo inclusive con la muerte de tu Padre, me siento más deprimida.

Por eso quiero que me acompañe a México para que se distraiga y así se pueda recuperar un poco de todas estas molestias.

Sí, pero no me va gustar dejar sola a tu hermana.

Pero ella ya está bastante grandecita para cuidarse sola.

No es precisamente que se cuide, sino quien la atienda.

También Madre de eso ella tiene que ver por sí misma pues usted debería de divertirse o hacer otras cosas que estar encerrada en la casa principalmente ahora que mi Padre ha fallecido.

Pues es precisamente lo que más duele, ya que aunque estábamos muy grandes nos seguíamos amando como cuando jóvenes.

Pues ya es hora de que usted empiece a ver otros panoramas.

Sí ya sé, ir contigo a México.

Pero no lo tome tan mal, ya verá que se va a divertir.

Eso espero, porque ya no quiero ver más tragedias, ¿Por cierto qué era lo que tu Tío quería hablar contigo?

Era describirme lo que mi Padre había luchado por sobrevivir, y como había perdido en parte su fortuna, y que si yo quería ayudarle a recuperar lo poco que les había quedado; ya que como tú sabes los negocios iban bien en Escocia hasta que las depresiones económicas del mundo orillaron a mi

Padre a abandonar Escocia y venirse a vivir a España donde casi nunca pudo recuperarse económicamente.

Sí, todo eso lo sé y créeme que no fue nada fácil sobrellevar a tu Padre en medio de esas crisis económicas que vivimos, por eso deberías de ayudar a tu Tío.

Sí no preocupe, lo voy a hacer.

Recuerda que le dedicó mucho de su vida a tu Padre ayudándole en sus negocios.

Sí madre, lo sé.

¿Pero dime qué es lo que te molesta de eso?

Oh no Madre, despreocúpese que no hay nada que me moleste, yo lo voy a ayudar.

Bueno.

¿Qué Mamá?

Nada que te iba a decir que fuéramos a buscar a tu hermana, pero ahí vienen.

El novio de Karina exclamó.

No cabe duda que España es preciosa como la mujer más hermosa del mundo y he aquí la mejor prueba miren que vista de Madrid tan hermosa.

Ya le contestó Karina la gente te va a oír.

Que me oigan que solo estoy diciendo la verdad, vean que espectáculo, desde aquí el horizonte no parece tener fin, yo si de verdad amo a mi país España.

Nosotros también, dijo Karina que empezó a contagiarse del entusiasmo de su novio.

Poco después brindaron por la nueva relación de Karina y su novio y por el próximo viaje de la Mamá con Juan José que también estaba alegre porque se casaría también muy pronto.

Ya entrada la noche regresaron a su casa, y Juan José demostró que ya estaba muy nervioso por regresar a México, por lo que su Mamá le inquirió ya, ya voy a preparar todo para que salgamos mañana mismo, deja de ponerme nerviosa Juan José.

Ok, madrecita me voy a dormir, mañana mismo nos vamos.

Sí claro a mí que, (les dice Karina) me van a dejar aquí sola.

No por supuesto que no te vas a quedar sola, pues tú te la pasas más en el Hospital internada que aquí en tu casa, mejor di que la casa se va a quedar sola.

Sí pero no te preocupes, que yo me encargo de cuidarla.

La mañana llegó y con ella las prisas, todo el equipaje que la Mamá de Juan José llevaba y junto con los regalos que Juan José les llevaba a todos en México; se decía a sí mismo que si no se los querían aceptar como equipaje los mandaría como paquetería.

Pero después de despedirse de Karina se trasladaron en taxi al aeropuerto de Barajas donde tomarían el avión que los conduciría a la Ciudad de México, y ya en el avión la Mamá de Juan José extendía la mano por la ventanilla pensando que Karina la vería para despedirse de ella, pero claro no se veía.

Lo que si fue que Juan José alcanzó a ver a su Tío cuando salieron de la casa de su Madre él estaba en la esquina viendo hacia la casa, pero Juan José no le hizo ninguna señal por lo que no se movió de donde estaba.

Las horas pasaron y pronto les anunciaron la llegada al aeropuerto de la ciudad de México, Juan José se quedó sorprendido cuando al salir de las salas de inmigración Jimena estaba ahí esperándolos.

Mira Mamá ahí está Jimena esperándonos.

¿Cuál es hijo?

La chica que está de blanco con gris haciendo señas.

Oye de verdad que está muy bonita, y dices que es Mexicana.

Bueno mita y mita porque su Padre era de Andalucía España.

Ah ¿Entonces todo va a quedar entre paisanos?

Algo así Madre.

Bueno apurémonos que te están esperando, ¿Pero cómo se enteró en que vuelo veníamos?

Le puse un mensaje ayer antes de ir con Karina al restaurante, le di al empleado del hotel que me pusiera este mensaje y con la propina que le di, ahí tienes el resultado.

Ah vaya.

Jimena muy seria saludó de beso a la Mamá de Juan José diciéndole bienvenida a su casa señora.

Gracias hija, veo porqué mi hijo se ha enamorado tan profundamente de ti.

Vamos Madre qué va a decir Jimena.

Nada mi amor pues yo también estoy muy enamorada, pero debemos apurarnos porque nos espera un pequeño viaje a Morelia donde vivimos.

Y de esa manera en una especie de Van los esperaba para trasladarlos a Morelia.

Qué bonita camioneta hija.

Es del Banco, para la transportación de los empleados que viven lejos del Banco.

¿Y cómo les fue de viaje? Juan José, ¿Pudiste arreglar todo?

Oh sí y ya estamos comprometidos a regresar a España tú y yo.

¿Por qué amor?

Por que se va a casar mi hermana en, (Se quedó mudo Juan José viendo a su Mamá).

Oye Mamá ¿Ellos de verdad que no dijeron nada de boda?

Sí acuérdate que por eso la pidió el Doctor que fuera su novia porque quería casarse con ella.

Tienes razón, no sé en qué estaba pensando.

De seguro en esta señorita tan hermosa contestó su Mamá.

Gracias señora, favor que me hace.

No, linda lo eres y no dudo que mi hijo no tenga otra cosa en la cabeza más que tú.

Platicando de otras cosas la Mamá de Juan José y Jimena se pasaron el resto del viaje mientras Juan José viéndolas a las dos no dejaba de pensar en lo que el Tío le había revelado.

Llegando a Morelia Jimena hizo que los dejaran en la puerta de la casa de Juan José despidiéndose de la Mamá de Juan José, repitiéndole que se sintiera en su casa, que cualquier cosa que necesitara que le hablara, y subiéndose a la camioneta se retiró mientras Juan José entraba a su casa acomodando a su Mamá en la recámara que ya le tenía preparada.

Mientras Juan José estaba en España, José Juan estuvo tratando de salir con Mariana desde que fueron a Pátzcuaro, y es que para él esta nueva experiencia de convivir con Mariana había sido algo que nunca había vivido con nadie, el sentirse en ese ambiente familiar lo hizo por un lado pensar que era ridículo y fastidioso, aparte de aburrido, pero cuando empezó a recordar el sentirse cerca de Mariana eso sí lo hizo dudar de que hubiese conocido el amor o que realmente hubiera pasado un momento tan agradable como ése, por lo que estuvo saliendo varias veces con Mariana, y como se había rasurado la barba pero no el bigote pues así se parecía más a su hermano y cuando andaban en la calle, varias veces lo confundieron los empleados de Juan José con él, lo que le empezó a desagradar, pero a Mariana tampoco le había gustado que los confundieran, porque se prestaría a malas interpretaciones, por lo que le pidió que aunque no le gustara le dijo a José Juan que se dejara la barba para que no los confundieran.

Pero aun así José Juan se empezó a enamorar de Mariana y comenzó a sentir la necesidad de verla seguido.

Cuando salían platicaban de qué les gustaría hacer en lo futuro, y a Mariana le decía que a ella no le gustaba estar trabajando en las empresas de su Papá con Jimena que preferiría que si se casaba para ella era mejor permanecer en su casa atendiéndola.

Eso le gustó un poco a José Juan que acostumbrado a tratar mujeres solo por divertirse en la intimidad sin compromiso, veía a Mariana como alguien tan distinto, que lo hacía pensar muy en serio con Mariana.

Pero debido a la cadena de negocios chuecos en los que estaba participando y que ahora se veía forzado a hacer algunos que no eran muy de su agrado, y que cada día lo comprometían más, pero acostumbrado a esos trastornos en que siempre había vivido, su cinismo lo hacía burlarse de las cosas sin tomarle mucha importancia, seguía muy normal haciendo sus embarques chuecos, que al cabo decía, Teresa lo está hasta cierto punto ayudándolo demasiado con los conciertos que hace y las compra ventas en el extranjero.

Pero en eso estaba cuando se acordó que Teresa la había dicho del tipo que le quería vender unas cosechas, por lo que le habló por teléfono para preguntarle si lo había vuelto a ver.

Sí le contestó Teresa, ha estado insistiendo en hacer negocios con nosotros.

Trate de obtener el nombre de él así como las compañías que representa.

Entendido señor, pero para mí nosotros no estamos haciendo nada malo todo lo estamos documentando correctamente.

Sí pero debemos investigar porque tanta insistencia, a mí no me gusta nada.

Teresa se comprometió a conseguirle el nombre y todos los datos.

Pero desgraciadamente para ella al ir manejando rumbo a la ciudad de México se le atravesó un camión que había tenido una ponchadura en una llanta delantera que al impacto casi destrozó el automóvil de Teresa, y que además venía manejando bajo la influencia del alcohol. Teresa que había quedado atrapada, que después de tratar de sacarla con las sierras mecánicas la trasladaron al hospital en la ciudad de México donde después de varias operaciones quedó casi coma por dos semanas.

Su Madre y su hermano cuando les notificaron del accidente, corrieron a verla y estar con ella, a la vez le comunicaron del accidente a José Juan quien asustado fue a verla, diciéndole a Mariana que iba a estar en la ciudad de México por el accidente de su empleada Teresa.

¿Necesitas algo? Le preguntó Mariana.

No de momento, pero si regresa mi hermano de España dile donde estoy.

De acuerdo y mantenme enterada de la salud de tu empleada.

Así lo haré.

Pero Teresa se encontraba muy grave, y a pesar de que habían transcurrido dos semanas ella todavía no volvía en sí, y los Doctores no les daban muchas esperanzas de que se recuperara.

José Juan tratando de hacerse cargo de los movimientos que Teresa llevaba empezó a notar que su desconocimiento de lo que ella hacía era enorme, él prácticamente desconocía todo lo que ella hacía a pesar de que todo lo tenía muy bien documentado; por lo que se vió en la necesidad de contratar a alguien que pudiese hacerse cargo de lo que Teresa hacía, y fue cuando las Autoridades mandaron dos agentes para tratar de descubrir qué era lo que José Juan hacía.

Por eso cuando una de ellas logró colocarse con José Juan, ella empezó a darse cuenta de que todo lo que hacía Teresa no había nada malo, y aunque se encargó de los conciertos que tenía programados Teresa, se demostró que Teresa era realmente insustituible, la gente la prefería a ella, pero tuvo que encargarse de varios conciertos y comenzó a buscar las compras de cereales que tenía programado Teresa.

En eso tampoco encontró nada malo, solo que las sospechas para condenar a José Juan era de que de dónde venía el dinero con que se compraba; pero hasta en eso se dio cuenta que las operaciones de compra venta estaban tan bien arregladas que no encontraba delito que perseguir, por lo que se reportó con sus jefes preguntándoles qué hacía, porque esas operaciones todas eran limpias, pero sus jefes le dijeron que permaneciera en ese trabajo.

Por otro lado Teresa empezó a recuperar el sentido, tenía sus piernas enyesadas por las fracturas así como un brazo, en el tórax tenía dos costillas dañadas, los golpes en la cabeza también le habían dañado, así que empezaron a mantenerla casi sedada para su recuperación la que se veía que iba a ser muy lenta.

Juan José que junto con su mamá comenzaron los preparativos de la boda de Juan José y Jimena, no escatimaban en nada para tratar de tener los arreglos florales para la Iglesia, el salón para el banquete, las fotografías, la limosina, el traje, bueno eran tantos los arreglos que tenía que hacer, que parecía que nunca se iban a casar, pero a la vez Jimena, quiso hablar con Juan José diciéndole.

Sabes todo se ve muy bonito pero ¿Dónde vamos a vivir?

Esa es la gran sorpresa para tí.

¿Qué es?

Muy simple ¿Dónde querías vivir?

Ya te dije que en el camino que conduce a Santa María.

Es que yo ya te compré un terreno en la orilla de la loma y es precisamente donde tú querías y desde hace un mes y medio ordené la construcción de nuestra casa, porque te has de acordar que siempre me mencionaste como la querías, y yo le di a los Arquitectos una idea. Ellos me prometieron que cuando la estrenemos vamos a encontrar la casa que tú deseabas, y como pienso que debemos de irnos de Luna de miel por un buen tiempo, a nuestro regreso ellos me prometen que todo estará listo para vivir en ella.

¿De veras?

Sí amor, yo quiero realizar este matrimonio para formar la familia que siempre desee, y que mejor con la mujer más maravillosa del mundo que eres tú.

Ya no me adornes tanto.

Es que es la verdad.

Oye, por cierto he visto a Mariana y José Juan salir algunas veces al centro de Morelia pero los veo muy serios como que a Mariana no le agrada mucho andar de novia con tu hermano.

No veo la razón pero probablemente el carácter de mi hermano los haga estar así.

¿Por cierto desde que regresaste de España no me has dicho qué te dijo tu Tío?

Ni te lo puedo decir ahora, me hizo jurar que no lo diría a nadie.

¿Pero porqué a mí no?

No me lo hagas más difícil, mira que yo me disgusté con mi Tío y no creo que le vuelva a hablar en mi vida.

¿Te insisto, pues qué te dijo?

Jimena por favor compréndeme, hice un juramento, y no quiero violarlo.

Como quieras, parece que tendré que resignarme a nunca saberlo.

No lo sé.

Bueno que vamos hacer, la boda es ya este Domingo.

No te preocupes ya todo está arreglado.

Mientras vemos que José Juan desesperado por los negocios en que se ha metido su estado de ánimo lo hace ser muy frío y distante con Mariana cada vez que salen, lo que hace, está haciendo que ella se empiece a fastidiar.

Perdóname Mariana le dice José Juan pero es que tengo tantos problemas desde el accidente de mi empleada que no puedo coordinar muy bien mis pensamientos.

Es que no quiero que ahora que se va a casar Jimena yo esté a disgusto.

No y no lo vas a estar te lo prometo. Ahora que ellos se casen te prometo que vamos a conocernos mejor.

Porqué no me invitas al cine.

Tienes razón vamos.

Y en esa forma se pasaron la tarde y en la noche se fueron a cenar a los portales en un restaurante que había ahí, eso hizo que Mariana se sintiera más tranquila saliendo con José Juan.

En una de las llegadas de Mariana a su casa, estaba ahí Lourdes con Juan José cuando vio a José Juan se le quedó viendo, y extrañada le preguntó a Jimena quién era.

En eso lo oyó Juan José y de inmediato le dijo es el novio de Mariana.

¿Pero?

Nada Mamá, en la casa te explico.

Jimena y Mariana se quedaron asustadas pues sin que lo notara su Mamá Juan José le hizo la seña de que callaran.

Juan José disimulando se llevó a Jimena al interior para tratar de dizque tocar el piano diciéndole a su Madre venga para que oiga como toca Jimena el piano.

Y así todos se quedaron extrañados viéndose de reojo unos a otros pero como José Juan se retiró de inmediato ya no pudo Lourdes fijarse mejor en él.

Cuando Juan José le dijo a su mamá, se ve usted cansada ¿Quiere que nos vayamos? sí por favor, si no les molesta.

No por supuesto señora, le contestó Jimena.

¿Me dejas despedir de Jimena Mamá?

Sí hazlo.

Sin que lo oyera su Madre le susurró a Jimena que su Mamá no sabía de la existencia de su medio hermano que por favor trataran de seguirle la corriente en todo lo que dijera delante de ella.

Sí amor, fue lo único que le contestó Jimena.

Cuando se retiraron Jimena fue a buscar a Mariana para decirle lo que le había dicho Juan José referente a su hermano.

Vaya con los misterios, ¿Pues qué esconden?

Que la Mamá de Juan José no sabe que son medios hermanos, y tal parece que el papá nunca se lo dijo.

Vaya con la familia en la que nos estamos metiendo. ¿Y qué vamos hacer?

La verdad no lo sé voy a esperar a hablar con Juan José a ver qué es lo que quiere hacer.

Pues necesitamos saber antes de equivocarnos y crear un problema.

Sí, yo le pregunto en cuanto pueda.

Para eso Juan José, le habló a Pedro Ignacio como todos lo conocían, para pedirle que le era urgente hablar con él.

¿Qué pasa?

Me urge hablar contigo te espero en el Hotel Virrey de Mendoza.

Poco después se reunían en el hotel.

¿Qué pasa Juan José porque tanta urgencia en vernos?

Tengo que pedirte algo que me resulta muy difícil de tratarlo contigo, pues como tú sabes mi Madre no está enterada de tu existencia, y quisiera pedirte que de alguna forma te trates de disfrazar un poco, para que a ella no nos le hagamos tan parecidos, ¿Podrías ayudarme en eso?

No sé qué decirte pero con mi nombre no podrá relacionarnos y le podemos decir que por nuestro parecido desde España hemos convivido algo que por eso te seguí hasta aquí, ya que tú me invitaste a que viniera a establecerme en México, como tú lo trataste de hacer, además de que yo sí tenía dinero para venir a probar suerte ¿Qué te parece?

Suena bien, pero como es muy grande el parecido, de alguna forma nos va a relacionar.

Deja eso de mi cuenta, yo me encargo tú preocúpate de no darle muchas explicaciones que yo me encargo de lo demás.

En eso quedaron porque Juan José sabía que tarde o temprano tendrían que estar todos juntos.

Mariana y su tía que han tomado la preparación de la Boda de Jimena se han puesto a organizar todo, en la Catedral ya tienen contratado los arreglos florales que en su mayoría contienen gardenias, rosas blancas y gladiolas, ha sido tema de pleitos con los floristas porque dicen que les va a costar muy caro las gardenias.

Mariana les dijo.

¿A quién le van a costar?

Pues a ustedes.

¿Y acaso les dijimos que le pusieran precio a lo que pedimos?

No.

Entonces busquen para ese día las flores que les hemos pedido tráiganlas de la China pero

ustedes cumplan con lo que les pedimos.

Como usted diga señorita.

Y no quiero volver a oír que nos va a costar caro. ¿Entendido? Porque si no yo me encargo de desprestigiarlos por ineptos; pero tampoco se les ocurra cobrar sin medida, porque también en eso lo voy a investigar.

De acuerdo señorita.

Ya ves Tía tú quisiste contratarlos.

Sí pero es que fueron los mejores que encontré.

Pues ya ves lo que pasa.

Bueno el banquete ¿Donde lo van a querer contratar?

Si me esperas yo te aviso.

Mira yo creo que el mejor lugar es el Hotel Villa Montaña, que está en el mejor lugar, ya que tú sabes cómo le gusta a Jimena esos lugares desde donde puede contemplar Morelia.

Me parece magnífico Mariana, creo que no debemos pensarlo más ese va a ser el mejor lugar.

Ya tengo contratado las limosinas para ese evento, solo me falta seleccionar los platillos para el banquete y el pastel que tiene que ser muy grande por los invitados.

Oye y que les vamos a decir a los empleados.

Tía no los podemos invitar solo irán algunos de los gerentes y sus esposas, pero no creo que podamos invitar a nadie más.

Tienes razón, encárgate de seleccionar los platillos cuando contrates el restaurante.

Así lo haré.

En otro lugar Estela está feliz; sus gemelos pronto nacerán, pero al que no lo tiene muy contento es a su marido, que a veces quisiera pedirle el divorcio, pues el hecho de ser estéril sin que se lo hayan confirmado lo tiene todo traumado. Estela le habla todos los días sobre lo mismo diciéndole que entienda, ¿qué no seguiste todas las indicaciones del Doctor? Entonces no tienes por qué preocuparte.

Sí ya lo sé, ya me lo has repetido hasta el cansancio, pero creo que hasta que no vea a los niños no estaré a gusto.

Pues entonces deja de estarme mortificando con lo mismo y dedícate a arreglar todo para su nacimiento; su cuarto, sus juguetes, y todo lo que van a necesitar.

Eso estoy haciendo.

Pues ya deja de dar problemas; por cierto le van hacer a Jimena una despedida de soltera y voy a ir, va a ser mañana en la noche espero que no te opongas.

¿Y porqué iba a hacerlo?

Porque no has hecho otra cosa en estos últimos días.

Despreocúpate voy a tratar de no darte más problemas.

La tarde en que le iban a hacer su despedida de soltera a Jimena comenzó, y Mariana que la había organizado se encargó de recibir a las amigas de Jimena, quienes se dedicaron a hacer toda clase de juegos y chistes a Jimena por lo de su boda, la entrega de regalos para su boda próxima así como los camisones y prendas íntimas con sus respectivas insinuaciones, los chocolates con las insinuaciones de que le endulcen más su luna de miel, en fin toda clase de regalos, con sus respectivas bromas y chistes, cuando en eso llegó Estela que no sabía porqué a Jimena le daba mucho coraje su presencia.

¿Qué te pasa Jimena? Le decía Mariana.

Nada.

Pero es que te pusiste de colores cuando la viste entrar, le susurró al oído.

Olvídalo ya te dije.

Pero eso bastó para que a Jimena se le amargara la fiesta y ya solo contestaba a todas las bromas o comentarios en un tono de conformismo, hasta que Estela la interrumpió preguntándole.

¿Qué te pasa Jimena? No estás contenta de que te vas a casar.

Sí, pero es que hemos tenido tantos problemas que a veces se me vienen a la mente y todo se me revuelve, pero estoy contenta no te apures.

Pero en sus pensamientos decía, no sé porqué pero para mí ésta algo hizo que no me gusta.

Por otro lado también en sus pensamientos Estela se decía.

Si supiera esta tonta que yo estoy embarazada de su futuro esposo, que yo ya llevo en mis entrañas lo que ella todavía ni siquiera puede pensar, pero claro que tengo que envidiarle porque Juan José es todo lo que una mujer desearía, y yo solo me embaracé en vitro y no como ella lo puede hacer.

Por la noche, conforme se iban despidiendo las amigas de Jimena, cuando le tocó a despedirse de Estela sintió esa rabia que no se explicaba por qué la sentía.

Y lo mismo sentía Estela pero ella sabía la alegría que le producía su tan esperado embarazo.

Por la mañana Jimena asistió a la junta que como todos los meses tenían para conocer los resultados de las operaciones, se asombró cuando le entregaron un centenario de oro.

¿Y esto porqué?

¿Señorita, que ya no se acuerda que usted lo estableció como regla cuando nos dió aquellos medios dólares de plata, que dijo que cuando las operaciones de nuestras empresas fueran exitosas se nos daría un centenario en estas juntas?

Sí, si me acuerdo ¿Pero qué es lo que celebramos?

Que como usted sugirió que fabricaremos dulces de ates pero para diabéticos, pues ahora que los exportamos a otros países ha tenido tanto éxito, que nos están dando grandes ganancias.

Pero ¿Están haciendo todo lo necesario para que sean dulces correctos para diabéticos?

Ya saben que las frutas cuando se cuecen producen azúcares.

Todo lo tenemos controlado, tenemos la fórmula correcta para que no se alteren sus características y no contengan azúcar, y puedan comerlos personas diabéticas.

¿Pero sí siguieron mis instrucciones de checarlos medicamente?

Por supuesto, y también hacemos la recomendación de cuanto dulce se puede comer, sin provocar problemas a los diabéticos, claro que no les vamos a decir coman todo lo que quieran.

¿Pero ustedes dicen que esto fue un buen negocio?

Sí, porque aunque no son toneladas las que se están embarcando, si lo son los pedidos porque se han programado para cada mes y tenemos vendida prácticamente la producción de 2 años, y eso nada más en dos estados, y estamos promoviendo por todo el mundo y ya nos han pedido en muchas partes muestras de los dulces.

Recuerden que la batalla por demostrar que las fórmulas para hacer crecer una industria sin explotar a la gente, es la productividad y que no es ni regalar ni dar precios incompetentes sino que hay que ofrecer productos que en lugar de aumentarlos cada vez más sea reducir su precio cada vez que se pueda y a la vez mejorar las condiciones de salarios y prestaciones para los trabajadores, quienes con la ayuda de la empresa pueden aumentar la productividad de sus propias empresas, que esa deba ser nuestra mejor lucha, además porque yo no creo que la libre competencia produzca mejores precios para el consumidor, estoy de acuerdo que haya otro competidor, pero no como proliferan en muchos negocios que lo único que hacen es hacerlos quebrar.

Vamos siempre despacio en lo que hagamos y qué bueno que hoy me han dado como incentivo un centenario de oro, y espero que a la próxima sea aun todavía mejor nuestros resultados.

Así lo esperamos todos señorita Jimena.

Y en lo que corresponde a las fábricas de ropa ¿Cómo andamos?

En eso andamos batallando, porque usted sabe dependemos de los fabricantes de telas que esos sí cada vez nos incrementan más los precios.

Pues es a ellos a quienes debemos de combatir.

Sí, nosotros también queremos hacerlo pero son organizaciones muy fuertes y difíciles de pelear.

Pues debemos buscar todas las formas de combatirlos.

Una sería producir nuestras propias telas, pero eso es muy difícil porque requiere de grandes inversiones.

Debe de haber alguna solución encárguense de encontrar algunas soluciones que yo también habré de investigar.

Así lo haremos señorita.

Bueno yo los he reunido, por que como ustedes saben me voy a casar este próximo domingo y sin ánimos de menospreciar a nadie les haremos llegar su invitación a mi boda a todos los que los podamos invitar, y por favor traten de comunicarle a todos que no podría invitar a todos mis empleados, pero que lo haría con gusto, pero no hay los recursos para ello, que espero me comprendan.

No se preocupe, se los haremos saber a todos.

Bien, por lo pronto eso es todo en esta junta, gracias a todos por su trabajo.

Por cierto Jimena, ¿te has dado cuenta de cómo muchos negocios quiebran por que las rentas son demasiado altas, y que solo en muchos de los casos solo trabajan para pagarlas y que de utilidades no sacan nada?

Sí Tío Adalberto, es algo que yo misma no puedo entender, pues si se fija hay muchos locales vacíos que nadie puede rentarlos y los dueños parecen pensar que prefieren que no se renten en lugar de bajar los precios de las rentas, ¿Cómo entender tanta estupidez?

Pero quien podría regular esas rentas es el gobierno y nunca hacen nada, tal parece que prefieren ver que se cierren los negocios que exigir a los renteros que le pongan precios justos a sus locales.

En eso deberían ponerse a trabajar los gobiernos locales.

Bueno, yo me retiro.

Durante estas reuniones Mariana y José Juan han empezado a reunirse más seguido y es ahora cuando Mariana ha empezado a desconfiar de José Juan ya que se ha dado cuenta de que es muy diferente a Juan José él toma las cosas muy a la ligera, no le pide una relación formal si no que le exige salir con él a todos lados, cosa que a ella no le gusta.

Mariana ¿Por qué no nos vamos de paseo a Cancún después de la boda de tu hermana?

Porque tú y yo no estamos casados.

Pero eso no tiene nada que ver, solo iríamos a divertirnos.

Pues no, yo no sé cómo se te ocurre que yo voy a ir, no estoy acostumbrada a ese tipo de libertad.

Pero es que eso es para los tiempos pasados, estamos en otro tiempo.

Tú lo estarás, yo no lo estoy y ¿sabes? Me quiero ir a mi casa.

Como quieras.

Y así han pasado algunas de las reuniones en las que Mariana se ha dado cuenta del carácter de José Juan y no le está gustando mucho.

Pero la boda de Jimena ha llegado y en la mañana de ese día muy temprano llegaron las personas que le iban a hacer el peinado y el maquillaje, dándole desde muy temprano poco tiempo para bañarse y estar lista; por lo que para las seis de la mañana ya estaban en la puerta de la casa esperando a atender a Jimena y a su Tía así como a Mariana; en la recámara de Jimena estaba en su cama el vestido de novia listo para que se lo pusiera en cuanto la terminaran de arreglar, por eso a pesar de que la tardaron más de dos horas en peinarla y maquillarla, para las 8.00am Jimena pidió que le dieran algo de comer y de tomar, por lo que le trajeron un sándwich y un café, para su mala suerte se echó el café encima de la bata que traía por su nerviosismo pero afortunadamente no había pasado a su ropa interior, después de comer empezaron a ayudarle a vestirse, para las 9.00am todo parecía estar listo para la ceremonia de la boda civil.

Mientras Juan José se vestía con su traje para la boda, llegaba a su casa José Juan que ahora sí se le veía muy diferente a su hermano, ya que se había semi pintado el pelo y con unos lentes casi oscuros, con la barba y el bigote estaba seguro de que a la gente le sería difícil relacionarlo familiarmente con Juan José inclusive la Mamá de Juan José cuando lo vió no lo reconoció muy bien.

En esos momentos Humberto preguntó, ¿Están todos listos?

Sí contestó Juan José al lado de su Madre quien lucía un esplendoroso vestido largo en color vino con una mantilla muy Madrileña blanca que la hacía lucir muy hermosa como buena Española.

Todos a sus automóviles gritó Humberto quien en este caso se estaba haciendo cargo de la coordinación de todo el evento en lo que a Juan José se refería, también había mandado traer a su novia de Los Angeles.

En la casa de Jimena ya estaban llegando todos los que asistirían a la ceremonia de la boda civil, entre ellos había llegado el Gobernador del Estado y su esposa así como el Presidente Municipal y su esposa quienes fungirían como testigos de la boda, el Juez también había llegado con su secretaria, todos empezaron a acomodarse en la amplia sala de la casa donde se llevaría a efecto la boda, en eso llegó Juan José, su Mamá y los demás invitados a esta ceremonia, cuando todos estuvieron listos se le hizo saber a Jimena para que saliera con su Tío del brazo ya que sería él quien la entregaría, cuando salieron todos expresaron su admiración por lo hermosa que lucía Jimena, quien con el maquillaje que le habían hecho le hacía resaltar más su belleza, y cuando todos susurraban, el Juez a quien ya lo habían acomodado junto a la mesa donde celebraría la boda, dijo que pasen los novios al frente, y acomodándose todos comenzó la ceremonia civil la que después de todas las palabras del Juez por fin los declaró Marido y Mujer, ya después de las firmas en las actas, comenzaron las prisas para salir rumbo a la catedral, Jimena salió primero acompañada de sus Tíos quienes la entregarían también en la ceremonia de la Catedral, ya cuando se subieron en la limosina fue cuando se dió cuenta Jimena de la importancia de tener alguien que la entregara en la boda, por lo que le dió las gracias a su Tía Emma por haber escogido a su esposo para que lo hiciera, pronto todos partieron rumbo a la Catedral.

Cuando llegaron a la Catedral se comenzaron a formar en sus lugares para esperar la llegada de Jimena, el Obispo de Morelia se acercó a Juan José así como los acohólitos.

Jimena arribó en su limosina y las niñas que la iban a escoltar así como sus damas de compañía, se pusieron en su lugar por lo que el obispo comenzó la ceremonia y todos empezaron a caminar rumbo al interior de la Catedral la música del órgano comenzó a tocar suavemente la pieza claro de luna de Debussy a la entrada de todos; cuando Juan José se paró junto al Obispo acompañado de su Madre quien lo entregaría, empezaron a entrar las damas de compañía de Jimena y luego las dos niñas quienes iban regando pétalos de flores blancas en el pasillo por donde caminaba Jimena quien lucía esplendorosa en ese vestido blanco que le hacía resaltar toda su belleza, la cola del vestido la llevaban tres niños; Jimena quien con toda su belleza caminaba muy orgullosa viendo hacia al altar donde la esperaba Juan José, cuando llegó del brazo de su Tío quien hizo la entrega formal a

Juan José, dando comienzo a la ceremonia de la Misa hincándose los dos comenzó el Obispo a oficiar la misa y a la vez dando las palabras donde expresaba la realización de la boda de Jimena y Juan José.

Entre los invitados se encontraba el Gobernador del Estado así como el Presidente Municipal de Morelia así como otros funcionarios y sus esposas, los socios de Jimena y sus respectivas esposas.

El olor a gardenias prevalecía en la Catedral, entre las personas que asistieron también estaba Estela, quien no dejaba de expresar con suspiros la gracia de estar embarazada y en especial de Juan José.

Mientras se celebraba la misa llegó Everardo quien casi jalando a José Juan lo hizo salir de la Catedral diciéndole es muy urgente que hablemos.

Ya voy, le contestó José Juan, quien se apresuró a salir de la iglesia y preguntando. ¿Qué es lo tan urgente que no puede esperar?

Agarraron a dos de mis hombres y les hicieron confesar varios delitos entre los que están muchos de los que le hemos hecho a usted y mis contactos me dijeron que para que no lo involucren a usted y puedan salir libres quieren que usted haga ciertas inversiones en la bolsa de valores.

Ya me imagino qué clase de dinero es.

Señor eso ni se dice, solo le digo que me urge sacar a mis hombres, y usted tiene la palabra.

¿Pero yo que gano?

¿No creo que usted quiera acompañar a mis hombres mañana mismo?

¿Me van amenazar?

Aquí eso ni se discute ¿Me entiende? Yo solo le vengo a preguntar si quiere cooperar si no allá usted.

Está bien diles que lo haré que se pongan en contacto conmigo en mis oficinas.

Mire, eso yo no lo decido, ellos se pondrán en contacto cuando ellos lo consideren hacerlo.

Regresando a la Iglesia podemos seguir la ceremonia.

Pronto se dejó escuchar el Ave María como preámbulo a la terminación de la misa.

El Obispo por fin pidió el lazo para unir a la pareja, los anillos, las arras, y tomando la propuesta de si se aceptaban uno al otro como pareja los declaró Marido y Mujer; después impartió la comunión para finalizar la misa, tocándose la marcha matrimonial para la salida de la pareja, afuera toda la gente los felicitaba hasta que después de despedirse de todos y diciéndoles los esperamos en el salón donde se llevará a cabo la comida banquete.

Se dirigieron a la toma de fotografías en el estudio del fotógrafo que les había estado tomando fotos en la Catedral a donde llegaron y haciendo toda clase de posiciones para tomarles las mejores fotos. Los entretuvo más de una hora, al final los despidió deseándoles toda clase de felicidad.

Más tarde se trasladaron al Hotel Villa Montaña donde se celebraría el banquete en donde se les recibió en caluroso recibimiento, con un aplauso fuerte los recibieron y sentándose en su mesa se procedió a dar inicio a la fiesta, los músicos empezaron a tocar las melodías que a Jimena le gustaban, por lo que Juan José la sacó a bailar.

Cuando bailaban le dijo.

Gracias Jimena por hacerme el hombre más feliz del mundo, me he casado con la mujer más hermosa del mundo y la mejor de todas las mujeres del mundo.

No seas exagerado, solo soy una simple mujer llena de sueños y responsabilidades.

De las que trataré de suavizarlas en lo que yo pueda, para que tu vida pueda ser más feliz.

Te aseguro que ya lo soy.

Siguieron bailando y enfrascados en su plática ya no se enteraron de lo que proponían los demás quienes se encargaron de amenizar la tarde con un montón de bromas, concursos, propuestas para que les prendieran billetes en los trajes de los novios.

Mientras la Mamá de Juan José platicando con la Tía de Jimena sobre cómo se habían conocido Jimena y su hijo, la Tía le respondió.

Mire que me siento avergonzada porque a mí no me gustó al principio su hijo pues mi hermano me había dicho mucho antes de morir que quería que yo me encargara de que si se casaban sus hijas lo hicieran con hombres de bien, y cuando su hijo apareció en la vida de mi Jimena no se veía bien, pero ahora que han pasado estos años y he visto su desarrollo, no puedo más que bendecir y desear que sean muy felices porque su hijo ha demostrado ser todo un ejemplo de hombre.

Gracias señora, veo que mi trabajo por educarlo está teniendo los resultados que siempre espere de él, por cierto ¿usted conoce a ese otro muchacho que anda con su sobrina Mariana?

No muy bien es amigo de su hijo pero no, no lo conozco bien, eso también me tiene preocupada por mi sobrina Mariana ya que también tengo que velar por su felicidad.

¿Por cierto porqué me lo pregunta?

Es que se me hace raro se parece a mi hijo pero, no estoy segura.

Pues nosotros también le vemos parecido, pero su hijo solo nos dice que es un conocido, pero hasta ahorita no nos ha dado más explicaciones.

Y volteando a quien le hablaba Emma le contestaba a su marido Adalberto que de alguna forma se dió cuenta que ella necesitaba ser rescatada de las preguntas de la Mamá de Juan José.

¿Qué necesitas?

¿Qué si quieres bailar?

Sí, ¿Si no la molesto señora?

No por supuesto adelante.

Ya cuando bailaban Emma le dijo a Adalberto.

Gracias, ya me estaba poniendo nerviosa con las preguntas de la Mamá de Juan José.

Por eso te saqué a bailar, te lo noté, ya que empiezo a conocerte más.

Bueno, ya te diste cuenta de lo feliz que están Jimena y Juan José.

Pues si vieras cómo los envidio por su ceremonia tan bonita, pero yo contigo he tenido la ceremonia de mi vida más hermosa.

¿Más te vale que lo digas?

Millones de veces lo diría, no me canso de agradecerle a la vida que te haya cruzado por mi camino.

Yo también y sabes, ya que estás tan feliz conmigo te voy a decir algo que quiero ver como lo tomas.

¿Qué es?

Calmado, que la noticia deberemos tomarla con toda calma.

¿Pero qué es?

Está bien, a ver como lo tomas, vamos a ser Padres.

Dando un grito de exclamación de júbilo, Adalberto hizo que todos se callaran.

Por lo que Jimena exclamó ¿Qué es lo que pasa Tíos?

A pesar de que Emma le hizo la seña con un codazo a Adalberto de que se callara éste no le hizo caso y casi gritando dijo.

Vamos a ser Padres.

¿De veras Tía, le preguntó Jimena?

Sí hija, estoy esperando un hijo.

Todos empezaron a felicitarlos, pero la fiesta continuó, la comida se sirvió, esta vez fueron platillos más Mexicanos que típicos de Michoacán, consistiendo de una sopa de espárragos en forma de crema, un filete a la mexicana con sus ensaladas, así como sus respectivos frijoles y de postres arroz con leche, pero todos esperaban el pastel, que a su vez fue repartido después de que los novios hicieron el primer corte, y entre risas, música, cantos, se fueron despidiendo los invitados, y tanto Jimena como Juan José tenían que irse a cambiar ya que su viaje iba a durar casi más del mes, ya que de entrada saldrían con rumbo a San Francisco, donde Jimena quería conocer algunas cosas de esa ciudad como subirse a los tranvías que eran iguales a los que sus Abuelos había usado en la ciudad de México.

La Mamá de Juan José tenía que regresar a España y ahora tenía que hacerlo sola y les pidió Juan José a Mariana y a su Tía que si la podrían acompañar a la ciudad de México para que ahí pudiese tomar el avión para España.

Por supuesto que nosotros la vamos a acompañar y no te preocupes que vamos a despedirla paseándola primero por todos los lugares históricos de México y sus alrededores, la vamos a llevar si ella quiere hasta a Acapulco y Veracruz para que conozca los más que pueda, ¿Te parece?

No sabes cómo te lo voy agradecer Mariana, pues parece que me estoy portando muy mal con ella.

No te preocupes, nosotros nos vamos a hacer cargo de ella para que no la pase muy triste con tu partida, y si es necesario mi Tía la puede acompañar a España pues recuerden que hay asuntos todavía inconclusos de mi Padre que ella podría atender.

Me parece muy bien, dijo Jimena me mantienen informada por favor.

Eso haré Jimena, bueno si ya están listos vamos para que los podamos despedir.

Pero veamos primero como son despedidos.

Jimena llegó a su casa para prepararse para el viaje acompañada de Mariana y su Tía Emma pronto la ayudaron a cambiarse de ropa, y tomado su equipaje salió para subirse al automóvil de Juan José quien tenía el plan de irse manejando al aeropuerto de Morelia donde tomarían el primer avión que los llevaría a San Francisco, su primera escala; ya en el aeropuerto amigas y compañeros de Jimena así como Humberto quien llevó algunos de los amigos de ambos para despedirlos y entre porras y gritos la pareja se encaminó a la puerta por donde saldrían a abordar el avión, sentándose en los asientos que les habían asignado en la parte de primera clase donde por fin pudieron sentirse solos comenzando su romance, pero Jimena que se encontraba tan cansada pronto se quedó dormida en el hombro de Juan José, mientras que éste solo se dedicaba a contemplarla y admirarla, pronto después de casi 4horas llegaron a San Francisco y después de pasar por inmigración, salieron para tomar el taxi que ya tenían contratado para que los llevara al Hotel donde se hospedarían en su primera noche de casados, pero claro ya casi era de madrugada, por lo que cuando llegaron a el Hotel Hyatt Regency San Francisco después de registrarse Jimena pidió irse a bañar; cuando estuvieron ya en su habitación y como les habían seleccionado la suite Regency Club King y mientras ella se bañaba Juan José se acostó y se quedó dormido, ya que se había bañado Jimena cuando salió y lo vió dormido lo dejó así mientras ella aprovechó para vestirse y arreglarse, cuando terminó despertó a Juan José diciéndole ándale flojo báñate y vístete que quiero ir a divertirnos aquí en San Francisco, ¿Te diste cuenta que aquí afuera está la terminal del tranvía de cable de San Francisco?

Sí ya lo ví, y espérame que pronto estaré listo.

Ya una vez listo salieron de la habitación, Jimena dijo vamos primero a almorzar al restaurante del hotel.

Como quieras, tú eras la que ordenas.

Y después del almuerzo en el que Juan José se dio gusto comiendo no así Jimena que seguía una especie de dieta a base de frutas, café. pan tostado, pero esta vez sí pidió un omelet con queso.

Pronto estuvieron en la puerta del hotel donde después de unos minutos arribó el tranvía y acomodándose en uno de los asientos los dos se dispusieron a contemplar las calles por donde pasa el tranvía, y claro gran emoción de recorrer todos esos lugares cuando llegaron al otro extremo lo único que hicieron fue bajar unos minutos mientras se regresaba el tranvía, pero el poder contemplar todos los lugares de San Francisco desde las colinas a donde sube el tranvía fue espectacular para los dos, ver esas construcciones que para ellos no eran comunes, cuando bajaron otra vez pudieron contemplar mejor los lugares por donde corría el tranvía, cuando se bajaron otra vez empezaron a caminar por el centro, llegando al Distrito Financiero, donde Jimena le dijo a Juan José, así deberíamos tener nuestro Centro Financiero, con muchos edificios como aquí.

Sí, pero nosotros en México no tenemos tantos negocios financieros para que pudiese haber algo así.

Ya lo sé, pero aun así en la ciudad de México existen muchos edificios como aquí.

Sí los vi, pero no sería mejor regresar al Hotel se está haciendo tarde.

¿Tarde para qué?

Porque está oscureciendo, y no porque nos esté esperando algo o alguien.

A bueno, vamos pues Juan José.

Cuando llegaron al Hotel se dirigieron al Regency Club lounge donde iban a comer y a contemplar el panorama.

Jimena pidió sus ensaladas, crema de almejas, un filete de pescado a la parrilla su postre y una botella de tequila.

¿Qué te piensas emborrachar mi amor?

Yo sé lo que quiero.

Está bien, yo voy a comer una sopa de camarones con un coctel de camarones, un filete New York con sus papas al horno, y para postre una rebanada de pastel de queso con chocolate oscuro diluido, y una copa de vino tinto.

Oh no te recomiendo el vino tinto porque me vas a acompañar con el tequila.

Como tú quieras.

Después de comer se pusieron a contemplar el paisaje, y Jimena empezó a portarse muy cariñosa con Juan José que de inmediato le correspondió, y entre copa y copa de tequila, les dio las diez de la noche por lo que Jimena un poco mareada le dijo a Juan José vámonos a dormir.

Vamos le contestó Juan José.

Cuando llegaron a la habitación Jimena se abrazó de Juan José y en una actitud de pasión y entrega lo empezó a besar ardientemente, y poco a poco se fueron desvistiendo, llegando Jimena a entregarse por primera vez como mujer a un hombre y para lo que Juan José se sintió dichoso.

Después de un buen rato haciendo el amor Jimena un poco exhausta dijo, me voy a bañar ¿vienes?

Y tras de ella fue Juan José que ahora podía contemplar ese hermoso cuerpo que tenía Jimena llenándola de elogios por lo que veía y empezó a besarle todo su cuerpo en medio del agua que ya se había metido a la regadera Jimena.

Luego de bañarse Juan José la cargó desnuda después de secarla a la cama y de ahí empezaron nuevamente a hacer el amor lo que se extendió por casi toda la noche hasta que los dos quedaron exhaustos quedándose dormidos, cuando despertaron ya eran las cuatro y media de la tarde por lo que Jimena se levantó a bañarse seguida por Juan José quien no paraba de besarle su cuerpo, por lo que Jimena le dijo cálmate que quiero ir a comer.

Como tú ordenes.

Después de bañarse los dos se vistieron y bajaron al restaurante para comer, pero les sugirieron por la hora que era que fueran a lounge que estaba en el último piso, y ahí se dirigieron.

Cuando les preguntaron que iban a tomar, Jimena preguntó por comida, y la mesera le contestó que solo se servía por orden de platillo.

Está bien tráigame el menú.

Luego de verlo pidió una langosta, un arroz blanco, una papa al horno, una sopa de camarones y una copa de vino tinto.

Juan José solo dijo, tráigame lo mismo pero agrégueme una ensalada de camarones y una rebanada doble de pastel de queso con chocolate oscuro.

Cuando les empezaron a servir fue cuando Jimena se dió cuenta que les hablaban en español.

¿Te das cuenta de que no nos hablan en Inglés?

Sí, porque aquí hay muchos latinos, por eso usan el español fácilmente.

Después de comer se pusieron nuevamente a contemplar el paisaje y esa noche que había una tormenta fue más emocionante por lo rayos que a lo lejos se veían cruzar de una nube a la otra, la tormenta parecía que iba a durar toda la noche por lo que Juan José le dijo a Jimena que bajaran al lobby donde podría ella ver las tiendas que ahí había.

Vamos le contestó.

Se la pasaron recorriendo los locales que había ahí y sin poder salir por la lluvia se regresaron a su habitación.

¿Quieres ver una película? Jimena.

Yo no y tú no me digas que te vas a poner a ver televisión ahorita.

No porque lo que quiero es comerte a besos.

¿Entonces qué esperas?

Y nuevamente se pasaron buena parte de la noche haciendo el amor, y es que ahora Jimena disfrutó mejor su relación con Juan José, y de ahí en adelante la que llevó siempre la iniciativa de hacer el amor y cómo hacerlo fue Jimena.

A Juan José eso lo hacía mucho más feliz de lo que se había imaginado.

Poco después de la media noche se durmieron.

El nuevo día llegó y Jimena despierta hicieron nuevamente el amor como desayuno le llamó ella.

Pues este es el desayuno más exquisito de mi vida.

Al rato y después de bañarse, Jimena ordenó el desayuno para que se lo llevaran a la habitación, después de comerlo decidió ir a tomar uno de los Tours que así les llaman a través de buena parte de San Francisco donde recorrieron el Distrito Financiero, el Museo Wells Fargo, la Opera House, el Unión Square, el Golden Park, el Museo de Arte Asiático, el puente de San Francisco y después de dos horas y media de recorrido, regresaron al Distrito Financiero para tomar uno de los tranvías antiguos como los que sus Abuelos habían usado en la ciudad de México, paseo que les encantó, diciendo Jimena.

Cómo habrán viajado mis Abuelos en estos tranvías que se la pasaban añorando toda su vida esos viajes en los tranvías.

Regresando en uno de los mismos tranvías que tuvieron que esperar y que les agarró la lluvia por lo que tuvieron que regresarse al hotel casi todos mojados.

Ya en la habitación Jimena se desvistió y en lugar de irse a bañar jaló a la cama a Juan José haciendo el amor por más de una hora hasta que decidió irse a bañar diciéndole que ordenara la comida y que se la trajeran a la habitación.

¿Qué quieres comer?

Lo que tú pidas está bien.

¿Quieres comer comida china?

¿Te la sirven aquí?

Es lo que voy a preguntar

Cuando lo hizo le dijeron que se la llevarían y le empezaron a preguntar que platillos quería.

Tráigame los que usted crea más deliciosos.

Bueno pero no me los vaya a regresar ¿OK?

Por supuesto que no.

Cuando les llevaron la comida, era una sopa de macarrón con pollo verduras y una salsa exquisita, pollo a la naranja y dulce, mariscos, arroz con mariscos, sus dulces y galletas de la buena suerte.

Cuando empezaron a comer, a Jimena todo le gustó demasiado y entre los dos se acabaron todo y como había pedido vino tinto y tequila los dos terminaron tomándose el vino y el tequila lo que la hizo dormirse de inmediato, pero a la media noche Jimena despertó pidiéndole hacer el amor nuevamente, lo que a Juan José le encantó, al rato los dos estaban nuevamente bien dormidos.

¿Qué prefieres? Le pregunta Juan José.

¿Sobre qué?

¿Un viaje a la isla de Alcatraz o un viaje en un yate a través de la Bahía?

Un viaje a través de la Bahía desde ahí podremos contemplar esa isla como tú dices, a mi esos lugares no me gustan, me enojan y a la vez me deprimen.

¿Por qué amor?

Fíjate todo lo que hemos vivido tú yo y lo que nos espera por vivir de la manera decente en que fuimos educados, yo no entiendo cómo puede haber gente que prefiera el delito y acabar en esos lugares el resto de sus vidas.

Puede ser por la miseria en que muchos crecen.

Yo no lo acepto, pues cuando las personas quieren realizarse en la vida luchan por ello sin importarles morir en la lucha y así muchos logran una vida mejor.

No todos piensan como tú.

Lo sé, y es por eso es que no me gusta visitar esos lugares.

Yo sé que tienes razón, pero tienes que aceptar que hay gente mala en este mundo que desde que nacen, parecen animales pues no quieren entender que esa no es la forma de vivir.

Dirás lo que quieras pero muchas de esas gentes es porque no buscan otras alternativas. Sus Padres, o crecen en orfanatorios sin ningún apoyo y si se les diera podrían cambiar para mi concepto.

Bueno como tema es muy bueno pero por ahora tú y yo nos vamos a ir a ese paseo en el yate a recorrer la bahía de San Francisco.

Adelante vamos.

Salieron y pronto encontraron el lugar donde se embarcarían por la Bahía donde pudieron contemplar el puente Golden Gate desde abajo y todo lo que la Bahía rodea, vieron la isla de Alcatraz y nuevamente Jimena le dijo a Juan José no quiero voltear a verla prefiero ver a los delfines, los peces y todo lo que haya menos ver eso que para mí es el santuario de la gente floja y estúpida que no quiere cambiar.

El mar con su grandeza lo pudieron contemplar y ver como la estela del yate se movía, por lo que a Jimena le preguntó a Juan José que porqué en lugar de viajar en avión a Hawái no lo hacían en un crucero.

Esa es otra de las sorpresas que te tenía, nos vamos a embarcar y va a ser esta misma noche que lo vamos a hacer, ya Humberto me confirmó por mensaje telefónico que ya estaban comprados los boletos para el viaje.

Fantástico, ¿Pues a qué horas salimos?

A la 12.00 am.

¿Y por qué tan tarde?

Es que el Crucero donde vamos parte de Ensenada, y de ahí iremos a Hawái.

¿Y por qué desde Ensenada?

El porqué, no lo sé.

Pues se me va hacer conocer Ensenada.

No lo creo pues solo estaremos unas pocas horas ahí.

No le hace, desde el barco a ver que veo.

Mira ya estamos de regreso.

Sí, apurémonos para empacar nuestras cosas e irnos a embarcar al Crucero.

¿Y cómo se llama?

Bueno la verdad es que de aquí vamos en avión a Tijuana y ahí nos iremos en una camioneta a Ensenada donde nos embarcaremos, y es en el Crucero Spirit que nos llevará a Hawái.

Por lo que veo no estás muy enterado de cómo iba a ser nuestro viaje.

Oh sí, lo que pasó es que quise entusiasmarte diciendo que desde aquí saldríamos pero es mañana y será de Ensenada desde donde saldremos.

Pues apurémonos a tomar el avión a Tijuana.

¿Pero será segura esa camioneta?

Eso espero, es lo único que podían ofrecer.

Pues espero no tengamos problemas.

Yo también pero esa es la forma de tomar ese Crucero.

¿Y cuanto tardaremos en trasladarnos de Tijuana a Ensenada?

Como dos horas y media, por la salida de Tijuana hacia la carretera a Ensenada.

Bueno creo que será una aventura más en nuestro viaje.

Así es mi amor.

Y mientras ellos se trasladan a Ensenada, en Morelia vemos que José Juan siguiendo los avances que ha tenido Teresa en su recuperación le ha estado preguntando referente al trabajo que ella desempeñaba.

¿Señor como van mis asuntos?

Bueno, en primer lugar le debo comunicar que he contratado a una persona para que le substituya mientras usted se recupera.

¿Lo que quiere decir que no me va a despedir?

No tengo porqué, aunque le soy sincero esta persona que contraté no me gusta muy bien.

¿Por qué señor?

Hace muchas preguntas y de las que no le incumben a ella.

¿Señor no será un policía?

¿Y porqué había de querer investigarnos?

No lo sé, pero como hacemos negocios en el extranjero, pueden las autoridades pensar que algo ande mal.

Usted mejor que nadie sabe lo que hacemos.

Sí, por eso yo no me amedrento.

Ni yo tampoco, ¿Pero cómo va con sus terapias? Su rostro ha quedado sin ninguna huella del accidente.

Yo con eso me conformo.

Vamos no diga eso, por cierto ¿Le dijeron que consignaron al responsable de su accidente porque venía manejando bajo la influencia del alcohol?

No, no lo sabía, pero como siempre no le van a hacer nada.

No se crea, yo y mi abogado estamos peleando por que le den una buena sentencia y que se le indemnice bien a usted.

No sabe como se lo agradezco, ¿Pero no irá a tomar represalias contra mí si lo encarcelan?

Que ni se le ocurra, porque lo vamos a dejar bien establecido que si a usted, a su familia o a mí nos pasa algo se le va a complicar peor a él.

¿Pero que no tiene familia?

Eso es su problema de él para que se le ocurrió manejar alcoholizado, y su familia lo sabe.

Bueno y ¿Cómo van mis asuntos?

Pues toda la gente la está requiriendo a usted para los conciertos y los asuntos que manejaba, así que apúrese a recuperarse, que la extrañamos mucho.

Favor que me hace y sí así lo haré.

En otras latitudes, en España Irma sigue atenta para ver si José Juan se comunica con ella, y principalmente ahora que sabe que José Juan tiene un hermano que parece ser gemelo, pero hasta ahora nada, y no sabiendo que hacer, todos los días le habla a Margarita para saber de él, cosa que a Margarita ya le tiene cansada con sus llamadas, preguntándole qué es tanto su interés por José Juan.

Ya te dije que mi interés es que sepa que puede estar infectado.

Vaya contigo y ¿A tí qué te importa?

Bastante, pues ni mi marido llegó a importarme tanto.

Pues más te vale que tu marido no se entere, si no capaz de que te lo mata.

Vamos no creo que yo le importe nada.

Tú no, pero su orgullo de hombre posiblemente sí.

Pues allá él, que a mí ni me importa.

Pero lo que Irma no sabe es que esa conversación le va llegar a su marido, ya que le tiene intervenido el teléfono, y en cuanto se la hicieron oír le dieron ganas de irse a vengar de su esposa, pero eso se lo guardaría para ese desgraciado se dijo así mismo.

Por otro lado el Tío de Juan José había ido a ver a Mercedes, para ver cómo estaba ella, encontrándola muy quitada de la pena, preguntó.

No cabe duda que nunca vas a cambiar.

¿Y qué esperabas?

No nada.

Tú ya me conoces, tu hermano me engañó casándose con esa estúpida de Lourdes.

Es que de ella si se enamoró.

¿Y qué me faltaba a mí?

Tú sabes que no siempre amamos a quien nos ama.

No, pero sí que me utilizó de su amante hasta tener hijos conmigo, y por eso te voy a recomendar que me sigas trayendo mi dinero, si no quieres que se entere esa tal Lourdes de mi existencia y la de mi hijo Juan José que tú sabes muy bien que es mi hijo, que el cuento del niño muerto nunca me lo creí y más cuando me trajiste a Juan José chiquito y pude comprobar que era el otro gemelo que me arrebataron y que hasta la fecha quisiera irle a gritar a esa tal Lourdes que Juan José es mi hijo y no suyo.

Pues bien que te has callado hasta ahora.

Y qué querías que me muriera de hambre con José Juan, mientras su Padre se revolcaba con esa tal Lourdes.

Ese no fue mi problema tú así lo escogiste y tú sabes que debes callar.

Pues no sé por cuánto tiempo más.

Para tu conocimiento ya Juan José sabe de lo de tu existencia y de que tú eres su Madre.

¿Y entonces porqué no ha venido a verme?

Porque no quiere hacerle daño a la que hasta ahora ha sido su Madre.

Pues si lo sabe, ¿Qué piensa hacer?

No lo sé, pues se enojó mucho conmigo y no quiere volver a saber de mí.

Pues no cabe duda que tiene mi carácter.

No fíjate que no, podrá parecerse en algo a tí pero es tan diferente a José Juan en su carácter que yo no creo que aun siendo gemelos tengan el mismo carácter.

Bueno ¿Y a qué has venido?

A eso a comunicarte que ya le confirmé a Juan José que tú eres su Madre verdadera, y que José Juan es su hermano gemelo.

¿Y se lo van a decir a José Juan?

Espero que esa decisión la tome Juan José para su bien o para su mal, yo ya no puedo recomendar nada a ninguno de los tres.

Cuatro porque debes incluir a la tal Lourdes.

No lo sé, como te dije yo ya no puedo opinar.

¿Bueno y mi dinero?

Yo ya no tengo.

Pues entonces no quiero volverte a ver y si no consigo dinero voy a ir a ver a Lourdes para que se lo pida a Juan José y entonces le diré que él es mi hijo.

Pues a ver si te cree, porque mi hermano está muerto y yo no voy a testiguar nada.

Pues ya veré que hago, lárgate de aquí maldito.

Como quieras adiós.

José Juan quien no deja de tratar de conquistar a Mariana la ha estado visitando cada vez que puede o que la encuentra y trata de invitarla a salir, a comer o cenar, pero Mariana ha estado muy desconfiada y le dice que posiblemente hasta que regrese Jimena verá ella si sale con él.

Esto está desesperando a José Juan pero a su vez no deja de buscar amantes, y sabiendo que puede contraer enfermedades sexuales, porque son ocasionales las aventuras que tiene se ha ido acostumbrando a usar protección, lo que hasta ahora eso le ha impedido que contagie a otras mujeres, porque ahora es él que si esta contagiado del HIV pero claro no lo sabe, porque hasta ahora no ha hablado con Irma.

¿Qué será de ella se preguntaba? Pero a su vez no quería hablarle porque sabía que el marido de ella podría estar tras de él si supo lo del dinero.

Everardo le llamó por teléfono para darle instrucciones de cuánto dinero y a nombre de quien iba a comprar acciones en la bolsa de valores.

¿Me entendió señor?

Sí, sí está claro, mañana mismo lo voy a hacer diles a tú gente que no se preocupe.

Ya le dejé el paquete de dinero en su casa.

¿Pero cómo lo hiciste?

Se lo di a su personal, y no creo que tenga ladrones en su casa además que les di el dinero bien empaquetado de tal manera que no se ve que sea dinero.

Bien ¿Cuánto es?

Cuente el dinero y así sabrá la cantidad, ahí mismo le puse las instrucciones de todo.

¿Pero cuándo voy a saber quién es tu gente?

Me extraña señor, eso nunca lo sabrá.

Ok. Yo me encargo de hacer lo que quieres.

Gracias señor, ya le hablaré.

En las fábricas de ropa de Jimena han encontrado la forma de conseguir telas a mejores precios y han recomendado la política que ellos están siguiendo para la producción de los uniformes que ellos fabrican, con los cuales en lugar de aumentar los precios gracias al volumen han podido mejorar toda la producción.

Esto y el avance que han demostrado los empleados que están yendo a las Escuelas nocturnas son de los muchos avances que se están logrando bajo la supervisión tanto de Mariana como de su Tío Adalberto.

Con todo listo para salir al aeropuerto de San Francisco donde abordarían el avión que los llevaría de San Francisco a San Diego abordaron Jimena y Juan José el taxi que los llevaría a ese aeropuerto.

Juan José, me da miedo este viaje con todo lo que ha pasado en Tijuana.

No te preocupes, ya lo arreglamos con Humberto él pidió que a la salida de la Frontera nos escolte personal especial que nos escoltara hasta

Ensenada, y ya sabíamos que tú no estarías tranquila así que toma las cosas con calma.

Pues espero que nada pase.

Ya verás que no.

Tomaron el avión a San Diego y ya ahí los estaba esperando la Van especial que los llevaría a Ensenada y cuando salieron de la frontera tal como le dijo a Jimena Juan José de inmediato se pusieron dos camionetas con tres individuos en cada una, una atrás y la otra adelante.

Salieron rápido de Tijuana como si fueran un convoy militar, por lo que aunque llamaban un poco la atención por la hora no vieron a nadie por casi todo el trayecto que duró dos horas arribando de inmediato al muelle donde se encontraba el Crucero y aunque Jimena casi no hablaba, ella volteaba temerosa para todos lados, pero cuando vió que llegaron sin ningún contratiempo se calmó y subió muy tranquila al Crucero, ahí los guiaron a su camarote que era una suite.

Jimena me voy a bañar.

Ah no, primero yo.

Bueno qué te parece si nos bañamos juntos.

Pues que esperas, vamos.

Nada más déjame pedir que nos traigan la cena aquí, ¿Qué quieres cenar?

Lo que tú quieras.

Juan José pidió unos platillos ligeros café y pan.

En seguida se metió a bañar con Jimena que ya casi terminaba de bañarse.

Con lo cansados del viaje después de bañarse y cenar lo que habían pedido antes de entrar a bañarse se quedaron dormidos casi de inmediato por varias horas.

Cuando despertaron el barco ya había zarpado de Ensenada hacía tres horas, por lo que Juan José despertó a Jimena para subir a la cubierta y ver en que se podrían entretener y comer.

Sí amor nada más déjame arreglarme un poco y salimos.

Pero si estás preciosa Jimena.

Me voy a arreglar ¿Ok?

Como tú quieras, te espero.

Cuando salió Jimena con un pantalón corto y estrecho con su blusa blanca algo escotada hizo que todos la voltearan a ver, lo que provocó que Juan José se sintiera orgulloso de ella pero a la vez celoso de las miradas de todos los que estaban en cubierta, tomó a Jimena suavemente de la mano y comenzaron a caminar rumbo al Restaurante para almorzar y poder contemplar el mar.

Después de almorzar se dirigieron a las tiendas que lleva el barco y dedicándose a comprar recuerdos para regalarles a la familia y amigos se pasaron buen rato en las tiendas, poco después caminando por la cubierta Juan José grita.

Corre Jimena, vamos a la proa del barco a recibir el aire del mar.

Y viendo el mar y recibiendo el aire Jimena exclamó "Mira eso tiburones nadando junto al barco"

No son tiburones, son delfines y es su manera de jugar nadan a la velocidad del barco brincando junto a la proa del mismo.

Es fabuloso, mira se acercan más.

Se pasaron una hora sentados viendo el mar y los delfines no sin desaprovechar las caricias de uno al otro.

Cuando llegó la tarde subieron a otra cubierta para contemplar la puesta del sol.

Paisajes que juntos estuvieron contemplando, luego por la noche contemplar las estrellas, así como los aerolitos que se ven mejor en alta mar cuando atraviesan la atmósfera.

Por la noche fueron a cenar a uno de los clubs y después de cenar estuvieron bailando hasta entrada la noche, cuando Jimena le dijo al oído a Juan José quiero hacer el amor.

Suficiente para que Juan José de inmediato la llevó a su camerino y así se pasaron el resto de la noche haciendo el amor, y prometiéndose amar hasta la eternidad. Jimena vio que empezaba a amanecer.

Entonces le dijo Juan José a dormir y se acostó de inmediato a dormir despertando cuando ya casi eran las 2.00pm.

Juan José se había dormido pero durante las dos últimas horas solo se dedicó a admirar a

Jimena dormida, diciéndose a sí mismo que era muy afortunado de haberse casado con ella, es tan hermosa en todos los aspectos se decía, por eso cuidando su sueño esperó a que despertara, pero que para él se sentía vivir en el cielo junto a Jimena.

Después de bañarse Jimena empezó a decirle a Juan José que se fuera acostumbrando a que ella dirigiera sus vidas.

Ni tienes que decirlo amor soy tu esclavo y espero demostrártelo toda la vida, contigo he encontrado el cielo mismo.

No seas adulador, que no es para tanto.

Te equivocas eres la mujer más maravillosa del mundo.

¿Pues con cuántas has vivido?

Con ninguna, pero para donde voltees no hay mujer que se compare a tí y es más a mí no me interesa ver si hay o no otras mujeres, yo solo te puedo ver a tí.

Bueno, bueno vamos a comer que me muero de hambre.

Vamos amor.

Fueron a uno de los restaurantes de comida china que había en el barco, y después de comer Jimena quiso irse a sentar en una silla a contemplar el mar ya que pronto llegaría a la primera escala que era la isla de Hilo.

Pronto se anunció la llegada a la isla.

En esta isla los dos bajaron a conocer de cerca lo que veían, pero sin apartarse mucho, ya que a pesar de lo hermoso de la vegetación las playas tan extensas y con su arena y a sus orillas la roca volcánica, esas palmeras llenas de cocos un espectáculo maravilloso.

El barco continuó su travesía llegando a donde contemplarían la cascada en Akaka fall, pero como Jimena se sentía insegura, decidieron que solo estarían un rato, por lo que regresaron al barco ya que prefirió ir a la alberca del barco y nadar un poco y aunque el barco recorrió el resto de la isla donde podía la gente contemplar desde el barco esas montañas que por su espesa vegetación se veían tan verdes, la orilla del mar rompiendo las olas en las rocas; otro de los lugares de los que estaba en el itinerario fue Hipuna Beach donde sus playas extensas con su arena clara, y que con el bajo fondo de la costa se veía muy grande la extensión, que por debajo del mar se extendía la playa y que por su blancura hacía verse el mar precioso en sus tonos de color verde claro y qué decir de lo fabuloso que se ven las orillas de la isla con esas rocas volcánicas y la espesa vegetación en sus montañas y colinas.

Para las seis de la tarde en que zarpó el barco, Jimena y Juan José se retiraron a su camarote y después de bañarse y arreglarse pidieron les trajeran de comer y a la vez cena,

Jimena quería tomar Tequila por lo que la pidieron y como ella no sabía tomar tan solo tomó tres copas y ya estaba bien mareada diciéndole a Juan José todo lo que lo amaba, y a él que nada le faltaba para corresponder a ese amor tan intenso que se tenían, quedaron abrazados y se durmieron.

Por la mañana los despertó la sirena del barco que anunciaba la llegada a Kona donde ves las playas con la lava que arrojan los volcanes y que al caer al mar levanta grandes nubes de vapor. Espectáculos maravillosos que nunca habían visto principalmente, ver como sale la lava que es arrojada al espacio y luego cae formando ríos de lava hirviente y en su camino va arrasando con todo hasta desembocar en el mar.

En su ruta navegando por la isla llegaron a Nawilinuli Harbor donde al ver los muelles donde atracan los cruceros Jimena le decía a Juan José.

¿Te acuerdas cuando salimos de Barcelona?

Sí, ¿Por qué?

Me acuerdo verte en la borda del barco con la mirada perdida.

Oh. Es que en ese momento estaba pensando en todo lo que dejaba atrás, y no sabes el dolor que me daba abandonar a mi Madre y mi casa, pues no sabía a qué me iba a enfrentar y ya ves, primero te conocí a tí, y luego tratar de establecerme en México o en los EEUU, pues fue muy triste, que si no ha sido por la suerte de sacarme la lotería no sé donde estaríamos ahorita.

No seas tan pesimista, quizás si no de esta forma a lo mejor nos hubiéramos casado y estaríamos un poco restringidos.

Pero bueno eso no pasó y ahora debemos disfrutar lo que tenemos, mira esas montañas enormes con sus acantilados, ¿Quieres que vayamos a ver el mirador Kalau Valley?

Vamos.

Bajaron y se apuntaron con el grupo que iría a el mirador, y ya en él pudieron contemplar desde ahí las plantaciones de caña de azúcar y las de piñas, se pasaron un buen rato contemplando la isla y el mar desde ahí, después fueron a comer a uno de los restaurantes del puerto donde pidieron los platillos típicos del lugar.

Regresando al barco se dedicaron a descansar y dormir no sin despertarse Jimena por la noche para hacer el amor.

Después de navegar unas horas se anunció la llegada a Honolulú en donde ellos desembarcarían para tomar el avión que los llevaría a Shanghái en China, pero antes se dedicaron a recorrer sus playas para ver muchas de las costumbres Hawaianas como los bailables, sus monumentos, su música, como buena suerte les tocó ver una boda al estilo hawaiano, recorrer sus calles y avenidas, contemplando los enormes edificios. Juan José contrató una camioneta para que los llevara a recorrer más de la ciudad así como que los llevara a Pearl Harbor para conocer el lugar que los Japoneses bombardearon en la segunda guerra mundial, ahí pudieron contemplar los barcos que hundidos sirven de museos, después de recorrer ese lugar fueron a hospedarse a un hotel en Waikiki para poder descansar y disfrutar de sus playas donde el Surf es el deporte favorito de ese lugar por sus enormes olas, posteriormente se fueron a comer en un restaurante de la playa a comer mariscos y comidas típicas del lugar, ya por la noche se fueron al aeropuerto para tomar el avión que los llevaría a Shanghái.

Largo viaje y sobre todo poder pasar todos los trámites de inmigración, aduana, porque muchas veces no es fácil comprobar que los regalos que se llevan son eso, regalos, y muchas veces es preferible traer las facturas con uno, o no comprar nada, después de varias horas de vuelo Jimena iba viendo el mar que por lo pequeño que se ve desde la altura del avión empezó a platicar con Juan José.

Cómo me da tristeza al ver y recordar cómo se sobre explota los recursos marinos.

¿A qué te refieres?

A la excesiva pesca de toda clase de peces y que muchas veces son desperdiciados porque no son del gusto de la gente, como es la clase de pesca del camarón donde junto con el camarón que sacan, recogen muchos peces de otras especies que por su poca demanda son desperdiciados, y luego al saber que uno de los principales problemas que llegan a presentar a la gente es el exceso de colesterol, que precisamente te lo producen los mariscos como el camarón y qué decir de las pobres ballenas que son cazadas en forma indiscriminada provocando que se empiece a poner en riesgo su especie; pero lo que más incomoda es saber que no tiene información la gente del daño que se hacen y le hacen a la flora marítima y la animal, porque si se enteraran mejor de lo que comen y lo que les hace daño, no lo seguirían haciendo tan en forma desproporcionada.

Pero lo único que podemos hacer nosotros es seguir las recomendaciones que hace la Organización Mundial de la Salud.

Pues no me vuelvas a pedir tanto camarón cuando comamos.

Después de unas horas por fin se anunció el arribo a la ciudad de Shanghái.

Luego de pasar por todos los trámites de aduana e inmigración se trasladaron al Hotel Intercontinental que ahora que lo vió Juan José expresó.

Está grandísimo no cabe duda que Humberto hizo muy bien su trabajo y nos seleccionó lo mejor de estos lugares.

Luego de registrarse se les llevó a su suite que como la había seleccionado Humberto, parecía para reyes por su amplitud y lujo y desde dónde puedes contemplar tantos lugares de Shanghái.

Como ya eran las 9.30 pm de la noche cuando se pudieron acomodar, solo se dedicaron a bañarse y pedir que les llevaran de cenar, que por cierto Jimena pidió pollo y ensaladas junto con un vino tinto, Juan José pidió que le trajeran un bistec New York con sus ensaladas.

Sabes Juan José estoy pensando en crear un estímulo para nuestros empleados.

¿Cómo qué?

Ofrecer a las empresas un premio consistente en un viaje en crucero a Hawái para un empleado y su esposa o la pareja que él o ella escoja.

¿Pero no crees que sería muy costoso?

Es que pienso implementarlo en base a varias propuestas, como son ideas para mejorar la producción, el incremento de la misma sin alterar los costos, sino tratando de rebajarlos más, que por supuesto sin alterar la calidad y sus características de los productos.

Puede ser una buena idea, pero a la vez me suena un poco complicada.

Es que debemos pensar en que la gente trabaja toda su vida sin lograr algo así en sus vacaciones, yo pienso que sería un gran estímulo y lo voy a proponer en la próxima junta que esté yo presente, y espero que me ayudes con tus ideas a crear este estímulo.

Como tú digas mi amor.

Bueno ¿Qué es lo que vamos a hacer aquí?

Recorrer la expo que es mundial ya que todos los países invitados pusieron un stand con los principales motivos de sus países.

Bueno por lo pronto, ¿Tú qué vas hacer?

Amarte con toda mi pasión.

¿Y qué estás esperando?

Una noche de amor como las que hemos estado disfrutando en está luna de miel los dos, y pronto les llega la mañana.

Jimena despiértate son las 10.00am pasadas.

¿Y cuál es la prisa? ve y báñate y regresa a la cama, que quiero seguir con lo de anoche.

Con gusto que es lo que más deseo.

¿Qué cosa?

Amarte con todas mis fuerzas.

Pues apúrate porque quiero ir de compras, quiero ver vestidos y otras cosas.

Como tú ordenes, ¿pero ya sabes a que tiendas ir?

No, pero algo debe haber aquí.

Luego de dos horas en que estuvieron amándose, y después de un fuerte almuerzo salieron a recorrer el centro para ir a las tiendas donde Jimena empezó a comprar unos vestidos finísimos y con los cuales hacía resaltar más su belleza, ropa interior que la hacía verse como una modelo de pasarela, total que después de dejar la ropa y los regalos que habían comprado en el Hotel se fueron a comer para ir en la tarde a los stands que pudiesen ver y así lo hicieron.

Comenzaron en el de México donde pudieron contemplar todas las estructuras y adornos con que enseñaron las costumbres y productos de

México, viendo las estructuras que semejaban papalotes pintados en cinco colores como el amarillo, rojo, verde, azul y púrpura, dando a entender la tradición de los papalotes que desde la antigüedad del pueblo mexicano ya se usaban, dando a entender los deseos de la gente de México por lograr una mejor vida, luego contemplaron las enormes pantallas interactivas donde al tocarlas te describe las diferentes zonas y costumbres de México lo que le permite a la gente conocer cómo es la vida en nuestro país, también se puede contemplar la historia de nuestro pueblo y el presente; así como los proyectos del futuro, las costumbres de la actual civilización de nuestro país, así como los grandes proyectos que se tienen en desarrollo actual y los futuros, después se puede apreciar la cocina mexicana con sus típicos tacos, burritos chile, el tequila y otros, también contemplaron la exposición de las artesanías mexicanas tradicionales.

Continuaron en los días siguientes los diferentes pabellones de los diferentes países participantes, y aunque describir cada uno de ellos como quería Jimena, se le hizo muy cansado pero después de recorrer los más que pudieron Jimena se empezó a sentir enferma, por lo que Juan José la llevó con un médico que le recomendaron en el Hotel, y después de hacerle algunos estudios el Doctor los llamó a su oficina, y aunque el Doctor hablaba Inglés Juan José le contrató una intérprete para que les tradujera al Español lo que les dijera.

Una vez en la oficina del Doctor y con la intérprete les comunicó que Jimena estaba embarazada, que por eso eran sus mareos y su cansancio, que por lo tanto iban a tener que tener más cuidados para ellos le dijeron a Juan José.

Jimena de inmediato protestó, diciendo.

Ah no, yo no voy a cuidarme, mi hijo tiene que ser fuerte como sus Padres.

Pero Juan José que estaba tan contento por la noticia de que iba a ser Padre, ni la escuchó lo que decía, pensó de inmediato que ahora sí iba a disfrutar de lo que es la paternidad y el cuidado de su adorable Jimena, por lo que cuando la oyó decir que no se iba a cuidar, solo le preguntó al Doctor si no corría peligro su embarazo.

El Doctor solo le contestó que solo con otros estudios más precisos podría pronosticar como sería el embarazo de Jimena pero que por lo pronto solo les recomendaba un poco de reposo y cuidado.

Así lo haremos, dijo Juan José.

Pues a ver cómo me siento contestó Jimena porque yo ya ahorita se me están pasando los malestares.

Cuando salieron del consultorio Juan José se volcó en halagos para Jimena, diciéndole cuánto la iba a amar por ese tesoro que se estaba formando en su vientre.

Pues quiero que sepas que no solo tú lo deseabas, yo también y fue mi principal propósito en este viaje.

Te admiro más amor mío no cabe duda que eres lo mejor que del cielo mandaron a este mundo y el saber que yo tuve la fortuna de casarme contigo es mi mayor fortuna, y creo que debemos regresarnos a Morelia ya para poder cuidarlos.

Ah no, yo quiero ir a conocer la capital de China y no me lo voy a perder.

Bueno, en ese caso nos vamos ¿no crees?

No tengo ninguna prisa y si podemos recorrer más de la expo te lo voy a agradecer, además de que le quiero avisar a Mariana que estoy esperando un hijo.

Como tú quieras, si quieres mañana podemos recorrer el pabellón de Montecarlo, el de Inglaterra, el de Rusia y los que podamos recorrer.

Y así lo hicieron contemplando por ejemplo el de Montecarlo, donde por medio de grandes pantallas se les muestra la naturaleza y los lugares típicos, como los casinos, hoteles y restaurantes de Montecarlo; así también los de Japón, China, Vietnam, los de América del sur como Argentina, Brasil, Chile, o de Centro América. Hubo un momento en que Jimena dijo que ya que quería ir a Beijing en China, que su ilusión era la de conocer la plaza roja de Beijing o sea la plaza Tiananmen.

Pues vámonos le contestó Juan José.

Ya en el Hotel y después de conocer el amplísimo Hotel Juan José se dedicó a tramitar los boletos de avión para ir a Beijing, mientras Jimena trataba de comunicarse a Morelia, que por cierto cuando lo logró le contestó Mariana.

Vaya hasta que se acuerdan de uno ¿Por qué no habían hablado?

Porque nos estábamos divirtiendo.

De seguro de lo lindo, para que te olvidaras hasta de tu trabajo.

Por eso te dejé encargada a tí y a mi Tía.

Sí, pero aquí hemos tenido muchos problemas y tú ni te has enterado.

¿Para qué?, para amargarme no gracias.

Bueno, ¿y qué es lo que necesitas?

Solo quería avisarles que pronto estaremos de regreso.

¿A qué se debe?

Sabes es mejor que lo platiquemos cuando regresemos, pero dime ¿qué tan grave han sido los problemas en las empresas?

Bueno en los negocios estamos bien, solo que por un lado el hermano de tu marido es muy confianzudo y si no me cuido ya estaría embarazada.

¿Pues qué te ha hecho?

En realidad nada, pero es que según él la juventud actual tienen toda clase de relaciones íntimas sin casarse, y para mí está loco si cree que yo voy a acceder a sus pretensiones.

Haces bien hermanita, ya platicaré con Juan José sobre su hermano, tú no cambies tu manera de pensar y de actuar.

No te preocupes, yo sé lo que tengo que hacer.

Bueno, yo creo que pronto vamos a regresar ya que estamos por salir a Beijing, que es el último lugar que vamos a ir a conocer.

Quien fuera tú para recorrer lo que han conocido.

Pues no lo haces porque no quieres.

Aunque quisiera no podría hacerlo, pues sola no me atrevo.

Te entiendo y ojalá el hermano de Juan José se comportara de otra forma.

Qué más quisiera yo.

Bueno, me despido y salúdame a todos.

Lo haré no te preocupes.

En eso regresó Juan José para comunicarle a Jimena que ya estaba todo listo para ir a Beijing y que lo haría en autobús.

¿Pero porqué no en avión?

Porque me pareció más atractivo para conocer más de las costumbres de aquí.

Pues espero no te equivoques y tengamos problemas.

Yo no lo creo, me aseguraron que son autobuses de primera a todo lujo y seguros.

Y ¿cuándo nos vamos?

Ahora mismo, vamos que ya todo está listo.

Tampoco me apures recuerda que ahora traigo a tu hijo.

Lo sé, solo te pido que nos vayamos.

Pues ándale.

Salieron del Hotel y en un taxi fueron a tomar el autobús que los transportaría a Beijing.

Ya en el autobús se dieron cuenta que eran casi puros turistas los que viajaban en él, que por no ser por dos chinos todos los que iban en el autobús eran turistas y todos se veían de diferentes países por el idioma que hablaban y las diferentes razas de ellos.

Jimena te estás quedando dormida, mira los paisajes.

Vélos tú, yo quiero dormir déjame un rato y luego me hablas.

Como quieras.

Dormida Jimena, Juan José se dedicó a contemplar el paisaje y ya por la noche llegaron a Beijing y fue cuando Jimena despertó.

¿Dónde estamos?

En Beijing.

Tan pronto.

A tí se te habrá hecho, pero para mí que me la pasé velando tu sueño se me hizo realmente corto.

Y ¿Qué vamos hacer porque yo quiero bañarme e ir a comer?

Salgamos de aquí y tomamos un taxi para ir al hotel.

Y ya sabes a cuál.

Sí amor, al Gran Hotel Beijing.

¿Y es grande?

Es cinco estrellas así que esperemos que sea lo suficiente cómodo al fin que no vamos a estar mucho tiempo.

Luego de pedir el taxi y que les recogieran sus cosas y las pusieran en el taxi se transportaron al Hotel, donde después de registrarse los llevaron como siempre a una suite de lujo tal como lo pedía Juan José en todas partes, ya que no quería a arriesgar a Jimena a sufrir las incomodidades de hoteles de segunda categoría, y después de acomodarse Jimena le dijo a Juan José.

Necesito que me ayudes a bañarme.

Con todo gusto amor, vamos.

Y ese baño se convirtió en el más grande descubrimiento por parte de Juan José al bañar a Jimena ya que se convirtió en el momento de descubrir cada parte de su cuerpo en que él la podría observar detalladamente encontrándola como una diosa encarnada por su perfección de cuerpo.

Juan José necesito que me bañes no que me estés admirando concéntrate en ayudarme.

Perdón así lo haré.

Ayúdame que ya empiezo a sentir los efectos del embarazo pues me siento mareada.

Perdóname amor es que al ver tanta belleza en tí me quedo estupefacto.

Pues deja de hacerte el payaso que yo tengo hambre y por el mareo es que te pedí que me ayudaras a bañarme y no por otra cosa.

¿Y crees que puedas estar bien en los días que vamos a estar aquí en Beijing?

Tú concéntrate en ayudarme que para eso estás conmigo, entiende que para mí esto es nuevo y que no creo que vaya a ser fácil.

Pero por eso me tienes a mí que yo estoy para cuidarte y ayudarte.

Pues no lo parece, te quedas como bobo viéndome.

Es que eres tan hermosa que no puedo dejar de admirarte.

A ver si cuando sea una vieja me sigues admirando.

Pues con lo que estoy viendo yo creo que hasta en la eternidad seguiré amándote y admirándote.

Bueno déjate de palabrerías y ayúdame a vestirme, que como te dije tengo hambre.

Bajaron al restaurante y Jimena pidió de comer frutas y verduras porque empezó a tener ascos a cada platillo que le mencionaban, sin embargo Juan José pidió de comer como si no hubiera comido en una semana.

Cuando estaban comiendo, Jimena le pedía pedazos de lo que comía Juan José y a pesar de los ascos, Jimena se aguantó en el restaurante pero cuando subieron al cuarto ahí sí que no se aguantó y aunque no fue mucho lo que devolvió del estómago, si fue el esfuerzo lo que la hizo sentirse mal, por lo que Juan José pidió un Doctor, y éste cuando vino y la checó solo le recomendó que tuviera reposo, que era natural lo que le estaba pasando y que le diera agua a beber, mientras pudiese contener esos ascos que son muy naturales en su estado, por la mañana un poco molesta y después de desayunar, cosa que Jimena no lo hizo muy a gusto salieron a recorrer los lugares que había escogido y como rentaron una camioneta para que les diera el paseo, lo primero que los llevaron a conocer fue el metro de Beijing y descendiendo por sus pasillos pudieron contemplar las amplias plataformas que hay entre el tren que va de un lado contra el otro que va en sentido contrario, ver esos techos iluminados con conjuntos de lámparas en forma hexagonal, los pisos de mosaico y las columnas revestidas con mosaico que parece mármol, fueron en el metro hasta la siguiente estación donde los estaría esperando la camioneta, y así pudieron conocer un sistema de transporte como el de la ciudad de México u otras grandes ciudades, ya que al igual que en otras ciudades las estaciones tienen aire acondicionado y extractores para mantener el aire que se respira limpio de contaminantes, fabulosas las estaciones pero como decía Juan José.

No se me hace mucha la diferencia ya que como en todo el mundo, con algunas variantes pero la gente y las ciudades parecen ser lo mismo.

Luego los llevaron a conocer el China World Shopping Mall con sus altos y modernos edificios donde en cuatro niveles tienen una gran variedad de tiendas que ofrecen una gran variedad de mercancías como modas, supermercados, bancos, clínicas, salones de belleza, cafés y restaurantes, pero como Jimena seguía con sus malestares ya por la tarde se regresaron al Hotel donde Jimena prefirió dormirse, y ya casi en la noche se despertó queriendo comer, que como en su caso después de comer algo se volvió a sentir mal, por lo que se regresaron a dormir a su habitación, Juan José solo se dedicó a cuidarla y a contemplar la ciudad desde las ventanas, ya para cenar pidió que les llevaran la cena a su habitación.

Por la mañana, Juan José le preguntó a Jimena si no quería mejor regresarse ya a México.

¿Qué tienes y perderme de conocer todas las cosas que he querido conocer?

Es que como estás.

Yo estoy bien y ya te dije que yo quiero conocer muchas cosas de aquí de China.

Pues yo estoy listo para llevarte a donde quieras.

Ya sabes el itinerario así que no me preguntes y encárgate de llevarme a donde te dije.

Como tú ordenes.

Y en la misma camioneta los llevaron a conocer la ciudad prohibida, ahí Jimena se dedicó a recorrer todos los lugares que había visto en las películas, quiso caminar de un lugar a otro contemplando detalles de los edificios, los techos así como las esculturas, cuadros, las esculturas de los leones que representaban la fertilidad de la familia real, las piezas de metales de las puertas para abrirlas, la gran cantidad de adornos como son las figuras de animales y dragones, la terraza de mármol con los enormes cántaros de bronce para el agua, las figuras de animales que adornan las esquinas de los tejados así como las figuras de dragones en los extremos de los mismas esquinas y los tejados pintados de amarillo porque reflejan la felicidad y las aspiraciones del palacio real que tienen los techos; luego pidió ir a la Plaza Tiananmen donde la extensa plancha que con una similitud con el Zócalo de México puedes caminar y observar todos los edificios como el museo del Palacio, así como el museo de los héroes o de la Revolución, el gran salón del pueblo que es la casa del Congreso del Pueblo, el Mausoleo a Mao, también pudieron ver las entradas al metro de Beijing, otra de las cosas que pudieron admirar fue La Pagoda Blanca, el Centro Financiero y de negocios situado al este de la zona urbana.

Regresando al Hotel ¿qué te parece si vamos a cenar a uno de los restaurantes del Centro Financiero de aquí?

Ni lo pienses quiero bañarme y acostarme, así que pide la cena que te la traigan al cuarto.

Como tú ordenes mi Reyna.

De esa forma después de cenar, Jimena se quedó profundamente dormida, dejando a Juan José viendo la televisión y casi sin poder dormir, únicamente se puso a contemplar a Jimena dormir hasta que se quedó dormido.

En Morelia:

Señor lo están buscando de parte de Everardo.

¿Y quién es ése?

No lo sé señor.

Hazlo pasar para ver qué quiere.

¿José Juan?

Sí, ¿Qué se le ofrece?

No mucho, yo creo que usted sabe quién soy y a qué vengo.

No, no lo sé, explíquese.

Me mandan a ordenarle que se deje de venganzas con su hermano que queremos que usted se encargue de hacer asuntos en que no se le llegue a involucrar con robos estúpidos como los que hicieron por orden suya en la boda de su hermano y el hotel del mismo.

Le ordenan que se dedique a estar libre de sospechas, para los negocios que necesitamos para que usted lave lo que ya sabe.

¿Y quién lo ordena?

No sea estúpido que si usted no coopera, no lo verá más este cielo que nos ilumina.

¿Me está amenazando?

Bueno ¿que usted quiere demostrar que es un novato?, tenga cuidado y póngase a trabajar.

Empiece a contratarnos gente para trabajos especiales, que ya se le estará ordenando qué hacer con ellos.

¿Pero qué clase de gente quiere?

Limpios de problemas y dispuestos a todo, ¿OK?

Como usted quiera.

No es como yo quiero, así lo requiere la superioridad.

Y otra cosa, necesitamos vehículos blindados.

¿Cuántos?

Ya se le hará saber. Le insisto manténgase limpio.

Por lo pronto trate de establecer un lote grande de carros usados.

De acuerdo.

Y ¿quién me va a vender los carros?

No sea niño, por favor.

Establezca el lote y ya se le avisará lo que tiene qué hacer.

¿En dónde lo quieren?

En donde usted crea que se puedan vender muchos carros.

¿En la ciudad de México?

Pues ahí señor y póngase atrabajar.

Vaya con estas gentes ¿qué se creerán que yo soy su estúpido?

En fin, creo que ya es hora de hacer realidad mi dizque amor por Mariana voy a ir a buscarla.

Caminando por las calles de Morelia iba pensando que esta noche será mía a como dé lugar, y ya sé como le voy a hacer.

Con esta droga que usamos para adormecer a la gente se la voy a aplicar sin que se dé cuenta.

Señorita ¿se encuentra la Señorita Mariana?

Déjeme ver si lo puede recibir.

Levantando el teléfono le pregunta a Mariana.

Señorita Mariana aquí le busca el Sr Pedro Ignacio.

Dile que me espere si quiere, que estoy muy ocupada.

La Señorita está muy ocupada que si quiere esperarla se va a tardar.

Sí dígale que la voy a estar esperando.

Así se pasó José Juan tres horas leyendo cuanta revista había y tomando café.

Cuando salió Mariana le preguntó.

¿Me querías ver?

No solo eso, quisiera invitarte a cenar.

Bueno déjame terminar y vamos.

Ya pensando se dijo así mismo ya caíste muchachita.

Poco después de una hora salió Mariana.

¿A dónde vamos?

A donde tú quieras.

Llévame a cenar a cualquier Restaurante.

Ya ahí José Juan estuvo esperando a que Mariana se levantara al baño para ponerle la droga en su bebida, y cuando Mariana se levantó no perdió tiempo y sin que nadie lo viera le puso una dosis que la haría dormir en una o dos horas.

Así estuvieron cenando y platicando de la empresa, cosa que José Juan más que ponerle atención en lo que le platicaba Mariana solo esperaba que pasara el tiempo y cuando vió que a Mariana le empezó hacer efecto lo que le había puesto en su bebida pidió la cuenta y salieron del Restaurante y cuando ya iban a la casa de Mariana está cayó completamente desmayada en el asiento y así la llevó José Juan a su casa, por fin serás mía chiquita sé que voy a abusar de ti.

La desnudó y la hizo suya toda las veces que se le dió la gana.

No puedo dejar de admirarte eres tan hermosa qué me haces arrepentirme de lo que estoy haciéndote pero ya sé que es demasiado tarde, pero que hermoso cuerpo tienes mi amor la blancura de tu piel y la perfección de tu cuerpo me están enloqueciendo por eso no puedo detenerme en disfrutar de tanta belleza de mujer que eres.

Por la mañana cuando Mariana despertó desnuda al lado de José Juan quien también estaba bien dormido, ella se empezó a dar cuenta que había sido abusada por José Juan por lo que parándose y rompiéndole una silla de madera en la cabeza a José Juan lo dejo herido y desmayado, por lo que se levantó, se vistió y salió de la casa de José Juan y tomado un taxi se dirigió a su casa donde al llegar se bañó restregándose el cuerpo con asco y coraje al entender lo que le había hecho José Juan y prometiéndose no decirle nada a nadie, casi llorando salió de su casa para irse a trabajar a su oficina.

Mientras José Juan cuando reaccionó se dió cuenta que estaba sangrando mucho de la cabeza por lo que le habló a una ambulancia para que lo llevaran a un médico, cuando llegó la ambulancia solo los hizo pasar y ellos le preguntaron ¿Que le había pasado?

Les dijo que se había caído y se había roto la cabeza y sin más lo llevaron a una clínica donde le pusieron 15 puntadas en la herida que afortunadamente para él era dentro del cuero cabelludo y no se le notaria después, pero no dejaba de sonreír satisfecho diciéndose ¡ya es mía!, ¡ya es mía!

En Beijing:

Juan José se despertó y buscando a Jimena como todas las mañanas la despertó suavemente a lo que Jimena se despertó nerviosa y le dijo.

Juan José debemos ya regresar ya es tiempo de volver al trabajo.

Sí ya lo había pensado y por eso voy hacer los tramites.

Pronto pasaron las horas y teniendo las reservaciones para volar a San Francisco partieron esa misma noche, sabiendo que en San Francisco solo harían el transbordo para la Ciudad de México y de ahí a Morelia, por eso cuando le avisaron a Mariana de su llegada se hicieron todos los preparativos para recibirlos.

Mariana descontrolada por lo que le había pasado no coordinaba muy bien sus pensamientos, por lo que le pedía a sus empleados que prepararan todo para recibir a Jimena y Juan José, quienes estaban por llegar a Morelia en el vuelo de las 9.00 de la noche de la Ciudad de México.

Cuando llegaron, Mariana los esperaba con el chofer para trasladarlos a su casa y en el camino Jimena no paraba de relatarle a Mariana todos los lugares que visitaron, ¡vamos

Mariana deberías de arreglarte un viaje así de largo!

Sí, ¿pero con quién iría?

Puedes acompañarte de alguna amiga y las dos juntas lo podrían hacer.

Ah sí ¿y solas tú crees que no correríamos peligros?

Pero lo pueden hacer a través de alguna agencia de viajes en los que puedan ir en grupos.

Sí, sí ya veré más adelante.

¿Bueno y cómo están las cosas en los negocios?

Bien, bien, ya te darás cuenta que hemos seguido tus consejos y tus metas, al llegar a la casa de Mariana la dejaron ahí y Jimena y Juan José se dirigieron a su casa.

Juan José ¿No notaste rara a Mariana?

Pues sí, como que algo le pasa.

Mañana hablo con ella y le preguntó que le pasó y te digo en la tarde si es que me platica, cuando nos veamos en la casa.

Bueno, te diré que yo estoy nervioso por incorporarme a mi trabajo, estoy ansioso por ver los adelantos que ha habido.

Juan José se presentó en su oficina, su secretaria le dijo.

Señor, le han estado hablando de Barcelona.

¿Y qué pasa? Le dijeron para qué me buscan.

No, solo me pidieron que se comunicara lo antes posible.

OK por favor comuníqueme.

Al rato, su Secretaria le dice ya está la comunicación con su hermana.

¿Qué pasa, porqué es la urgencia?

Bueno, te lo diré así de rápido como preguntas ya que ni siquiera preguntas ¿Cómo estamos?

Mi Mamá está enferma y creo que tiene cáncer, no me ha querido decir lo que le dijo el

Dr. por eso te estoy hablando tú necesitas venir para que hables con el Médico de mi Mamá.

Pues no creo poder ahorita.

Déjame ponerme al corriente en mi trabajo y yo te aviso.

Está bien, te espero a que me llames.

Juan José se reunió con sus Socios quienes le dieron a entender entre bromas por su luna de miel, que los negocios iban cada vez mejor por los grandes pedidos que se están haciendo para el estado de Oaxaca al instalar cada día más generadores eléctricos de viento para así reducir los gastos de producción y contaminación.

Mientras, José Juan volvía a sus andadas buscando hacer sus malos negocios, por lo que salió para el sur del país sin dejar ninguna pista de dónde iba a estar.

Mariana concentrada en presentarle a Jimena todos los informes de producción así como estados de cuenta de los negocios que manejaban, dejó de pensar en lo que le había hecho José Juan; por lo que les pidió a todos estar listos para cuando se presentara Jimena a trabajar, lo que se originó en una gran fiesta cuando ella se presentó, Mariana la llevó por todos lados para que se diera cuenta de que todo estaba trabajando normalmente, a lo que Jimena se dio cuenta de que había mas personal y más maquinaria, por lo que preguntó a Mariana, ella solo le decía "adelantos de la Empresa" no te fijes, en eso le dió un mareo a Jimena y casi se cae, Mariana gritó "estás embarazada" ¡Sí! Vaya qué felicidad pronto nuestra familia crecerá, así es, respondió Jimena con una expresión de felicidad que le dió envidia a Mariana, quien se le vino a la mente la infamia que le había hecho José Juan.

¿Te pasa algo?

Oh no, solo que me acordé de un momento amargo.

Cuéntame, le dijo Jimena, No, no déjalo así, no tiene importancia.

Pero si se te nota en la cara tu disgusto.

No, no es nada.

Los días empezaron a correr y todo volvió a su normalidad, con la única salvedad que Juan José se preparaba para retornar a Barcelona para ver qué es lo que tenía su Mamá.

Cuando llegó la fecha para partir a España.

Jimena le reprochaba su partida a España.

¿En estos momentos en que estoy embarazada necesitando tanto de tí ¿me dejas sola?

No por favor, trata de comprenderme mi Madre está enferma y mi hermana no está segura si es cáncer o no.

Bueno, no quiero que me juzgues mal, arregla tus cosas para que puedas ir lo antes posible y te regreses cuanto antes ¿Sí?

Por supuesto mi amor que así lo haré.

Y así empezó a ordenar todo para poder salir a España.

Mientras el esposo de la amante de José Juan insistía a los empleados que había contratado para vengarse de José Juan si sabían algo de él. Pero cuando se presentó Juan José en la casa de su Madre estos tipos que aguardaban cualquier señal lo vieron llegar al aeropuerto de Barcelona e inmediatamente le dieron el aviso a su patrón.

Síganlo no lo pierdan de vista, lo tenemos que secuestrar para llevarlo a Argelia para que se pudra de su SIDA, así estuvieron vigilando a Juan José sin saber que él no era el culpable que buscaban.

Por eso cuando Juan José llegó a su casa fue recibido con tanto amor por su Madre que no cabía de la alegría de verlo; así estuvo tres días con su Mamá y su hermana platicando de todo lo que le había sucedido en su luna de miel, y cuando le dijo a su Mamá que pronto sería Abuela ella brincó de gusto y lo besó y abrazó para felicitarlo, su hermana como que un poco seria le insistía de ir a ver al Doctor de su Mamá, pero su Mamá no lo quería soltar, hasta que su hermana le propuso ir a ver el local donde quería instalar su clínica.

Vamos le dijo Juan José, ¿no te opones Mamá?

No, vayan aquí los estaré esperando.

Cuando llegaron al consultorio del Dr. de su Mamá después de platicar les confesó que efectivamente su Mamá tenía un tumor y que había sido maligno que por eso la habían intervenido, pero que era necesario se le diera un tratamiento de Quimioterapia cuanto antes.

Como no tenía otra alternativa se fueron del consultorio del Dr. y cuando vieron a su Mamá, Juan José le dijo:

No necesito decirte que supe que te habían operado de un tumor ya que me lo dijo mi hermana, pero acabamos de ver a tu Dr. y desgraciadamente nos dijo que necesitas un tratamiento de Quimioterapia, que si no el cáncer que él te dijo que tenías y que tú no nos quisiste comunicar te puede volver.

¿Es a fuerza que lo tengo qué hacer?

Por supuesto Mamá, no tenemos otra alternativa para tí.

Está bien, que Karina se encargue de programarme para ese tratamiento.

Te lo vamos a agradecer.

Bueno y si no les molesta dice Juan José, quisiera salir un rato para buscar unas cosas para llevarle a Jimena de regalo.

Está bien hijo ve.

Juan José salió de la casa y caminando no se dió cuenta de que lo seguían, cuando en una calle lo interceptaron y desmayándolo con un anestésico se lo llevaron rumbo a Argelia, y sin que tuviera que darse cuenta nadie, se embarcaron rumbo a un pueblo de Argelia cerca de la costa donde lo mantendrían encerrado, esperando como les había dicho su patrón para que sufriera de los efectos del SIDA y que al no tener medicinas se iría muriendo poco a poco, y así estuvo la primera semana secuestrado.

Mientras tanto su hermana como su Madre habían levantado una denuncia ante la policía ante la desaparición de Juan José, también se lo comunicaron a Jimena quien en gritos de llanto no lo podía creer, pidiendo por todas formas que lo encontraran.

A Mariana ante esta desgracia se le ocurrió ir a ver a José Juan a pesar del odio que le tenía por lo que le había hecho, pero se dijo así misma que primero estaba la vida de Juan José, por lo que cuando lo vió le dijo del secuestro de su hermano.

¿Qué sabes tú de eso maldito?

Yo no sé nada te lo juro.

Pues entonces vete a España a buscarle.

Está bien déjame ver qué puedo hacer para investigar algo.

Pues apúrate maldito.

Así lo dejó Mariana regresando a su casa.

José Juan de inmediato se le vino a la mente el esposo de Irma quien podría ser el causante, por eso le marcó a Margarita en España.

Cuando le contestó Margarita le preguntó por Irma y si sabía si su marido sabía de las relaciones que él había tenido con Irma.

Por supuesto imbécil, Irma tiene SIDA y le tuvo que comunicar a los Doctores y a su esposo de su enfermedad y ha estado pregunte y pregunte por tí para decirte que te cheques porque también tú puedes estar contagiado.

No, no, yo no lo creo yo no tengo ningún síntoma.

Pues más te vale que te cheques, bueno y ¿por qué hasta ahora hablaste?

Porque mi hermano gemelo está desaparecido y no sabemos nada de él y si como dices el esposo de Irma me quiere matar, no dudo que él lo haya secuestrado para matarlo sin saber que no me tiene a mí, más vale que le hagas saber a Irma lo que está pasando y dile que ahora yo tengo demasiado poder como para mandarle matar a su marido, que si él lo tiene le voy a mandar un mensaje con uno de mis ayudantes y ya se dará cuenta con quien se quiere meter.

Espera, espera maldito, ya me colgó.

Ni tarde ni perezoso le habló a Everardo para pedirle que si le podían hacer el favor de amenazar al esposo de Irma que él le daría los datos necesarios para llegar con esa persona que quería amenazar, ya que tenía secuestrado a mi hermano le dijo, cuando se comunicó con Everardo.

Mire, le contestó claro que le podemos hacer el favor pero ya sabe, todo tiene su precio.

No se preocupe lo pagaré.

Ok. Deme los datos de quién es y dónde lo encontramos.

José Juan le dio los datos de inmediato.

Con todo el pánico que le produjo el saber que Irma tenía SIDA se dirigió de inmediato a ver a un Doctor y cuando estuvo en el consultorio la recepcionista le preguntó que qué era su enfermedad? Quiero estar seguro de tener SIDA o no.

Ok espere, voy a preguntarle al Dr. si le puede recibir.

Hágalo me urge.

Ya con el Dr. le dice, mire Dr. dejémonos de protocolos y mándeme hacer el examen de inmediato le pago lo que sea porque me lo hagan ahora mismo.

Está bien, y llamado a su enfermera le dijo, tómele una muestra de sangre al Sr. y mándela inmediatamente al laboratorio, el Sr. va a estar esperando por el resultado.

Me haría el favor de esperar mientras en la sala de espera Sr. ¿y por cierto cómo se llama?

José Juan, y sí ahí afuera voy a estar esperando.

Mientras en España, el esposo de Irma recibe una llamada de los que tienen secuestrado a Juan José, diciéndole que están extrañados porque por un lado ellos no le notan ninguna enfermedad y por otro le decían que se muriera lo más pronto posible de su SIDA, a lo que él les jura no tener ninguna enfermedad y menos SIDA.

Ok mándele hacer una muestra de sangre al laboratorio para saber si es cierto.

Está bien patrón lo voy hacer.

Sin perder tiempo trae a una enfermera y cuando ya tenían dominado a Juan José y vendado para que no se diera cuenta, le tomaron la muestra de sangre, y claro en menos de 3 horas ya tenían los resultados comprobando que Juan José no tenía SIDA.

No tardaron en comunicarse con el esposo de Irma para decirle los resultados cuando en esos momentos entró Irma para decirle que José Juan le acababa de hablar por teléfono de México, pero que no quiso dejar su teléfono.

Y crees que te voy a creer, yo sé que está aquí en España.

Por si no sabes, quizás al que tú viste o supiste es su hermano gemelo.

En eso se oyen ruidos y aventando la puerta entran dos hombres armados y uno caminando muy despacio agarra por el cuello al Esposo de Irma y le dice, más te vale que sueltes a mi amigo si no quieres que por lo pronto a tu esposa y uno de tus hijos a quienes ya tenemos en nuestras manos los matemos y poniéndole la pistola en la sien, le dice ¿lo sueltas o te los matamos?

Don Luis temblando agarra el teléfono y se comunica con los que tienen a Juan José, suéltenlo. En eso les dice.

Dígales que tienen el tiempo medido que si no lo vemos pronto su hijo y su mujer la pagarán.

Por cierto, uno de mis hombres lo estará vigilando para saber si ya soltaron al Joven y no se le ocurra hablarle a la policía porque será usted el que irá a pagar con su vida a la cárcel por el secuestro.

No tardaron en salir, cuando volvió a marcarle a sus hombres diciéndoles renten una avioneta o haber cómo le hacen pero quiero a ese joven suelto en su casa cuanto antes.

Y así pasaron dos horas, y cuando ya habían dejado cerca de su casa a Juan José le hablaron a Don Luis quien de inmediato se lo comunicó al hombre que le habían dejado para eso.

Espero me devuelvan a mi hijo y a mi esposa. Cuanto antes.

Oh no, usted se va a tener que esperar, porque ahora nosotros somos los que le vamos a cobrar su asunto que cometió con el joven.

¿Qué les van hacer?

Por lo pronto tendrá que esperar instrucciones, así que adiós.

De inmediato le comunicaron a José Juan de la libertad de Juan José a Mariana, diciéndole que ya estaba en la casa de su Madre.

Mariana de inmediato se lo comunicó a Jimena, quien llorando no lo podía creer, de inmediato se comunicó a España tratando de hablar con Juan José y quien en esos momentos se bañaba después de tantos días de no poderlo hacer, y aun estando en el baño le contestó a Jimena.

Sí mi amor, soy yo.

¿Pero cómo estás?

Bien en lo que cabe, es que casi no me daban de comer y creo que todo esto fue una venganza en contra de mi hermano.

¿Porqué lo dices?

Porque me decían que me iba a morir de mi SIDA ya que no me iban a dar medicinas, y por más que les insistía que yo no lo tenía no me querían creer, y no sé porqué pero me soltaron con una urgencia como si los estuvieran amenazando. Pero ya estoy aquí y te aseguro que en uno o dos días estaré contigo.

Júramelo.

Te lo juro amor.

En eso entra Mariana y le pregunta a Jimena ¿qué es lo que pasa?

Que como tú sabias había desaparecido Juan José y lo tenían secuestrado porque creían que estaba contagiado de SIDA.

En eso Mariana responde ¿cómo que de SIDA?

Sí, y no sé porque.

Mariana no pudo más y se desmayó.

Jimena empezó a gritar, pronto traigan una ambulancia.

De inmediato se la llevaron al Hospital y cuando empezó a reaccionar ya le habían sacado muestras de sangre para saber qué le estaba pasando.

Mariana levantándose exclamó, yo no tengo porqué estar aquí ¡yo estoy bien!

Jimena la empezó a calmar diciéndole.

Pero si te desmayaste y por buen rato no despertabas.

No le hace, yo estoy bien.

Como tú quieras nos vamos a la casa, si ese es tu deseo.

Claro que sí.

Mariana sin decir nada y asustada, pensaba en la violación que le había hecho José Juan, y pensaba si él está contagiado, entonces ya me contagió a mí, maldito. Pero lo voy a ir a buscar para reclamarle en cuanto pueda.

Mientras José Juan se enteraba por medio del Dr. que sí, que sus exámenes habían sido positivos y que denotaban un avance muy significativo en la enfermedad, ¿que si no había tenido síntomas raros?

A lo que empezó a pensar en las fiebres que a veces le atacaban pero que se le curaban con algunos analgésicos, las urticarias que le habían empezado a salir en el cuerpo, y ya no quiso decir nada, solo preguntó.

¿Qué puedo hacer?

Tiene que someterse a un tratamiento en el que se le ayudará a conservar la vida, hasta donde se pueda, pero para usted va a hacer muy difícil que le llegue a dar buenos resultados, su enfermedad está muy avanzada por falta de medicinas, así se podría usted morir en cualquier pequeña infección o como una pulmonía.

¿Y qué seguridad hay de eso?

Ninguna, todo es en base a lo que su cuerpo responda.

Con eso se fue a meditar a su casa cuando en el trayecto le informa Everardo.

Ya su hermano está libre y en su casa, pero a usted le tenemos un trabajo qué hacer.

Dígame.

Tiene que ir a Tapachula en la frontera con Guatemala y nos tiene que pasar un tráiler con cierta mercancía.

Ok, ¿cuándo debo salir?

Ya, lo están esperando ya ayá.

Ok, salgo en una hora.

Ok. Le contestó Everardo pero no nos falle.

Despreocúpese.

Volviendo a su casa, le encargó a su secretaria que le dijera a Teresa que se hiciera cargo de todos sus negocios, ya que se iba a ausentar por un buen tiempo, que le va a dejar un poder para que ella así se pueda hacer cargo de sus negocios.

Y pasando por una Notaria que él conocía le pide al Notario que le haga un poder a nombre de Teresa y le pide que se lo tenga en menos de ½ hora, mientras va hacer su equipaje, y así cuando sale de inmediato va la Notaria y le firma el poder y pide que se lo entreguen a Teresa.

Saliendo a Tapachula se va pensando en que va a ser de él y así se comunica con Teresa.

Quien extrañada le pregunta ¿Qué pasa Señor?

Mire, le he dejado con el Notario que ya usted conoce un poder para que se haga cargo de mis negocios por ahorita, le voy a dejar después los datos de qué es lo que quiero que haga con mi dinero y a quién se lo va seguir mandando en caso de que yo falte; y por si acaso ya le di instrucciones para un testamento al Notario a quien le dejé casi en blanco los datos de qué hacer con mi dinero y mis negocios.

Pero Sr. ¿Qué pasa?

Ya para eso José Juan le había colgado el teléfono.

El dirigiéndose a cumplir con lo que le habían pedido, en el transcurso le escribe una carta a Mariana disculpándose por lo que le había hecho y le notifica que en caso de que él pierda la vida, parte de su dinero le será heredado a ella y a su madre en España.

Cuando termina la carta la pone en un buzón en el trayecto a Tapachula.

Cuando llega le dan unos contactos armas para que en caso de que las tenga que utilizar lo haga, le dicen qué es lo que tiene que hacer, las características del tráiler, y así esperando ve pasar el tráiler y lo empieza a rebasar para ponerse adelante para protegerlo, pero más adelante está un retén que él no vió cuando pasó y ahí les ordenan pararse, cosa que no hace y le empiezan a disparar y al contestar el fuego lo hieren de muerte y al tráiler lo detienen ya que sabían que venía cargado de drogas.

Ya en el Hospital, apenas se da cuenta José Juan de que está esposado, cuando le viene una hemorragia que le quita la vida y por más que tratan de revivirlo no lo consiguen, pero también para que no supieran quién era, le habían dado un carro y le habían quitado todas sus identificaciones, para que les fuera difícil identificarlo, pero para las autoridades sí logran identificarlo por las huellas dactilares y se lo comunican tanto a Teresa como a Juan José con lo que procedería tanto los cargos criminales para embargarle sus contrabandos como el dinero que tuviese, no así el que Teresa tenía ya que eso estaba bajo su nombre y sin ninguna relación legal con José Juan, por lo que puede realizar la última petición que le hizo José Juan de ayudar a su Madre y a Mariana, aunque ella rechazó todo lo que de él viniera

Así pasan los días y los meses.

Jimena creciendo su embarazo, Juan José que por más que buscó a su hermano nunca lo encontró, pero como estaba entregado a Jimena y a sus negocios solo se dedicaba a ellos.

Solo Mariana estaba sufriendo porque ya les había contado lo que le había hecho José Juan y que de esa violación había quedado embarazada, pero que también estaba contagiada del SIDA, por lo que temía por su hija que fuera a nacer con la enfermedad.

Así pasaron los meses Jimena se alivió y tuvo un varón, que llenó de alegría a Juan José.

Las empresas de Jimena siguieron creciendo con un ritmo muy acelerado por la productividad que habían logrado implementar y muchos de sus trabajadores se estaban graduando en sus estudios, había Ingenieros y de todas las carreras en las que estaban estudiando muchos de los empleados.

En el negocio de Juan José como todo estaba desde un principio establecido bajo sistemas de producción estos crecían cada vez más.

Al esposo de Irma para liberar a la esposa y al hijo le pidieron 100,000.00 euros, Irma se mantenía en el tratamiento con el SIDA pero cada día más débil pero viva.

Teresa ante la ausencia de José Juan poco a poco ella ha ido ganando terreno en los negocios lícitos de José Juan quedándose con ellos y como no sabía a quién tendría que darle el dinero de José Juan se quedó con él aunque sí siguió las ordenes que le dejó en su testamento José Juan de enviarle dinero a la Mamá de José Juan en España, ya que los negocios ilícitos de José Juan le fueron incautados, pero no los negocios de Teresa que no estaban relacionados con José Juan.

Solo Mariana estaba por aliviarse y les mandó hablar a Jimena y a Juan José para pedirles lo siguiente.

Como ya sé que a tu Mamá la han salvado del cáncer Juan José hoy me toca pedirles a ustedes que si algo me llega a pasar en el parto ustedes adopten a mi hija.

No Mariana, a tí no te puede pasar nada.

Es tan solo una precaución que he tomado ya dejé los papeles firmados en caso de que algo me pase.

Como tú quieras Mariana.

Pronto se llegó el parto de Mariana, pero no pudo sobrevivirlo y cuando estaba por morir solo preguntó por su hijita.

Jimena le dijo que ella estaba a salvo que había nacido sin que se contagiara del SIDA, y que están cuidándola, cuando oyó eso Mariana dió su último suspiro encargándoles su hija a Jimena y Juan José.

Y así nuestra historia termina con la familia que se formó con Marianita y el pequeño Juan José jugando juntos mientras Jimena esperaba ahora sí a Gemelos.

# Fin